U0533442

KEY·可以文化

诺贝尔文学奖得主
莫 言 演 讲 全 编

ON POVERTY-WEALTHINESS
AND DESIRE

莫言
演讲集
·3·

贫富与欲望

莫言

浙江文艺出版社
Zhejiang Literature & Art Publishing House

2017年12月，在广东中山市孙中山故居

2013年3月,在凤凰卫视华人盛典颁奖典礼上与星云大师合影

2014年2月,在土耳其总统府与总统居尔会谈

2015年5月，随同李克强总理（左一）访问哥伦比亚，中间为哥伦比亚总统、诺贝尔和平奖得主桑托斯

2018年11月，被授予阿尔及利亚国家最高荣誉"国家杰出奖"后，接受阿尔及利亚文化部长赠送纪念品

2012—2013年影响世界华人大奖奖杯

2012年诺贝尔文学奖证书

贫富与欲望
——莫言

(感谢扫而具)

佩服日本朋友们，为我出这了这么一个丰满的题。人类社会闹哄哄、乱七八糟、灯红酒绿、声色犬马，看上去无比的复杂，但认真一想，也不过是贫困者追求富贵，富贵者追求享乐和刺激，这么一点事儿。中国古代有个大贤人司马迁说过："天下熙熙，皆为利来；天下攘攘，皆为利往"。中国的圣人孔夫子说过："富与贵人之所欲也，贫与贱人之所恶也。"中国的老百姓也说："穷在大街无人问，富在深山有远亲。"无论是圣人还是百姓，无论是知识分子还是文盲，都对贫困和富贵的关系有清醒的认识。为什么人们厌恶贫困？因为贫困者不能尽情地满足自己的欲望。无论是食欲还是性欲，无论是虚荣心还是爱美之心，无论是去医院看病还是坐飞机，都必须用金钱来满足，用金钱来实现，当然，如果出生在古代的皇家，或者在中国现在做了高官，都不需要满足上述欲望，大概也不需要金钱。富是因为有钱，贫是

目录

第一辑

3 **酒与文学**
　　——在意大利诺尼诺国际文学奖颁奖仪式上的演讲

6 **恐惧与希望**
　　——在意大利的演讲

11 **文化与记忆**
　　——在柏林的演讲

13 **展望二十一世纪的中日关系**
　　——在关西日中关系学会的演讲

17 **文学与青年**
　　——在深圳市福田会堂的演讲

26	文学个性化刍议
	——在深圳"社会大讲堂"的演讲
35	细节与真实
	——在中央电视台"双周论坛"的演讲
71	北海道印象
	——在日本北海道大学的演讲
81	没有个性就没有共性
	——在韩国"东亚文学大会"上的演讲
86	只有交流,才能进步
	——为韩国大学生访华团演讲
93	东北亚时代的主人公
	——在欢迎韩国大学生访华团仪式上的致辞
98	大学生是朝阳
	——为第三届韩国大学生访华团的演讲

第二辑

107	悠着点,慢着点:"贫富与欲望"漫谈
	——在东亚文学论坛上的演讲
115	作为世界文学之一环的亚洲文学
	——在首届亚洲文化艺术界高层学术论坛上的发言
121	永远的写作,永远的文学
	——在"中日青年作家会议2010"开幕式上的致辞
123	东渡西航
	——在纪念平城迁都1300周年庆典上的演讲

128 牛的遭遇
——为《牛》在日本排成话剧而准备的演讲稿

131 影视与文学是朋友而不是敌人
——在中德文学论坛上的演讲

145 当众人都哭时，应该允许有的人不哭
——在"中国文学海外传播"工程启动仪式上的发言

150 从传统中来，到传统中去
——在第一届中澳文学论坛上的演讲

153 诺贝尔文学奖及其意义
——在第二届中澳文学论坛上的发言

160 我的文学之路
——在北京101中学的演讲

190 文学创作漫谈
——在中央国家机关"强素质作表率"读书活动主题讲坛上的演讲

207 阅读与行走
——在北京出版集团第九届读书日论坛上的演讲

第三辑

213 佛光普照
——在"二十一世纪亚洲文化发展展望"论坛上的演讲

218 文学家的梦想
——在第二届星云人文世界论坛上的演讲

241	儒学与佛教
	——在扬州论坛上的演讲
247	文化遗产与创新
	——在第十三届亚洲艺术节暨第二届亚洲文化论坛上的主题演讲
259	文化交流与创新
	——在第十四届亚洲艺术节暨第三届亚洲文化论坛上的讲话
264	现实生活与创作灵感
	——在第三届中韩日东亚文学论坛上的演讲
269	我们的亚洲
	——在2016年博鳌亚洲论坛年会上的演讲
275	移动互联网时代的版权运营与保护
	——在第六届中国版权年会主题论坛上的演讲
281	在"辟雍雅集·大美寻源"当代优秀书画家作品展上的演讲
284	在首届丝绸之路（敦煌）国际文化博览会上的演讲
289	纪录片与文学
	——在第五届中国（嘉峪关）国际短片电影展开幕式上的演讲
295	幻想与现实
	——在中国-拉丁美洲人文交流研讨会上的演讲
298	老作家与爱奇艺
	——在爱奇艺世界·大会网剧论坛上的演讲

第一辑

酒 与 文 学

——在意大利诺尼诺国际文学奖颁奖仪式上的演讲

时间：2005年1月29日

我十分荣幸地获得 NONINO 国际文学奖，这个来自文明古国意大利的文学奖励，让我感到格外高兴。

中国有句俗话叫作："有缘千里来相会。"我跟 NONINO 文学奖的缘分，其实从十几年前就已经开始了。1993年，我出版了一部备受争议的长篇小说《酒国》。在这部小说中，我提到了 CRAPPA，这种由 NONINO 家族精心酿制的烈酒。尽管直到现在为止，我还没有品尝到 GRAPPA 的滋味，但我知道它是酒中的烈马，有英雄般的气质，有豪放的个性，体现着英勇无畏的精神，是男子汉的酒，所以在我的小说中，我让主人公喝了一碗 CRAPPA 之后，才去从事他的冒险经历。

酒与文学，一直存在着非常亲密的关系。在中国，几乎只要是识字的人，都可以随口朗诵出"李白斗酒诗百篇"这样的著名诗句。李白是中国历史上最伟大的诗人，据说他的酒量惊人，不喝酒，他写不出诗。在中国的漫长历史中,从某种意义上说,文学的历史,就是饮酒的历史。无数的诗人、作家,都把酒,当成诗歌和小说的发酵剂。我的脑海中经常出现这样的画面:诗人,或是小说家,都是左手端着酒杯,右手拿着笔,一边喝酒,一边写作。没有酒,好像就没有文学。我年轻的时候,也想学习古代文人的这种潇洒,尝试着一边饮酒一边写作,但经常是小说没有写出,人已经烂醉如泥。

在中国当代作家中,大概没有第二个人像我这样,对酒进行过深入的研究,并写过这样多的与酒有关的小说。我的故乡,在上个世纪初叶,是一个酿酒业特别发达的地方;我出生的村子,只有几十户人家,但却有两家规模很大的酿酒作坊。我的祖辈,都在酿酒的作坊里工作,村子里,天天弥漫着酒香。我们酿造的也是烈性白酒,使用的酿酒原料是高粱。我的小说《红高粱家族》中有很大的篇幅,描写了我的故乡人酿造高粱酒的历史。意大利的朋友们即便没有看过我的书,也可以从张艺谋导演的电影《红高粱》中,看到我的故乡人酿造高粱酒的方法。我要说明的是:高粱酿造出来的酒是透明无色的,张艺谋在电影里把它变成了红色。更加需要说明的是,电影中有一个孩子往酒桶里撒了一泡尿使一桶劣质白酒变成了优质白酒的镜头,这是荒诞的象征,我故乡的人民酿酒时十分注意卫生,这样的事情在现实生活中不可能发生。

我了解了 NONINO 文学奖的历史之后,对 NONINO 家族产生了浓厚的兴趣和深深的敬意。因为我出身农村,当过很长时间农民,对种植各种农作物有很大的兴趣。我知道意大利北部是世界上最古老的葡萄种植地之一,利用葡萄酿制美酒的历史与种植葡萄的历史一样悠久。NONINO 家族,从榨取了汁液后的葡萄皮和葡萄的小枝条中,蒸馏出具有独特风格、享誉世界的优质白酒 GRAPPA,是富有浪漫、冒险精神的尝试。而为了能够使这种优质的酒源源不断地生产出来，NONINO 家族设立了这个文学奖项，更是一个浪漫的构思。酒，从来就不是单纯的液体；酒，从来都是文化的象征。从伟大的《圣经》开始，酒就确立了它与宗教和文化的密切关系。一个能向世人提供美酒的民族，必定是一个伟大的民族。一个能够酿造出风格独特的美酒的家族，必定是智慧的家族。我想，在现代化浪潮席卷全球的当今世界，一个与美酒有关的文学奖，它的意义已经超出了文学的范围，它会唤起人们对古老的农业文明的怀念和认同，会使我们在现代化的浪潮中，尽量保留古老的宝贵传统，从而使我们的生活更加丰富多彩。

恐惧与希望

——在意大利的演讲

时间：2005 年 5 月 18 日

在我的童年生活中，给我留下深刻印象的，除了饥饿和孤独外，那就是恐惧了。

我出生在一个闭塞落后的乡村，在那里一直长到二十一岁才离开。那个地方直到上个世纪八十年代才有了电，在没有电之前，只能用油灯和蜡烛照明。蜡烛是奢侈品，只有在春节这样的重大节日才点燃。在很长一段时间里，煤油要凭票供应，而且价格昂贵，因此油灯也不是随便可以点燃的。我曾经在吃晚饭时要求点灯，我的祖母生气地说："不点灯，难道你能把饭吃到鼻子里去吗？"是的，即便不点灯，我们依然把饭准确地塞进嘴巴，而不是塞进鼻孔。

在那些岁月里，每到夜晚，村子里便一片漆黑，黑得伸手不见五指。为了度过漫漫长夜，老人们便给孩子们讲述妖精和鬼怪的故事。在这些故事中，似乎所有的植物和动物，都有变化成人或者具有控制人的意志的能力。老人们说得煞有介事，我们也就信以为真。这些故事既让我们感到恐惧，又让我们感到兴奋。越听越怕，越怕越想听。许多作家，都从祖父祖母的故事中得到过文学灵感，我自然也不例外。现在回忆起来，那些听老人讲述鬼怪故事的黑暗夜晚，正是我最初的文学课堂。我想，丹麦之所以能产生安徒生那样伟大的童话作家，就在于那个时代没有电，而丹麦又是一个夜晚格外漫长的国家。灯火通明的房间里既不产生美好的童话也不产生令人恐惧的鬼怪故事。最近我曾经回到过故乡，看到那里的孩子们和城里的孩子一样，也是在灯火通明的房间里面对着电视机度过他们的夜晚，我知道，鬼怪故事和童话的夜晚结束了，我小时候体验过的那种恐惧，现在的孩子再也体验不到了。他们心中也许同样会有恐惧，但他们的恐惧与我们的恐惧，肯定是大不一样的。

在我祖父母讲述的故事里，狐狸经常变成美女与穷汉结婚，大树可以变成老人在街上漫步，河中的老鳖可以变成壮汉到集市上喝酒吃肉，公鸡可以变成英俊的青年与主人家的女儿恋爱。这个公鸡变成青年的故事，是我祖母讲述的故事中最美丽也最恐惧的。我祖母说一户人家有一个独生女儿，生得非常美丽，到了婚嫁的年龄，父母托人为她找婆家，不管是多么有钱的人家，也不管是多么优秀的青年，她一概拒绝。母亲心中疑惑，暗暗留心。果然，夜深人静时，听到从女儿的房间里传出男女欢爱的声音。母亲拷问女儿，女儿无奈招供。女儿说每天夜晚，万籁俱寂之后，就有一个英俊青年来与她幽会。女儿说那青年身穿一件极不寻常的衣服，闪烁着华丽的光彩，比丝绸还要光滑。母亲密授女儿计策。等那英俊男子夜里再来时，女儿就将他那件衣服藏在柜子里。天将黎明时，男子起身要走，寻衣不见，苦苦哀求，女儿不予。男子无奈，怅恨而去。是夜大雪飘飘，北风呼啸。凌晨，打开鸡舍，一只赤裸裸的公鸡跳了出来。母亲让女儿打开衣箱,看到满箱都是鸡毛。——现在想起来,这故事其实很是美好,完全可以改编成一部青年男女争取婚姻自由的戏剧。但小时候,听完这个故事,却对鸡窝里的公鸡产生恐惧。在大街上碰到英俊青年,也总是怀疑他是公鸡变的。我的祖母还说,有一种能模仿人说话的小动物,模样很像黄鼠狼,经常在月光皎洁之夜,身穿着小红袄,在墙头上一边奔跑一边歌唱。这就使我在月夜里从来不敢抬头往墙头上观看。我祖父说在我们村后小石桥上,有一个"嘿嘿"鬼,你如果夜晚一人过桥,会感到有人在背后拍你的肩膀,并发出"嘿嘿"的冷笑声。你急忙转身回头,他又在你的背后拍你的肩膀并发出"嘿嘿"的冷笑声。这个鬼的具体形状谁也没有见过,却是让我感到最为可怕的一个鬼。上个世纪七十年代,我在一家棉花加工厂里做工,下了夜班回家,必须要从这座小石桥上通过。如果有月亮还好,如果是没有月亮的夜晚,我每次都是在接近桥头时就放声歌唱,然后飞奔过桥。回到家后总是气喘吁吁,冷汗浸透衣服。那小石桥距离我家有二里多路。我母亲说你还没进村我就听到你的声音了。那时候我正处在变声期,嗓音又哑又破,我的歌唱,跟鬼哭狼嚎没有什么区别。我母亲说:你深更半夜回家,为什么要号叫呢? 我说我怕。母亲问我怕什么,我说怕那个"嘿嘿"。母亲说:"世界上,最可怕的是人。"尽管我承认母亲讲得有道理,但每次路过那小石桥,还是不由自主地要奔跑、要吼叫。

我如此地怕鬼、怕怪,但从来没遇到过鬼怪,也没有任何鬼怪对我造成过伤害。青少年时期对鬼怪的恐惧里,其实还暗含着几分期待。譬如我曾经不止一次地希望能遇到一个狐狸变成的美女,也希望能在月夜的墙头上看到几只会唱歌的小动物。几十年来,真正对我造成过伤害的还是人,真正让我感到恐惧的也是人。当然,作为一个人,我也肯定伤害过别人,让别人感到过恐惧。上个世纪八十年代之前,中国是一个充满了"阶级斗争"的国家,无论是在城市还是在乡村,总是有一部分人,因为各种荒唐的原因,受到另一部分人的压迫和管制。有一部分孩子因为祖先曾经过过比较富裕的日子,而被剥夺了受教育的权利,当然更没有进入城市去过一种相对舒适的生活的权利。而另一部分孩子,却因为祖先是穷人,而拥有了这些权利。如果仅仅如此,那也造不成恐惧,造成恐惧的是这些掌了权的穷人和他们的孩子们,对那些被他们打倒的富人和他们的孩子们的监视和欺压。我的祖先曾经富裕过(而这富裕,也不过是曾经有过十几亩土地,有过一头耕牛),所以我只读到小学五年级就被赶出了学校。在漫长的岁月里,我一直小心翼翼、谨慎言行,生怕一语不慎,给父母带来灾难。当我许多次听到从村子的办公室里传出村子里的干部和他们用手拷打的那些所谓的坏人发出的凄惨声音时,都感到极大的恐惧。这恐惧比所有的鬼怪造成的恐惧都要严重。这时,我才理解我母亲的话的真正含义。我原来以为我母亲是说世界上的野兽和鬼怪都怕人;现在我才明白,世界上,所有的猛兽,或者鬼怪,都不如那些丧失了理智和良知的人可怕。世界上确实有被虎狼伤害的人,也确实有关于鬼怪伤人的传说,但造成成千上万人死于非命的是人,使成千上万人受到虐待的也是人。而让这些残酷行为合法化的是狂热的政治,而对这些残酷行为给予褒奖的是病态的社会。

虽然像"文化大革命"这样黑暗的时代已经结束二十多年,所谓的"阶级斗争"也被废止,但像我这种从那个时代过来的人,还是心有余悸。我每次回到家乡,见到当年那些横行霸道过的人,尽管他们对我已经是满脸谄笑,但我还是不由自主地低头弯腰,心中充满恐惧。当我路过当年那几间曾经拷打过人的房屋时,尽管那房屋已经破败不堪,即将倒塌,但我还是感到不寒而栗,就像我明知小石桥上根本没有什么鬼,但还是要奔跑要吼叫一样。

　　回顾往昔,我确实是一个在饥饿、孤独和恐惧中长大的孩子,我经历和忍受了许多苦难,但最终我没有疯狂也没有堕落,而且还成为一个写小说的。到底是什么支撑着我度过了那么漫长的黑暗岁月?那就是希望。

　　在吃不饱穿不暖的日子里,我希望能得到食物和衣服。在"红色恐怖"的年代里,我希望能得到人们的友谊和关爱。恐惧使我歌唱着奔跑,恐惧使我产生了千方百计地逃离封建落后的乡村的力量。我们希望人类永远地摆脱恐惧,但恐惧总是难以摆脱。在恐惧中,希望就像黑暗中的火光,照耀着我们前进的道路,并使我们产生战胜恐惧的勇气。我希望在未来的时代里,由恶人造成的恐惧越来越少,但由鬼怪故事和童话造成的恐惧不要根绝,因为,鬼怪故事和童话,饱含着人对未知世界的敬畏和对美好生活的向往,也包含着文学和艺术的种子。

文化与记忆
——在柏林的演讲

时间：2006年3月23日晚
地点：德国柏林

我非常欣赏这次大会的议题：文化与回忆。这是一个宽泛得像大海一样的命题，也是一个明澈得像溪流一样的命题。

毫无疑问，我们生活在现实中。我们乘坐着地球这个飞速旋转的球体，在时间的长河里滚滚向前，把今天变成昨天，把明天变成今天；把一切都变成了历史，变成了记忆。时间一去不复返，但记忆，却会通过多种方式，常留在我们的心间。所以，从某种意义上说，我们每个人，不仅仅生活在现在，我们也生活在自己的和民族的记忆里。

中国古代的伟大哲学家孔夫子面对着奔腾不息的江河发出过这样的叹息："逝者如斯夫，不舍昼夜。"古希腊的伟大哲学家赫拉克利特面对着江河也曾发出过这样的喟叹："人不可能踏进同一条河流。"他们面对着江河，感叹的是时间的一去不复返。但我们没有必要这样悲观，尤其是从事艺术创造的工作者们，我们可以用小说、诗歌、图画、音乐、戏剧,用各种各样的艺术形式,通过我们的记忆,来再现逝去的生活;或者,我们可以用各种各样的艺术手段,把时间凝固在我们的艺术作品里。譬如,一张照片、一首歌曲、一篇小说,留下的既是过往的生活,也是被凝固了的时间。

我在自己的文章里曾经多次强调过这样的观点:没有记忆,就没有文学。同样,没有记忆,也不会有音乐、美术、戏剧等各种形式的艺术。

根据我个人的经验,文学创作的过程,也就是回忆的过程。回忆个人的、民族的、国家的乃至全人类的历史。当然,在艺术创造过程中的回忆,并不是要复制历史;这里的回忆也就是创造,回忆的过程同时也就是创造的过程。在回忆中创造出的生活,比真正的生活更加丰富、集中和具有典型意义。德国的君特·格拉斯先生、西格弗里德·伦茨先生、海因里希·伯尔先生,都用他们杰出的作品为我们树立了在回忆中创造的典范。

众所周知,艺术创造要有伟大的想象力,但伟大的想象力并不是凭空创造。留存在我们记忆中的历史生活是我们的艺术想象力赖以产生的基础,没有记忆也就没有想象。只有当我们的记忆宝库中储藏了大量的材料,我们的艺术想象力才可以像羽毛丰满的鸟儿一样起飞。

当然,记忆不仅仅与我们的艺术创造活动息息相关,记忆也与我们每个人的生存息息相关。幼儿会通过气味的记忆找到自己的母亲,姑娘会因为一朵鲜花的记忆想到自己的情人,老人可能通过一首历史歌曲,想到已经逝去的青春年华。包括我们今天的会议,也即将变成记忆。也许几十年后,还会有人回忆起一个名叫莫言的中国作家在这里做过一个关于文化与记忆的演讲。

展望二十一世纪的中日关系
——在关西日中关系学会的演讲

时间：1999年10月
地点：日本大阪

收到吉田富夫先生传真过来的演讲主题，我就感到，展望二十一世纪的中日关系，这样的话题，应该由政治家来讲，像我这样的人，完全不必为这种事情操心。但中国的古人曾经写过这样的对联，叫作："风声雨声读书声，声声入耳；家事国事天下事，事事关心。"古训不可不遵。我姑妄谈之，诸君姑妄听之吧。

我认为要展望未来，首先要回顾过去。二十一世纪的中日关系，是在二十世纪乃至两千年来中日关系的基础上成长起来的。中日关系，既复杂，又简单；既有恨，又有爱；既疏远，又亲切。就像中国的著名古典小说《红楼梦》里说的："不是冤家不碰头"。

在我很小的时候，就知道在中国的东边，隔着一片大海，有一个国家叫作日本。我的祖母告诉我，太阳就是从那里升起来的。我的祖母说，日本就是一个巨大的水池，太阳在升起之前，就睡在那个水池里。我的祖母说,这个巨大的水池边生长着许多大桑树,桑树上结满了桑葚,一些个子不高的人,整日坐在树上,一边唱歌,一边吃桑葚。这些一边唱歌一边吃桑葚的人就是日本人。后来,从我祖父的嘴里,我又听到了徐福乘着大船,率领着三千童男童女,到大海深处的仙山上为秦始皇寻找长生不老药的故事。这是一个美丽的传说,在中国几乎家喻户晓。日本大学者柳田国男先生在他的大作《传说论》里说:"传说的一端,有时非常接近历史。"传说与神话不同,神话完全是虚构,传说则往往有一个历史事件为核心。我相信徐福东渡不是神话而是传说,因此我也相信,日本民族与中华民族,有着特别亲密的关系。后来,我又从书本上读到了鉴真大和尚历尽千辛万苦东渡日本传播佛教的故事。如果说徐福东渡还带着几分神话色彩,那么,鉴真东渡就是确凿的事实了。

即便是一母同胞的亲兄弟,为了争夺家产,有时候也会刀枪相见。这是上帝造人时留下的缺陷,我愿用这样的角度来理解本世纪前叶中日之间那场战争。我之所以选择这样的角度,基于这样的认识:一旦战争爆发,倒霉的首先是老百姓,不单是中国的老百姓,也包括日本的老百姓。我1955年出生,没见过真正的日本人。我在中国的电影里和连环画里见到的日本人一个个都面目狰狞,非常可怕。本世纪八十年代我开始创作小说,因为小说,我与很多日本人有了接触。我发现日本人礼貌周全、态度诚恳,而且有的还很漂亮,与我在中国电影里看到的大不一样。这时,我才意识到,日本人跟中国人一样,是人而不是鬼。八十年代初期,日本电影在中国大大地流行,如《追捕》《生死恋》《望乡》《远山的呼唤》……冷漠的高仓健迷倒了无数的中国少女,栗园小卷、中野良子迷倒了无数的中国青年,其中也包括我。至此我才明白,日本人同中国人一样具有美好的感情,日本姑娘与中国姑娘一样漂亮,甚至比我见过的中国姑娘还要漂亮。一切的罪恶在于战争。战争泯灭人性唤起兽性,战争使人性发生扭曲。战争中的罪恶应该由发动战争的人来负责,战争引起的麻烦应该由政治家解决。至于人民,不应该负任何责任,因为大家都是受害者。

二十一世纪就在眼前。我认为在新的世纪里,中日两国人民的主题应该是友好。友好建立在交流的过程中,并通过交流来实现。实际上交流早已开始,有物质的交流,也有文化的交流。我家的电视机、电冰箱、传真机、打印机都是日本制造,连剃须刀也是。我希望在新的世纪里日本人的家庭里也有中国制造的电器。

二十年前我就开始阅读日本作家的作品,夏目漱石、川端康成、谷崎润一郎、三岛由纪夫……日本作家的作品开阔了中国作家的视野,中国当代的文学大量地吸收了日本文学的营养。尽管我们的作品在日本也有翻译,但我个人认为,我们的作品与前边提到的日本大作家的作品还有差距。在新的世纪里,我希望我们继续从日本作家的作品里汲取营养,我更希望有一些日本作家坦率地说:我的创作,受到了中国作家的影响。

我希望在新的世纪里,战争由体育比赛来代替。我们在足球场上争斗,在篮球场上争斗,在排球场上争斗,在乒乓球桌上争斗,在田径场上争斗。甚至,我们应该在一起大相扑。我非常喜欢看相扑,当然是在电视里。我想我如果生在日本,我就不当什么作家,而应该努力加餐,争取当一个相扑运动员。尤其是我在电视上看到一个美丽的日本姑娘嫁给了一个相扑运动员后,我的这种愿望就更加强烈。

十几年前,我与一个朋友在北京的大街上行走,看到一家店铺的门面上写着"日本料理"四个大字,我对朋友说:"日本人怎么跑到北京开起澡堂来了?"我以为料理就是洗澡的意思,朋友嘲笑我是土包子,并且告诉我,料理不是洗澡,料理店不是洗澡的地方,而是吃饭的地方。我希望在下个世纪里,所有的中国人都知道日本料理不是日本澡堂,我希望大多数中国人都吃过日本料理。去年春天,我曾经跟随着日本朋友南条竹则先生在中国的沈阳吃过满汉全席,连吃了三天,回到北京后,体重增加了三斤。我希望在下个世纪,日本人民中的大多数都到中国吃满汉全席,体重增加了就去相扑。

我的女儿在北京大学的附属中学读书,她们学校与日本好几家中学有往来。最近,日本东京早稻田大学附属中学的学生到她们学校交流,她终于见到了与她早就有通信联系的日本男生田中佑辅。见到了田中后她就给我打电话,说她非常失望。她说那个男孩将黑发染成了黄毛,看起来不像个好孩子。我劝她不必在意,反正他们在这里待两天就会离开。过了几个小时她又给我来电话,说谈了一会,感到这个田中还行,不是个坏孩子。我问她:你们都谈了一些什么?她说:谈灌篮高手、加菲猫、樱桃小丸子、少年足球队⋯⋯她们从卡通片里找到了共同的话题。第二天她又给我打电话,说对那个田中的印象越来越好,他不但不是一个坏孩子,而且是一个好孩子。然后她就不给我来电话了。星期天回家,她兴奋无比,话语滔滔不绝,把这个黄毛的日本小子夸上了天。她说他看起来很酷,其实很羞涩。她说他的习惯都跟她一样:没事的时候,喜欢用手绞头发,绞得满头都是圈圈。直到现在,提起田中她还是眉飞色舞。

在新的世纪里,我希望中日两国的男孩与女孩们建立起深厚的感情,甚至是爱情。这样的东西多了,战争的机会就少了。

文学与青年
——在深圳市福田会堂的演讲

时间：2004年6月10日

来深圳之前，《花季·雨季》杂志社的陈总问我讲什么题目，我说："既然是共青团委员会组织的演讲，那就讲'文学与青年'吧！"。"文学与青年"，这个题目确实很大，而且许多大人物讲过，我是不自量力，自己给自己找麻烦。

昨天，我在深圳街头看到一辆汽车，车后刷着一条标语，这条标语叫作"写天下文章，做少年君子"。这个少年君子是什么样的君子？

孔夫子说："质胜文则野，文胜质则史，文质彬彬，然后君子。"有文饰而又质朴，文饰和质朴的比例比较恰当，才会成为君子。这是一条口号，一个广告。这样的口号，这样的广告，只有在深圳这样的地方才能够出现。我走了这么多地方，每天都看到成群结队的汽车，汽车后面带着各种各样的广告，有卖洗衣粉的、饭馆招揽顾客的、卖各种各样商品的，但从没有看到一辆汽车，屁股上带着"写天下文章，做少年君子"这样的广告。有一条卖酒的广告，"喝孔府家酒，写天下文章",这广告词是我的一个朋友的得意之笔,但实际上喝了名酒并不一定能写出美文,喝醉了只能说胡话。深圳的口号是先写天下文章,然后做少年君子,这好像也应该变成共青团的一个口号。新时期的共青团,不仅仅组织青年参加学雷锋做好事,应该成为新意义上的青年的家,应该成为团结广大青年学习科学、文化,结识朋友,共同进步的组织。当然,在学习文化内容方面,也应该包括欣赏文学、学习文学乃至创作文学的内容。我终于把这个话题拉扯到文学上来,也拉扯到文学与青年上来。

从五四运动开始,文学确实和青年密切联系在一起,文学也和革命紧密地联系在一起,而文学、革命这些口号,或者说这些概念,又跟李大钊、陈独秀、鲁迅、郭沫若、瞿秋白的名字联系在一起。那个时候,有一家伟大的刊物《新青年》,它既是一份文学刊物,更是一份革命刊物。那一茬人,或者说那茬文学青年,他们要革掉的不仅仅是文言文的命,而是要用文学的武器,以文学为突破口,来革掉封建主义的命,来革掉旧中国的命。所以,那时候的文学家,也多半都是革命家。而文学和青年,并不总是和革命联系在一起,即便在革命的澎湃巨浪当中,也依然有人躲在书斋里面研究《红楼梦》、研究四书五经,也依然有人为少年男女的这种缠绵爱情而伤心落泪,也还是有像《青春之歌》里所描写的余永泽那样逃避革命,躲在书斋里,钻到旧书堆里研究学问。几十年过去了,当革命胜利之后,历史证明像余永泽这样的人,对社会的贡献一点也不比卢嘉川、江华、林道静少。据说是余永泽原型的那位老先生,他晚年的文章一时洛阳纸贵,受到当代青年的热烈的追捧。而那些像卢嘉川这样的革命原型,他们到哪儿去了?从这个意义上来讲,即便在革命的大潮当中,文学也应该有多种类型,青年也应该是多种类型。

革命的文学当然会在革命的大潮当中发挥这种积极推动、鼓动的作用,是号角,是响亮的号角,是进行曲,是烈火,会让青年的热血燃烧起来,让很多青年抛弃身边的琐事、抛弃舒适的生活,投身到革命的洪流中去。但依然还有纯粹的、研究人心灵的、写人情感的作品存在,而且会感动许多人。有许多的青年,他没有加入革命里面去,他和纯粹的文学站在一起。过了多少年以后,也是历史证明,这两种青年实际上都有他自身的价值;革命的青年当然值得我们学习,那种一心做学问的青年也是对社会有意义的。如果所有人都去革命了,学问就会中断,或者所有的人都在做学问,那我们的社会不会发生革命性的变革。这并不是说要人们逃避革命,而是说文学无论在什么样的时代,总是要呈现出多样的姿态,在革命的时代里有革命的文学,也有风花雪月的文学,也有表现世态人情的文学。写革命文学的蒋光赤有价值,写言情小说的张恨水也有价值。据说抗战结束,毛主席去重庆谈判时见到了张恨水,还送给他一块毛料,让他做衣裳呢。

从文学史的意义上来看,革命的文学一般质地粗糙,但尽管质地粗糙,依然会在文学史上占有一席之地。从文学的意义上来看,还是那些能够把历史作为背景,刻画人物的灵魂、塑造典型人物的作品更能够传之久远。在这方面鲁迅先生做得最好,为我们树立了光辉典范。鲁迅是五四文学革命的主将,他对社会的批判、对旧的封建主义的批判、对旧文人的批判不遗余力,像投枪、烈火一样。但鲁迅一旦回到文学创作上来,他立刻又抛弃了口号式、宣传式、活报剧式的那种浅显,立刻直面人心,直视着人的灵魂。他把历史、革命作为背景来描写;他的着眼点,始终围绕那些处在革命浪潮中的人物,写人在革命中的表现、人在革命中灵魂所发生的变化、人在革命大潮中的命运变迁。举例说《阿Q正传》,这部中篇小说表现了革命,描写剪辫子,描写革命党,也描写阿Q到城里去参加了"革命",抢了一批财物。但鲁迅并没有把这些作为主要方面来描写,仅仅通过人物的几句对话,把这种"革命"放在历史的背景上,通过各种各样的细节,来刻画阿Q灵魂深处的东西。然后,通过揭示一个灵魂,来警示千百万人的灵魂。直到现在,一提到阿Q,我们马上会想到每个人的内心深处,似乎都深藏着一个小小的阿Q;所谓的"阿Q主义",是我们国民性的一个重要组成部分。毛泽东主席后来也讲过,人是需要有一点阿Q精神的,没有一点阿Q精神也很难活。鲁迅之所以能够写出这样深刻的灵魂,塑造出这样千古不朽的文学典型人物,第一,他有革命家的热情与敏锐;第二,他掌握了文学的规律,他没有像当时那批作家那样,写一种非常肤浅、图解革命的作品。所以,真正的文学还是应该直面人生,应该深入到人的内心世界里去,把塑造典型人物、典型形象作为自己的最高准则。

关于文学与青年,还可以从另外两个角度来展开谈谈。文学与青年,第一层意思指热爱文学的青年,和尝试着写作的青年,这样的青年简称文学青年。当年,我也是文学青年,文学青年毫无疑问是文学的读者,也是每位作家的必由之路,没有一个作家不是由文学青年发展而来,没有一个作家一开始就成为作家,都经历过热爱文学、学习文学和痴迷文学的过程。每个时代的文学青年,好像都有自己的命运和归宿。像上个世纪三十年代那批文学青年,有的成了萧红这样的人,有的成了张爱玲这样的人,有的成了丁玲这样的人,有的也成了沈从文这样的人。我指已经成为作家的人,而那些没有成为作家的人,三十年代那些热爱过文学的青年,肯定有成千上万。大部分人可能因为文学的感召,或者其他原因投奔到延安参加了革命,成了职业革命者。从文学意义上讲,张爱玲沈从文们曾经在很长的时间内,被正统的文学史所忽视,认为他们尽管在文学上有成就,但他们颜色比较灰,他们既没去延安,也没参加共产党,当然也没参加共产党所领导的一切革命运动。尽管他们文学成就比较大,但一直被我们的这种革命文学史所排斥在外。从八十年代开始,这一批被遗忘的作家重新被挖掘出来,而且在广大的读者和广大的文学青年心目中赢得了非常高的地位,甚至高过了那些曾经在文学教科书里面非常辉煌的作家。比如,像张爱玲的地位,原来怎么可能跟丁玲相比呢?到了八十年代以后,张爱玲在文学青年和一般读者心中的地位,早已超过了丁玲。包括萧红,也都发生巨大的变化。沈从文的文学地位从八十年代直线上升;在近代现代文学史上,人们一提作家,就想到鲁、郭、茅、巴、老、曹六个人,沈从文根本不入名册,从八十年代到现在,沈从文已经跟鲁迅并驾齐驱。我看到许多作家,许多文学青年,问他们喜欢中国当代哪位作家,问他们读过谁的书,提到鲁迅和沈从文的人最多,提到沈从文的甚至比提到鲁迅的还要多。鲁迅一直是我们的榜样,但被误解甚多,长期被当成棍子打人;其实,那些把鲁迅当成棍子的人,正是鲁迅深恶的。而沈从文的文学观念,跟当前的社会更加契合、合拍,因为沈从文没有特别鲜明的那种爱憎。另外,沈从文对许多被传统道德所不认可、所痛恨、所批判的事物,采取一种同情的笔调来描写。我们看他的散文,看他的小说,发现他的小说里面充满了非常浓烈的乡土气息和人情味。解放初期那批文学青年,他们走向文学道路的方式和我们差不多,也是热爱文学,然后尝试写作,然后广泛投稿终于发表,然后一步一步走向文学道路。这批文学青年的命运,大部分在五十年代发生剧变,当时所有出名的青年作家,半数以上被错划成右派。他们几十年没有写作,一直到了七十年代末,右派得到改正,然后才重新拿起笔,又成为一个作家。这批人后来也都成了作协、文化部门的领导人。这一批解放初期的文学青年,他们既幸运,又是不幸的。

还有一茬人,六十年代、七十年代的一批文学青年。那年,我去新疆,碰到一大批上海知青,他们大概在1963年、1964年的时候看了一些电影,用他们的话说:"受到了文学的毒害,离开了上海,来到了新疆。"这批人当年可能都是热爱文学,总看电影、看小说,向往革命,向往开天辟地和创业,到艰苦的地方去锻炼,抱着一种浪漫的想法,离开富裕的生活和安逸的上海,到新疆的戈壁滩去了。当然,这是半玩笑半认真的说法,他们对这个选择还是不后悔的。因为毕竟他们在戈壁滩上建设了一个个绿洲;让他们看到一片片的绿色,看到建设起来的楼房、渠道,收获了这么多的棉花、粮食,他们心里面也还很欣慰。所以,这批文学青年,很难说是受了文学的益,还是受了文学的害。

我们这一茬五十年代或者六十年代初期出生的作家,跟前面的文学青年不太一样,我们是在中国社会非常不正常的一段时间里成长,经历了大跃进、三年困难、饥饿、"文化大革命",我们成长的社会动荡不安。八十年代初期,社会逐渐回归正常,拨乱反正,文学开始复苏,我们拿起笔来开始尝试写作。我觉得当时的写作有强烈的功利心,许多青年跟我一样,想用文学作为敲门砖,来改变自己的命运、改变自己的社会地位、改变自己的物质生活,当然也包含对文学的痴迷爱好和追求。我们这茬作家,现在也都担任了作协、机关的领导;当然也有在九十年代初期就不搞文学了,下海成了大款,但毕竟是少数。那些没有当领导,还在坚持搞文学创作的也都是强弩之末,因为有一茬一茬的青年作家,以长江后浪推前浪的态势,把我们推到沙滩上。长江后浪推前浪,前浪死在沙滩上,当然,死在沙滩上也是一种再生,又变成水渗透回去。

我们这茬文学青年,对文学的认识跟五十年代、六十年代那批人还不一样。我们开始写作的最初几年,赶上思想解放的运动,上世纪八十年代初,积压二十年的西方文学的许多重要作品铺天盖地被翻译到中国。我们这批人,在"文化大革命"以前上了学,大多数不能直接阅读原文,一下子突然翻译出这么多的外国文学作品,确实看得眼花缭乱。在吸取文学的营养上,我们比五十年代那批深受俄国影响的作家可能要广阔一些,文学手法更大胆一些,也更先锋一些、前卫一些。小说的基调,也不像五十年代的那批作家,显得那么昂扬、向上,那么光明、灿烂。在我们这批作家的作品里面,灰色占了主色调,大部分人描写边远乡村、社会底层的普通小人物的生活状态。尽管作协号召写主旋律,但回头来看,八十年代走向文坛的这批作家的大部分作品都不太符合主旋律的标准,只有个别几个作家写的还算主旋律,但他们所写的主旋律,也跟《青春之歌》《保卫延安》《林海雪原》大不一样。时代变了,创作的主体变了,也就是说每一茬作家成长的年代、生活的环境、接受的教育背景不一样,导致写出来的作品基调大不一样。我们这一批人,已经不太相信空泛的口号。前辈作家所信仰的许多东西,我们画了大大的问号,这也是我们的作品受到很多批评的重要原因。经常写一些奇奇怪怪、荒诞、变形的东西,这可能跟我们经历了十年"文革",社会生活留下的噩梦般的记忆有关。

最近一茬文学青年,应该从九十年代开始到现在;这批人七十年代、八十年代出生,甚至一些更年轻的写作者,他们所受的教育、他们所生活的环境跟我们大不一样。他们对人的看法更加指向人的本性和人的本质,真善美、忠诚、友谊、爱情,人类最基本的感情的要素,是他们关注的东西,比我们高了一个层次,他们用这样的观点来研究人、分析人,然后写出文学作品。他们比我们这批作家,比五十年代那批作家,具有更广泛的一种性质,真正的面向全人类的一种东西。

  这一代作家的生活,无论物质生活和精神生活,跟我们这批作家已经大不相同。我的女儿八十年代出生,我对她进行忆苦思甜,人家反而觉得我们当年所谓的苦,实际上是很浪漫的一种生活状态,而我们认为她们的幸福,在她们的心目中觉得有很大压力。我说:"你们现在吃也不愁,穿也不愁,每天背着书包上学校,而爸爸那个时候,小学还没有上完就捞不到上学了,每天牵着牛,放牛。"她说:"谁愿意上学呀,我愿意放牛去。"所以,时代不同,我们许多的苦乐观念、善恶观念、美与丑的观念都大不一样。所以,每一个时代、每一个年代的人,都应该产生属于他们自己的文学。自从网络出现以后,文学变成了大众活动,文学创作变成了大众活动,人人都当写作者、当作家。过去,没有那么多刊物、那么多阵地来发表作品,现在网络提供了这种可能性,我觉得大家都是一个写作者,也都是一个文学的阅读者,阅读者和写作者就好像在一个平台上共同切磋技艺。这就允许许多人像玩票一样,我今天来兴趣就写一篇,我明天没兴趣就不写。文学创作应该变成大众化的活动,千军万马的人都开始搞文学,千军万马的人都在写天下文章,极有可能使具有文学素养、具有天赋的少年,最后成为了不起的大作家,这种可能性更大。至于写得好和坏,也应该是客观的标准,不应该是主观的标准。所谓客观标准,就是每个时代都应该有每个时代的作家,每代人都应该有自己的代言人,因为年龄的隔阂,成长环境的不一样,造成了每代人的思维的方式。我们这代作家笔下没有出现爱情,因为我们这茬人的经历不太好,经历了一个人心变异、人心格外黑暗的年代。所以,拿起笔来的时候,我们也丧失了那种浪漫情愫。新一代少年作家笔下,为了爱情上天入地、寻死觅活,古典与现代的爱情确实出现了,那种动画片式的超级酷的青年形象、少年形象也出现了,这是一个半虚拟的世界里发生的事情,与现实生活拉开了巨大的距离。可以说新的文学青年与新的文学中的青年,是一种想象力腾飞的产物,是对现实生活的一种超越,而理想和使命,也就包含在这种超越之中。文学毕竟会存在下去,而新一代的青年乃至少年的加入,是文学永存的理由。

话题还是回到那辆汽车屁股上的广告:"写天下文章,做少年君子。"这样的少年君子,究竟是一个什么样的含义?每个人都可以去想。在当今时代,什么叫少年君子?为什么写了天下文章就可以成为少年君子?希望哪一天能够找到这辆汽车,问一问往汽车上刷标语的人,他怎样给少年君子定义。我心目中的少年君子应该是继往开来的新人,在他们身上不仅仅代表着文学的理想和希望,也代表着社会的理想和希望。

文学个性化刍议
——在深圳"社会大讲堂"的演讲

时间：2004 年 8 月

去年在《中国青年报》上看过一篇叶立文的文章，他说："如果大量地阅读当代文学作品，你会误以为闯进了一家歌舞升平的卡拉OK厅，这些作品大抵没有个性，题材雷同，风格近似。几乎每一部作品背后，都能找到一个确切的模仿对象。这种状况就像唱卡拉OK一样，每个作家都有跟着某位文坛前辈随声附和的癖好，所不同的只是经常篡改歌词，以吠影吠声之力，博得个'创作'美名。"

他的这个比喻，很形象也很精辟，让我思索了很久。的确，在卡拉OK厅里，无论多么蹩脚的歌唱，也会有捧场的掌声和尖叫，也会有一束或者几束真的或者假的鲜花献到胸前。当然，也确实有模仿得惟妙惟肖、表演得声情并茂的歌唱，既感动了自己也感动了观众，但背后或者是侧面，总还是有一个屏幕，在那里提示着——你不是原创。也正像叶文所说："即便是全民的卡拉OK，也永远培养不出一位帕瓦罗蒂。"

关于文学的原创性，这几年已经吵得震耳欲聋。这当然是一件好事。作家吵嚷原创，是不愿意东施效颦、不愿意邯郸学步、不愿意鹦鹉学舌。读者呼唤原创，是厌倦了二手货，希望能读到让他们耳目一新的玩意儿。评论家提倡原创，是为了能够出现值得他们的大笔评点的文本。而所谓原创，以我的理解，就是个性化。不久前在第二届华语文学传媒大奖颁奖会上，我做了一个发言。其中说道："二十多年来，尽管我的文学观念发生了很多变化，但有一点始终是我坚持的，那就是个性化的写作和作品的个性化。我认为一个写作者，必须坚持人格的独立性，与潮流和风尚保持足够的距离；一个写作者应该关注的并且将其作为写作素材的，应该是那种与众不同的、表现出丰富的个性特征的生活；一个写作者所使用的语言，应该是属于他自己的、能够使他和别人区别开来的语言；一个写作者观察事物的视角，应该是不同于他人的独特视角，从某种意义上来说，牛的视角，也许比人的视角更加逼近文学。我不认为一个写作者可以随便对作品中描写的人和事做出评判，但假如要评判，那也应该使用一种不同流俗的评判标准。这样强调写作的个性化，似乎失之偏颇。但没有偏颇就没有文学。中庸和公允，不是我心目中的好的写作者所应该保持的写作姿态。即便在社会生活中，中庸和公允，多数情况下也是骗人的招牌。趋同和从众，是人类的弱点；尤其是我们这些经过强制性集体训练的写作者，即便是念念不忘个性，但巨大的惯性还是会把我们推到集体洪流的边缘，使我们变成大合唱中的一个无足轻重的声音。合唱虽然是社会生活中最主要的形式，但一个具有独特价值的歌唱者，总是希望自己的声音不被众声淹没。一个有野心的写作者，也总是希望自己的作品，能跟他人的作品区别开来。我知道有些批评家已经对这种强调个性的写作提出了批评，但他们这种批评，其实也正是一种试图发出别样声音的努力。时至今日,我认为已经不存在那种会被万众一词交相称颂的文学作品,我也不认为会存在一个能够满足各个阶层需要的作家。任何一个写作者的努力,都是'嘤其鸣兮,求其友声'。从这个意义上说,写作的个性化,恰是通向某种程度的普遍性的桥梁。"

近日对文学的个性化问题,沿着上次发言的方向,又做了一些思考。有些东西似乎感觉到了,但要表达出来,却很是困难。我想,文学的个性化,大概可以分成两个问题来讨论:一个是作家的个性化,一个是作品的个性化。

所谓作家的个性化,当然不是指那种表面性的离经叛道和不拘小节。留起胡须和长发、在公共场所捣乱破坏、打架斗殴、泡泡酒吧吃吃摇头丸,那是不良少年的作为,与艺术无关。但像魏晋时期的建安七子和竹林七贤另当别论。他们的装疯卖傻,其目的是为了保命,当然也可以看作是对黑暗政治的一种艺术化反抗。我觉得一个作家的个性,主要表现在他独立的思想和独立的人格,也正是因为他思想和人格的独立,必然就使他在大多数情况下与体制处于对抗状态。他不会也不应该依附于任何势力和集团,不向有可能给他带来名利的集团和势力献媚,更不会把自己的写作当成献媚的手段。

昨天看《作家》杂志第五期,上有李国文先生一篇文章《走过菜市口》,文中说:"一个文学家,最好不要跳上政治家的船,哪怕是最高级的游艇,也要敬而远之才是。唐朝的李白,一开始是绝对明白这个道理的。杜甫《饮中八仙歌》就写过他,'天子呼来不上船'。可后来,估计是酒喝高了,下了庐山,竟登上了永王李璘的旗舰,检阅起水师,'为君谈笑净胡沙'。结果好,永王失败之后,他也就充军流放到夜郎了。"李先生的文章里有一种深刻的调皮,有许多过来人的体会在里边。但李白的糊涂,大概从给杨贵妃唱颂歌时就开始了,甚至更早。从另一个角度讲,那个时代里,写一手好文章、好诗词的人,大都是官场中人,文章和诗歌本来也就是晋升之道。不像现在,要想当大官,最好去读理工科。所以李白的献诗,大概也没有我们想象的那般下作。其实几千年的文学史,很像一部失意官僚的牢骚史,《诗经》除外,曹操除外。屈原、李白、杜甫、韩愈、柳宗元、刘禹锡、苏轼等,好像都是被贬到天涯海角之后才写出了传世的佳作。官场得意时要么顾不上写,写了也多半是平庸之作。

一个作家,如果没有独立的思想,那就只能是图解别人思想的工具。所谓的独立思想,其实也就是独立思考。我想只要是正常的人,都不乏独立思考的能力,关键是在体制的强大压力下,丧失了独立思考的勇气。我在网上看到一篇分析约翰·契弗的文章,说五十年代美国中产阶级不愿意被纳入体制,喜欢"以自己的个性反抗自己的身份",但到了约翰·契弗,他书中的主人公,却"唯恐被体制排挤出来"。于是,"共同的价值观念磨光了个性的棱角,适应体制的同时也抛弃了自己的独立性",他们的个性最终演变为"对现存体制的敬畏和唯恐被甩出去的心理状态"。于是他们"外表的自由难掩内心的重重束缚,渴望有隐藏起来不被别人了解的自由,但又厌恶自己的本质与别人的差别"。其实,这何尝不是中国诸多作家在漫长岁月里的心态写照。我想在解放后的半个世纪里,中国的作家,乃至中国的大多数知识分子,之所以成了别人的传声筒、应声虫,就在于为了适应体制,就在于那种"唯恐被甩出去"的巨大恐惧,而自动放弃了独立思考的权力。而长久的放弃,必然导致退化,退化的结果就是迷信和盲从。为了保全自己而违心地叫嚷每亩地可以生产一万斤稻谷还不算悲剧,真正的悲剧是真的相信每亩地可以生产一万斤稻谷。在那个时代里,反倒是那些没有多少学问的小人物,或者是农民,凭着朴素的直觉,看出了"正统思想"的荒谬。我在农村时,村子里也开会,批这批那,但开完会后,该下力气干活还得下力气干活,因为开批判会开不出粮食来,而国家的粮食只给工人、干部和解放军吃,农民饿死,那是活该。这种不端国家饭碗的独立性,其实就是农民能够独立思考的物质基础。我们那时候跟队长吵架,常说的话就是:"你能怎么着我?有本事你开除了我的农民籍!"你嘴巴能说出莲花来,队长还是要根据你的劳动能力和劳动态度给你定工分。现在回头检阅那个时期的文学,我们承认有许多不错的作品,但没有一部作品不是在图解领袖的思想,也没有一部作品发出过与时代的大合唱不合拍的声音。作家的思想是空白的,这是作家的悲剧,也是文学的悲剧。当然,我如果在那样的时代里写作,也只能那样写。

我见过好几位在国外慷慨激昂地抨击中国政府的人,但一提到他们父辈的体制内职位,立即就充满自豪,一回到国内,体制内的利益,那也是分毫不让。我的意思当然也不是让人去跟体制拼命。做一个跟体制对抗的作家,跟做一个遵纪守法的公民并不矛盾,因为所有的体制,都有对独立精神的制约的成分。所谓作家跟体制的对抗,不是指公然地违反公德,而是一种精神的警惕,一种精神上的独立。许多有独立精神的人,恰恰是那些把垃圾扔进垃圾箱里、在众人都插队的情况下依然规规矩矩排队的人。真正的高贵是面对着高贵者不屈膝弯腰的人,真正的勇敢者是那些敢于坚持真理的人。

还是在网上看到,说所谓知识分子,有三个主要标志:一是要有能够进行科学思维的头脑;二是要有独立的人格;三是要有为了自己的理想而献身的勇气。用这个标准来衡量,中国作家里边,有几个可以称为知识分子?我从来不认为我是个知识分子,我认为中国作家里边,也没有几个配得上知识分子的称号。有知识的作家当然很多,但仅仅有知识,就是知识分子了吗?《红楼梦》里贾府那些清客,学问都很大,知识面也很广,但他们能算知识分子吗?他们也创作,但他们的作品能算好的文学吗?

上边的议论似乎离题太远,但其实没有离题。一个个性化的作家,在从事他的文学创作时,只有具备了坚持独立思考的勇气和为了理想而献身的勇气,才可能亲近下层人民,才可能了解民生疾苦乃至饱尝疾苦,才可能抱着一种甚至是偏激的对权贵和豪强的敌意,说出自己的话,说出自己想说的话;而他自己的话和他自己想说的话,也就很可能是老百姓自己的话和老百姓想说的话。当然,《红楼梦》说出的未必就是老百姓想说的话,那个亡国之君李煜的"春花秋月何时了",也不是老百姓要说的话。但这个时候的曹雪芹和李煜,一个是破落贵族子弟,一个是亡国的皇帝,他们的思考已经不是体制内的了,他们虽然不会和老百姓站在一条战线上,但他们至少不会唱赞歌,而是唱挽歌了。好的文学,大概很少赞歌和颂歌;而挽歌,则容易唱成经典。

所谓作品的个性化,自然是建立在作家独立思考和独立人格的基础之上。没有创作主体的个性化,也就没有作品的个性化。我大概想了一下,作品的个性化,首先来自作家气质的个性化。这涉及心理学和遗传学,有点玄,似乎是命定的因素,几乎无法改变。这也是有个性的人很多,但并不是有了个性就可以成为作家的原因。

其次,作品的个性化,来源于或者说依赖于作家生活的个性化。一个作家独特的生长环境、独特的人生遭际、独特的生存经验,是构成作品个性化的物质基础。譬如曹雪芹,譬如蒲松龄,譬如鲁迅、沈从文、张爱玲,譬如陀思妥耶夫斯基,譬如托尔斯泰,譬如劳伦斯,譬如普鲁斯特、卡夫卡,大凡是留下不朽作品的作家,都有着非同常人的人生经验,或者说是命运。这也是命定的东西,后来的所谓"体验生活",基本上无济于事。你当然可以化装成叫花子去沿街乞讨,但你能够体验到的,只能是肉体的、表面的,只能看到外界的反应,而内心的、深层的感受,是无法体验的,因为无论你穿的多么破烂,即使是恶狗把你的腿咬得鲜血淋漓,你的心中,也不会忘记你的作家身份和你是化装体验这个真实。

作家后天生活的个性化里,包含了许多对文学创作来说至关重要的要素。譬如你生活的地方的地理环境,你接受的文化教育,伴随你长大的那些人,这些,都在你没成为作家之前,就决定了你成为作家之后的基本面貌。后来的遭际和努力,当然也会发挥作用,但改变的是局部,不会是根本。

如此说来,不免令人沮丧,似乎在个性化写作面前,一切努力都基本上无济于事了。这确实是个残酷的现实,我们能够做的,就是在许多不可改变的因素面前,在外界事物的刺激和参照下,尽量地保存和凸现自己的个性。

我想,在一个作家最初的写作阶段,最好是顺着自己写,不要为了功利性的目的,或者是受外来的诱惑,跟着人家写。但如果一味地顺着自己写,又很容易变成在一个平面上溜冰,而不是往陡峭的冰山上攀登。这种时候,往往是一个作家大概地了解了文学的规律、掌握了文学的技巧、清楚了原始生活素材和小说情节之间的关系的时候,因此,这就有可能使作家对作品的个性化追求,变成一个技术性的问题,这也是我们唯一可以努力的方向。

第一个方面,语言。作家的语言,或者说小说的语言,是个性化作家或者是个性化作品的最显著的标志。一个作家用什么样的语言写作,当然有许多命定的因素,但追求个性化的努力,可以使一个成熟作家的语言发生变化。这种变化,需要外部刺激,然后激活我们个性中已经存在的语言因子,内外结合,成为文体(我相信一个人有用多种文体写作的可能性)。具体说起来,我想我们第一可以从古今中外的经典中寻找语感(对不懂外语的作家,"外"就是翻译家的语言);二是从民间生活中和大众口语中寻找词汇。有了新的语感和新的词汇,就会使我们的文体发生变化。

第二个方面,作品中人物的个性。经典作品中,大都有令人难以忘怀的个性鲜明的人物,其实也就是典型人物。能够成为典型的人物的个性,应该是有价值的个性。什么是有价值的个性呢?我认为,那些在世俗社会的汪洋大海里敢于特立独行,敢于逆潮流而动,敢于"冒天下之大不韪",敢于"以自己的个性反对自己的身份"而且被历史证明了他们的坚持是正确的人,就是有价值的个性。像贾宝玉、快嘴李翠莲、爱笑的婴宁、把警察局长和狗熊捆在一起扔到河里的彼埃尔、四十岁了还敢涂脂抹粉的三仙姑等,这样的有价值的个性具有榜样意义。另一类有价值的个性,可能被历史证明了他们是悲剧人物,是性格造成的、不是遭际造成的悲剧人物,譬如堂吉诃德,譬如契诃夫小说中那个因为在长官脑后打了一个喷嚏被吓死的小公务员,譬如鲁迅的阿 Q,譬如加缪的那个多余的人;这样的人物,他们的行为和他们坚持的,无所谓对错,但他们的个性表现了人性中的某种共同性,让我们从他们身上看到了我们自己,他们具有认识价值,因此,这样的个性也是有价值的个性。

一个作家的生活中,很可能会幸运地遇到这样的有价值的个性,但这样的资源是稀有金属,很快就会穷尽。而我们要继续写作,而且要坚持有个性的写作,那就需要从历史中和从现实生活中去发现这样的个性。这里的发现,当然是指综合和想象,当然是指一个作家能够把别人的生活借助于强大的想象力同化为自己的生活的能力。当然也不排除某些有天才的作家,借助一个独特的想法,就创造出一个有个性的人物的可能。

第三个方面,是作品氛围的个性化。但这基本上是个可以意会不可以言传的问题。在这个问题上,我们也是可以有所作为的,譬如可以尝试着写一种跟凡·高的绘画精神相通的小说,譬如可以写一种和日本的浮世绘意境相似的小说。

最后,谈谈我对文学社会性的理解。我这样强调个性,并不是不要社会性,社会性就像青天白日下一个人的影子,是无法摆脱的。我想只要写出了丰富的个性,社会性也就在其中了。

再最后,谈谈个性化的误区。文学的个性化,当然离不开物质层面,但更重要的是精神层面。如果一味追求奇特,那很可能成为猎奇。一味追求另类,那很可能是炒了西方的剩饭,或者是由追求个性而造成了趋同性。一个把头发染成红色的人把自己染发的过程写成小说,毫无疑问是个性化的写作;但问题的可悲在于,把头发染成红色并把染发过程写成小说的人很多,这样,个性就成了雷同,这样的个性自然是没有价值的。所以个性不是流行和时髦,而是一种发自内心的需要,是一种对于人生和社会的独特理解。

许多东西其实难以改变,但我们总是在试图改变,这也是一种个性吧,往好里说是"虽九死而不悔",往坏里说,那就是执迷不悟了。

细 节 与 真 实

——在中央电视台"双周论坛"的演讲

时间：2005 年 4 月 8 日下午
地点：北京

中央电视台这个地方我来过两次,每次来都感到很抱歉,因为像中央电视台这么圣洁的屏幕,我的形象上去后肯定是一种污染。但每次都不是我自己要来的,都是你们三番五次请我来的,所以,尽管我心里感到抱歉,也没有必要道歉了吧。

没来中央电视台之前,有一种特别神圣的感觉,因为你们这儿是万众瞩目之地,你们这里的人也大都是千夫所指之人。不是"千夫所指,无疾而死",是千夫所指,心向往之。但这种神圣感很快就打破了。1996 年初,我来做过一期《东方之子》,那个主持人上身穿得非常严肃,打扮得非常端庄,下面却穿着一条肥大的衬裤,脚上穿着拖鞋。我于是明白了,原来中央电视台的严肃仅限于上半身。

我确实感觉到让作家正儿八经做报告是一件很荒诞的事情;我也认为一个能够作非常精彩的报告的人,未必能写出很好的小说来。

作家应该躲在家里,一个人冥思苦想。但是没有办法,盛情难却,我还是来了。我来以前,让负责联络的史小姐拟了几个问题,根据她提出的问题慢慢讲。

其中有一个问题,让我谈一下小说跟影视的关系以及我个人的小说被改编成影视的经历。在座各位都是电视台的,估计会对这个问题感兴趣。

从八十年代初期新时期文学开始以来,电影跟小说的改革开放是同步的。张艺谋、陈凯歌这批导演的主要作品,基本都是从小说改编过来的。他们先有一个小说做基础,在这个基础上把他们自己的再创造融合进去,他们的电影才能够有那样的面貌。

提到我个人的小说和电影的关系,大家很自然就会想到《红高粱》。《红高粱》是我1986年的小说,发表在《人民文学》上。张艺谋找我的时候是1986年的夏天,暑假期间。我当时也知道张艺谋,他作为摄影师,拍过《黄土地》《大阅兵》,已经非常有名了,而且他还在吴天明导演的《老井》里当了演员。我当时在军艺利用放假写一部新的作品,听到一个人在走廊里高喊莫言。出来后发现一个人,剃着光头,穿着破汗衫,穿着短裤,提着一只鞋子、穿着一只鞋子,一瘸一拐走来,完全是农民的形象。他说我是张艺谋,我想把你的《红高粱》改成电影。我说你改吧,没有什么问题。他说你有没有什么想法,对我有什么要求,改的过程当中注意哪些事项。我说没有任何让你注意的事项。第一,我不是鲁迅,不是巴金,不是茅盾。改编那些大师的作品有一个很重要的原则,就是要忠实于原著。改编我的作品不存在这个问题,想怎么改就怎么改。我觉得他像我们生产队的队长,而我本质上也是农民,所以我们的合作很顺利。

剧本是陈剑雨先生执笔的,我和朱伟参加了讨论。写出来后,交给张艺谋。他要开拍的时候我正好在高密休假,看了导演本,跟我们原来写的剧本完全不是一回事了。所以张艺谋也应该算《红高粱》的编剧。我们写了那么多人物、那么多场景,写了大概有五六万字,但张艺谋的导演本,故事很简单,人物也很少,就几百个镜头。我想把小说改成电影实际上就是选择的过程;高明的导演会从小说里选择最好的东西,一部长篇有几十万字、几百个场面、几十个人物,甚至上百个人物,作家倾注了很多这样那样的思想,改编成电影,只能从里边选择一些他需要的。应该从里边选择最能让他产生共鸣的、最能让他激动的那部分,把众多的人物合并成一个或者几个人物。场景也只能根据拍摄的需要选择一些;没有的话,可以另外去造。

电影拍完以后,尽管我是原作者,但是一看这个片子,还是给我一种强烈的震撼,感觉到跟我过去所看的所有的电影,尤其是中国的电影大不一样。张艺谋是摄影师出身,特别注重画面,另外特别注重色彩,把色彩当作很重要的元素融入电影里边去。而红色在我的原小说里也作为非常重要的形象出现,我当年写小说的时候,实际上是把高粱当成了一个人物写的,红高粱不仅仅是一种植物,而且是一种象征。小说中浓烈的红色,实际上也是在表达一种理念的东西。如果仅仅叫"高粱",肯定没有那么大的感染力。叫"红高粱",用了那么多笔墨描述红色,写了各种各样的红色,营造了特别强烈的氛围。

《红高粱》得了第 38 届西柏林国际电影节的金熊奖,让张艺谋一举成名。这是中国电影在国际电影节上获得的第一个大奖。后来的导演在国际电影节上得了很多奖,但都没有那么强烈的效果。我当时正在山东高密老家躲着写小说,我堂弟拿着《人民日报》找到我,嚷叫着:得奖了,得奖了!我接过报纸一看,整整一版的文章,题目叫

《"红高粱"西行》。我想现在即便得了奥斯卡奖,《人民日报》也不会拿出整版报道这个事情。用现在的眼光看,张艺谋的《红高粱》尽管有很多粗糙的地方,但这毕竟是中国电影第一次被世界所认识,功不可没。当时的很多艺术品,包括小说,尽管现在来看有那么多不完美的地方,但它们所发挥的作用却是后来的很多作品无法代替的。

张艺谋拍完《红高粱》以后,跟我有过两次合作的机会。九十年代初,他找过我,想拍一部大场面的农村题材的影片,让我写一个剧本。我说大场面的农村题材,肯定要跟战争联系到一起。他说他不想拍战争片。我说那我们就拍水利工程,"文化大革命"期间兴修水利,把几十万农民调在一起,几万辆独轮车、几千辆马车、拖拉机,老婆、孩子齐上阵,场面非常大。他说现在不可能把这么多农民调动起来。我说你在纺织厂工作过,我在棉花加工厂工作过,我们围绕棉花做一点文章吧。在我的记忆里,每年到了深秋的时候,全县上百个生产大队的棉花,用马车拉着、小推车推着,排成大队,往棉花加工厂里送。收购来的棉花露天存放,几十米高的棉花大垛,一眼望不到边,很有气势。每年到了棉花加工的季节,就会从很多村庄里抽调年轻的男女来当合同工。还有城镇待业青年、下乡知青、复员军人。在加工棉花的过程当中,这些青年自身也被加工了,因为来的都是有一点文化的,要不就是有一点后门的,应该算农村里比较杰出的、比较优秀的年轻人。这一批人在一块,半年的时间内,开阔了眼界,增长了见识。这么多年轻人在一起产生了很多的故事。有争风吃醋,也有对美好生活的向往,每个人都有自己的想法。很多青年男女在这个地方谈上了恋爱,建立了家庭。当然也发生了很多悲惨的事件,发生了很多工伤事故。我对张艺谋说,你刚刚拍完了《红高粱》,假如再拍《白棉花》,首先在色彩上就会形成一种鲜明的对照,红高粱是那样的热烈,热火朝天,棉花是白色的、冷的色调,而且棉花看起来是非常柔软的,但如果我们把棉花压缩成件,它就比钢铁还要坚硬。我当时在棉花加工厂的工作是抬大篓子,把棉花抬到车间里加工,棉花落垛,纤维之间一旦咬住以后,像牛皮一样,撕都撕不开,要用铁钩子拼命拉开。我对棉花的特殊性很了解,它单独、少量时非常柔软,但一旦结成团体后,却柔韧得像橡胶一样。《红高粱》里,爷爷和奶奶在高粱地里野合,棉花加工厂的青年男女在棉花大垛上谈恋爱。他们在棉花垛里挖出秘密通道,钻进去谈。张艺谋一听非常感兴趣,说你赶快写,你写的时候不要考虑电影剧本,就当小说写,想怎么写就怎么写,题目就叫《白棉花》。小说写好,他看了以后不感兴趣了。据说是上面有命令,以"文革"为背景的题材不能拍。我觉得这是借口,我们可以把背景换了,换到抗日战争时期,日本人收了一批棉花要加工成棉絮,工人们在里面搞破坏,不加工,或者加工了偷运给八路军。这不很好吗?但他还是放弃了。直到今天,我还认为这是张艺谋的一次失误,如果他拍完《红高粱》,紧接着拍《白棉花》,他的艺术成就会更高。

《白棉花》放弃了以后,过了几年他又找我,说想拍楚汉战争。我对楚汉这段历史比较熟悉,对项羽和刘邦的事非常感兴趣,我就写了一个剧本叫《英雄·美人·骏马》,可能是因为投资方的原因,这个剧本也没有拍成。后来,这个题材是香港另外一个导演拍了。楚汉战争的剧本他不拍,我觉得也是很遗憾的事情。那些有关楚汉战争、项羽和刘邦的片子,就故事来讲都没有我写的精彩。后来我把这个电影剧本改成话剧《霸王别姬》,空军话剧团演了,很轰动,多次出国演出。

过了几年,张艺谋的助手又来找我,这时已经到了1999年。我发表了中篇小说《师傅越来越幽默》,写一个老工人在即将退休的时候工厂忽然倒闭了,他下岗了。老工人一下变得非常失落,他是很多年的劳模,多年来一直是以厂为家的,解放前在资本家的工厂里做童工,解放以后公私合营,一直干到九十年代,对工厂感情很深。下岗给这个老工人造成重大打击的不仅仅是经济的问题,更重要的是心理上的打击;他突然感觉自己像没娘的孩子一样,没人疼没人爱了。工厂不存在了,他心里非常痛苦,但也无可奈何。他的徒弟帮他想了一个歪招儿,在旅游区的小山包上,用一个破旧的公共汽车的壳子,制作了一个休闲小屋,专门提供给在人工湖边游完泳的青年男女谈恋爱休息,进去一次收费50元,里面有饮料、有床。有一天,休闲小屋突然进去了一对中年的男女,进去以后就把门插上了。这两个人始终不出来,一直到天黑还不出来,到了晚上八九点钟还不出来,老工人就敲门,里边一点声音都没有。这时他非常害怕,找了他徒弟,带着他去派出所报警。警察赶来,一推门,虚掩着,里面空空荡荡的,什么都没有。老头原来以为这对中年男女在里面自杀了,结果推门发现什么也没有。警察很愤怒,说:老师傅真幽默,这个世界上有遛骡子遛马的,没想到还有敢遛警察的。这篇小说最早的构思起因是我看了拉丁美洲的一篇小说,一对青年男女在疯狂的娱乐后,变成气体蒸发掉了。我联想到在部队的时候回家探亲,看到农民把破旧的公共汽车改造成小卖部,我想:如果在小山包上有一个破旧的公共汽车的壳子,会发生什么样的故事呢?把两个瞬间的灵感碰撞融合,产生了这篇有点荒诞的或者神秘的中篇小说。当然也反映了社会问题,工人下岗的问题。

　　张艺谋对这个故事很感兴趣,我非常奇怪,我觉得他不应该对这种题材感兴趣。我问他:你到底对这个小说感兴趣在哪里,是对社会问题、工人下岗感兴趣,还是对其他的东西感兴趣?他说他对公共汽车的壳子感兴趣,对破旧的公共汽车在冷僻、荒凉的小山包上感兴趣。他让我改,我说你自己找人改吧。他找广西一个年轻作家改。改来改去,剧本出来的时候我发现跟我的小说没有任何关系了。唯一跟我小说有关系的就是电影的前20分钟里还有一个破旧的汽车壳子。

我看了他的剧本,觉得这个剧本拍出来以后就是一个放大的小品。后来他找了赵本山演这个电影,一个学雷锋做好事的故事。讨论剧本时我给他提了十六条修改建议。他在剧本里添加了一个盲女,给人按摩,一群好心人,伪装成顾客,请她按摩。大家都是活雷锋。我给他设计成复仇的故事,盲女瞎了,但是听觉、嗅觉极其灵敏,盲女实际上利用她的嗅觉和听觉寻找杀父仇人。她给人按摩,实际上在寻找她的杀父仇人。张艺谋说这不行,广电部肯定通过不了,十六条建议,他一条也没有采用。拍摄成的电影叫《幸福时光》,这肯定是张艺谋失败的作品。2002年我跟张艺谋和日本作家大江健三郎先生在一起座谈的时候,也谈到了这个电影。我说我在写作的时候,经常写了五万或者十万字,感觉不好,就把它撕掉,在电脑里更方便,一下就删去了。张艺谋特别感慨,说小说家可以这么奢侈、可以这么牛,导演不行,拍到一半的时候,突然对这个电影没有兴趣了,但是没办法,没有兴趣也要装得非常有兴趣,没有信心也要装得非常有信心,咬牙切齿也要把它完成,否则多少万的投资一下打水漂了。我问他《幸福时光》是不是这样的作品,他说是。《幸福时光》刚刚开机的时候他突然感觉完了,这个电影肯定拍成垃圾片了,但他咬牙切齿把它完成了;而且完成以后明明知道不好,还要拼命说好,在没有好的地方找出好来。我觉得导演也是很可怜的。我说,艺术创作,就像爬山一样,有时为了爬上一个更高的山头,不得不暂时地下降一下高度,要绕着矮小的山包,选择一个更容易通往最高点的道路,《幸福时光》就是为了向更高处攀登的暂时下降。他蛮开心的,说,如果是这样讲,那这部影片还是有价值的。

我后来还跟电影界的其他导演有过合作,譬如周晓文。周晓文看了《白棉花》,特别激动,说这个我一定要拍,一定要把小说的电影版权买来,我没钱,今天从母亲那儿借了三千块钱来。一下把我感动得要命,我说好。后来也没拍成,结果被台湾的制片商弄去了。他们改编成剧本,送广电部审查,没有通过。但是这个制片商从"台湾政府"那儿拿了五百万台币的电影扶助金,如果在一年之内不完成电影,五百万台币就要收回去。这个老兄竟然带了一拨人跑到陕西把电影拍了。拍了以后就是非法电影,在大陆不能上演,在香港、台湾演过。我没看,有人看过,说拍得特别差,苏有朋演《白棉花》的男主角,奶油小生,跟原小说里的人物完全两码事;我幸亏没看,看了以后会很伤心。

后来还跟霍建起合作过一次,他拍的电影《那山那人那狗》,在日本有很好的票房,也有很好的反响。这是一部反映父子深情的电影,不知道把日本观众的哪一根神经触动了,有非常好的票房号召力。日本方面非常想让他拿我的小说改成电影,因为我在日本文学界有一定的影响,也算是"强强联手"吧。他们选中了我八十年代写的一篇小说《白狗秋千架》,这是一篇怀旧的小说,主题是还乡。小说中的"我"是一个农村人,后来到了城市,再回到农村去,碰到了自己当年的恋人,生发出很多感慨来。当年的恋人,因为出了一次事故,眼睛戳瞎了,无奈只好嫁给了一个聋哑人,一胎生了三个小男孩儿,很不幸,这三个小男孩儿也都是聋哑人。"我"去探望当年的恋人,她把

"我"引导到高粱地里,很热烈地说"我对你没有任何要求,希望你能让我生出一个会说话的孩子",小说到此就结束了。这个短篇小说拿到广电部审查,说这肯定不行。《红高粱》在高粱地里恋爱,勉强通过了;这部小说又要到高粱地里去生一个会说话的孩子,这样结尾怎么可以。小说里女主角是独眼,还带着四个哑巴,拍成影片,有损中国人的形象啊,那么多残疾人,这些情节都不行。

我说广电部的意见是正确的。第一,我们一定不要让男女主角再跑到高粱地去制造孩子,这个结尾一定要换掉,尽管这个结尾在小说中很有震撼力。这是这个农村妇女最终的愿望,人性的东西直接暴露,没有任何要求,就是希望能够生一个会说话的孩子做伴,因为三个孩子是哑巴。我和你的恋情结束了,我也没什么要求,不抱怨,尽管我的眼睛坏了跟你有直接的关系,而且你没有跟我结婚,良心上受到谴责,你跟我生一个会说话的孩子作为报答,小说这样结尾没有任何问题;但是电影再这样拍,就和《红高粱》重复了。即便要有这样的结尾,也不应该让他到高粱地去了。哑巴太多了,确实不好办。女主角眼睛坏了,在银幕上戴个眼罩像什么样子?过去的狗特务才是这样的。面部的残疾给观众造成的印象确实很不好,女演员也不愿意。后来改成从秋千架上掉下来,把腿摔伤了,走起路来一瘸一颠。三个小哑巴全部不要,变成了一个会说话的小女孩儿,不仅会说话,而且极其会说话,伶牙俐齿,滔滔不绝,句句往人心窝里扎。原小说极其强烈的结尾变成了影片中非常抒情的结尾,哑巴丈夫也被塑造得心灵美好、煽情。经过前面大量的铺垫以后,结尾是一场抒情的戏,女主人公与"我"沿着河边往前面走,哑巴抱着女儿在后面追,追上以后,哑巴对着女主角用手语说话,嘴里哇哇乱叫,手里不断比画,女主人公就哭了。"我"不懂哑语,不知道哑巴说的什么意思,最后的谜底让小女孩儿捅破了,小女孩儿对"我"说:我爸爸说让你带着我跟妈妈进城去……这样一下就把哑巴的境界提升了。我看样片时,导演根本不看电影,他不断地观察我。结尾的时候,我擦眼睛,听到旁边像汽车轮胎被扎了一下。他舒了一口气,知道我被煽出眼泪来了。

这个电影获得了很多荣誉。我承认确实拍得挺好,发生在高密的故事移到江西、安徽交界的地方去,雨蒙蒙的,高粱地变成芦苇地,北方乡村的土房子也变成了灰色的非常漂亮的徽派房子;电影很抒情、很伤感,画面非常漂亮,一种忧悒的美。这个电影得了金鸡奖最佳故事片奖,几乎是同时又获得了第16届日本东京电影节的最高奖——金麒麟奖。

我的小说跟电影之间的关系基本就是这样的。我觉得小说应该是影视艺术的母本。尽管有的电影、电视剧并不是从小说改编而来的,但文学恐怕还是影视的基础。编剧、导演如果没有一定的文学素养,没有读过几十部小说,不大可能编出有艺术含量的剧本来,也不可能拍出很好的电影来。很多大导演、很多好的演员,文学素养都很高。陈凯歌的文笔非常好,他写的《少年凯歌》,很有文采。张艺谋读的小说更多了;有一段时间大家开玩笑,说中国如果只剩下一个读者,那就是张艺谋。他在不断地读小说,从小说里寻找灵感,哪部小说使他脑子里的电光闪一下,故事就出来了。

现在回头来看,张艺谋的电影几乎全部来自小说的改编。总而言之,作为导演也好,作为编剧也好,应该有深厚的文学基础做底子,如果没有这个,很难走远。

现在的影视界,包括导演、演员,无论是电影还是电视剧,包括话剧,包括其他的舞台艺术,大家纷纷叫嚷没有好剧本。我认识一些黄梅戏剧团的人和京剧界的人，他们发愁的也是没有好的剧本。这两年很多作家也开始搞剧本。我多次说过，写小说就是写小说，不能在写小说的时候考虑到小说要被哪个导演改编，或者希望小说能引起导演的注意，这样往往写不好。《白棉花》作为中篇小说，我认为是我小说里较差的一部，因为它有一种先入为主的东西。

我在写《白棉花》的时候，尽管张艺谋说你不要考虑给我写剧本，不要考虑我改编的问题，按照你的小说去想。但是我知道这个东西要被张艺谋改编成电影，这就影响了小说的构思。写的时候就想到，这个地方要给张艺谋设计一个画面，这个地方要给他考虑一句台词，这个地方要给他设置一个场景，结果写出来的剧本不是剧本，小说也不是纯粹的小说。我在写《红高粱》时，不知电影为何物，根本没有考虑过要被谁去改编成电影或电视，完全是按照小说来构思的，完全按照小说来写作，这样的东西出来才是好的。也只有这样的作品，才能够打动好的导演。因为好的导演实际上并不需要小说家帮他设计一些技术化的东西。只有把它做成纯正的小说，具有很高的文学品位，才能够打动他。

现在我来检讨，《白棉花》之所以没有打动张艺谋，这个错误是我造成的。错误就在于我没有把《白棉花》写成好的、一流的小说，我是把它写成介乎于小说和剧本之间的玩意儿，所以不能使张艺谋感到震撼，失败的原因在我。假如我在没有跟张艺谋进行磋商之前就写《白棉花》，根本不考虑为谁写剧本，也不考虑被谁改编，完全按照小说的想法来写，《白棉花》会写成非常棒的小说。如果张艺谋看了这样的小说，很可能《红高粱》之后的作品就是《白棉花》。这也是我很沉重的教训。以后我在写小说的时候就是写小说，我也多次地奉劝同行，我们写的时候不要考虑影视的问题。

近十几年来，很多作家把写剧本当作创收的手段，用很不认真的态度写。大家心里想：写小说才是我的正业，写小说，会拿出我全部的力量来；而写剧本，就是应付导演，导演满意了、制片人满意了，我拿了钱，这就够了，你爱怎么拍怎么拍，我不管了。这样肯定产生不了好的剧本。我想，如果要写剧本，一开始的构思，就应该按照剧本的艺术要求。一开始就是从剧本出发，就是要写一个电影剧本，导演是谁，制片人是谁，我根本不去考虑，这样才可能产生出一流的剧本。为了赚钱而写的剧本，很难写成精品。当然，极个别的天才作家从挣钱出发，也可能产生不错的剧本，但肯定不如没有任何功利观念的、完全把剧本当作一种艺术品来完成这样的态度好。

很多话剧剧本为什么可以变成可供阅读的经典？就在于作家写的时候，可能没有什么剧团跟他约稿。曹禺当年写《雷雨》的时候，没有任何一个剧团约他的稿，艺术冲动、灵感袭来，写出来了，变成经典了。后来写《王昭君》，是国家领导人的嘱托，人艺望眼欲穿等着演，结果写出来的，根本无法跟《雷雨》《北京人》相比；当然，还有其他复杂的原因。

小说发展到今天，要与时俱进，必须向其他的艺术门类学习。影视以小说为基础，反过来小说也从影视中学习了很多东西。我就从影视里得益很多，当然我不会把影视里的情节原封不动地转移到我的小说里。影视的很多艺术手段，可以转化成小说的表现方式。当年看安东尼奥尼的电影《放大》，深受启发，后来我写了一篇小说《爆炸》，其中有一个细节，父亲扇了儿子一个耳光，就是这样一个动作我写了三千字，这在生活当中是绝不可能的，一个人被扇耳光，产生了那么多联想，写了三千字，那是借鉴了电影里的特写镜头。电影里的特写镜头，到了小说里变成层层叠叠的瞬间放大，无穷联想。电影中的长镜头，电影中的色彩，都可以让小说家产生灵感。

我昨天跟一个美术家聊天，他说从我的小说里得到了很多灵感，画了很多画。我说我也是一样的，我也从很多画家的作品里得到过灵感，然后转变成了小说的风格。比如我当年看了凡·高的很多画，那些强烈的色彩、扭曲的笔触、极其沉痛的氛围，都使我受到了启发。我早期的小说里为什么有那么多的色彩描写，那么多感觉的变形，为什么会有那么强烈的语言风格？有人说我是受了魔幻现实主义的影响，其实是跟看了凡·高和其他现代派画家的画有关系。

好的电视剧，好的电影，包括好的电视节目，给作家提供了很多小说素材，能激发作家的创作灵感。现在，大多数人实际上是被电视牢牢拴住的。最近我们报社搞"保先"教育，我发表了一个谬论，我说党的领导不完全是通过党的组织实现的，很大程度是通过电视来实现的。我们现在看电视，看各种各样的节目，党的领导实际上通过电视屏幕，点点滴滴地注入日常生活中去，注入我们的脑海中去了。

每个人都在生活，过去强调作家要不断地深入生活，但是每个人深入生活的范围受到各种各样条件的限制，经济的限制或者时间的限制，或者是交通工具的限制。电视提供了全方位的深入。我们看一场体育比赛，看一场足球比赛，如果买不到很好的票，只能借助望远镜，借助望远镜也不可能看得很细，当然可以感受到现场的氛围。如果我看电视转播，获得的信息绝对比在现场看获得的要全面、丰富。如果看中央台十频道，时而到了南极，时而到了月球，一会儿进入了微观世界，一会儿又进入了宏观世界，到了星系里去了，一会儿到了《动物世界》里去了，看到毛毛虫身上的每一根毛，看到了一朵花儿怎样慢慢地开放，看到了一只蜘蛛怎样吐出丝来结网。电视让我深入生活的范围大大扩展了。如果说小说是生活的积累,如果说生活是我们的创作深厚的、唯一的源泉的话,现在我觉得电视这个媒介为我们提供了深入生活、了解生活、把握生活、掌握生活非常好的渠道。过去讲秀才不出门便知天下事,实际上是吹牛。现在电视使我们确实做到了秀才不出门便知天下事。

写小说的人现在确实离不开电视,你想得到什么几乎都可以得到,要进行一种准确的细节方面的描写,有时下去亲身体验生活也未必能做得很好。但如果看到非常对路的电视节目,完全可以达到细致入微的效果。当然,现在电视还没有气味,不能触摸,只能在视觉上、听觉上让你得到几乎逼真的感受,但是气味还不能通过电视来实现。我2001年在法国国家图书馆做了一个演讲,题目叫"小说的气味"。我说小说现在存在的一个理由,就是小说里边可以进行大量的气味描写,让读者仿佛能够感受到一种气味。现在有录音机、录像机,还没有发明录味机。用不了多久,很可能在看电视的时候,电视会放出与画面相关的气味,在看电影的时候,电影院里也会放出与画面相关的气味。我在去年写了一部把小说跟话剧嫁接在一起的小说,涉及舞美这块描写的时候,当舞台上出现河流的背景,观众可以闻到水的气味;当描写到青蛙的时候,观众听到一片蛙叫,而且马上会嗅到一股腥冷的气味。随着科技的发展、科学的进步,气味跟电视很可能结合起来。电视画面出现鲜花了,花的香味就来了。现在小说家还可以在小说里进行各种各样的气味描写、气味联想,为小说争得一席之地。假如将来科技解决了把气味记录下来的问题,小说会变得更加萎缩。实际上现在我们也必须承认小说的读者越来越少,电视确实是小说家的天敌。反过来说,电视也确实是小说家的朋友。

我们一方面要借助电视画面了解、补充自己的生活，另外一方面，许多潜在的小说读者都被电视拉去了。将来小说存在下来的唯一理由就是语言。小说作为语言的艺术，只能依靠语言存在。因为语言之美或者阅读的乐趣、阅读过程中的审美快感，是观看画面、聆听声音所不能代替的。我们对很多经典作品一遍一遍阅读，就在于语言自身的魅力，在于语言阅读过程中产生的快感。鲁迅的很多作品，里边的人物、故事都是我们非常熟悉的，有的作品甚至可以大段大段地背诵；但当我们重读的时候，依然能够体会到那种快感。有很多唐诗、宋词都能够背诵，当我们阅读这些唐诗、宋词的时候依然有快感。这就是语言的魅力。小说假如将来还能够长期存在，必须依赖于小说语言自身的魅力。这就涉及非常重要的问题，既是文学的问题，也是影视艺术或者电视艺术不可忽略的问题，就是语言。

我在解放军艺术学院学习时，我们的老师徐怀中先生半开玩笑地说，小说家的语言在某种意义上讲是内分泌。一个人的语言，实际上有很多先天的东西，也就是说一个人在没有成为作家以前，成为作家以后用什么样的语言写作，小说的语言风格，诗歌的语言风格是什么样的，已经决定了。这跟一个人的家庭、出身、生长环境以及他在这个环境里接触的人密切相关。听来的语言比阅读来的语言，对一个作家的语言产生的影响会更大。

我多次讲过，1999年我跟大陆的几个作家，与台湾的几个作家谈自己的童年阅读经验。台湾作家都是知识分子出身，家教良好，四五岁的时候都有阅读能力，他们讲五岁读《红楼梦》，七岁的时候读《金瓶梅》，大陆作家根本无法相比。我们七岁的时候还没上学，一天到晚光着屁股在田野里摸鱼、打鸟。但是我觉得不能太掉份，我说当你们用眼睛阅读的时候，我们在用耳朵阅读，而我们用耳朵阅读来的东西比你们用眼睛阅读的更丰富。你们儿时用眼睛阅读的《红楼梦》《三国演义》《金瓶梅》，我们后来都看过了。但我们当年用耳朵阅读过的东西，你们是无法弥补的。我们用耳朵阅读了大自然的声音，我们听到了鸟儿叫、听到了牛的叫声、听到了两条狗咬架时发出的声音，我们听到了春天的猫在恋爱的时候发出的声音，我们听到了河里的洪水滔滔流去的声音，我们还听到了植物生长的声音。而且更重要的是我们听到了乡亲们，叔叔、大爷，我们的祖父、祖母，我们的父亲、母亲，在热炕头上、在生产队的火炉边、在各种各样的场合，用语言传输给我们的很多故事。神话传说、历史故事、人物传奇、妖魔鬼怪，这些东西对一个作家来讲，可能比纸面的阅读带来的东西更为重要。因为书面的东西是别人写出来的，你读了以后不可能直接地变成小说艺术，而我们用耳朵阅读了这些东西，对一个作家来讲是非常宝贵的创作资源。我的《红高粱》以及后来的许多作品，都是在民间故事基础上发展而成的。而且我觉得来自老百姓的语言是非常生动的，非常活泼的，非常有生命力的。在书面上阅读的东西，即便模仿得再像，也不可能超过了曹雪芹的语言。我把山东高密老家的乡言土语稍加改造，就可以变成带着我鲜明风格的、带有原创性的语言。尽管这些语言也是从别人那儿学来的，但是我学的不是作家的语言；曹雪芹、罗贯中的语言许多人都知道，大家一看就知道这是《三国演义》的语言风格，这是《红楼梦》的语言风格。我说，我从村里饲养员大叔那儿学来的语言谁知道？只有我认识他，你们谁都不认识。我奶奶给我讲故事的语言风格你们谁知道？是我的奶奶，不是你们的奶奶。用我的笔写出来变成我的小说，就是我的原创了。我们的耳朵阅读比你们五岁读《红楼梦》高明得多。他们被我说得面面相觑，静默良久。

后来他们说我们也听过父母讲故事,我说你们听得不行。我说:知识分子的嘴里能说出什么?你们的父母都是知识分子。如果你们的爷爷是台湾原居民,高山族,你们的高山族奶奶年轻时为了表示爱情把门牙打下来送给情人,这样的故事才是好故事,这样的语言才是生动的、活的语言。

民间的语言,非常有文学价值。当年在农村的时候,没有意识到很多话是文学性很强的。比如山东人在描写一个女人的时候,说一个姑娘很漂亮,不会说她很漂亮,说她奇俊。奇怪的奇,奇俊。要说一个人跑得很快,不会说他跑得非常快,我们说他跑得风快,像风一样快。要说今天晚上天特别黑,不会说特别黑,我们会说怪黑。像这样的语言写到小说里,比说特别黑、非常漂亮要更文学一点,而且没有违反任何汉语的规则。这样写了,既有鲜明的地方色彩,又完全可以让天南海北的读者看得懂,这就是好的文学语言。

小说的语言,话剧、影视作品里的语言,都离不开从民间所吸收来的、带着泥土气息的,但是又没有违反汉语规则的语言。用得多了以后,慢慢变成书面语。民间很多土话听起来特别土,土得掉渣的语言,写到书面上以后会发现它其实很典雅,和《史记》里的很多语言很像。随着现代科学技术的发展,新的词汇会不断地产生,语法的变化会非常缓慢。不断地从民间和外来语中汲取词汇,这是语言保持生命力的根本保证。

我前面讲了"用耳朵阅读"对于文学创作的重要意义,当然书面的阅读也很重要。我的小说语言就跟唐诗、宋词、元曲的影响有关系。元曲能让我产生阅读快感。"我就是一个蒸不烂、煮不熟、捶不扁、炒不爆、响当当一粒铁豌豆。"多么生动、形象、有劲。如果连续阅读一百首元曲,写作的时候,就感觉语言——从元曲里借过来那种气势,使各种各样你需要的词汇哗啦哗啦倒出来了。写诗或者写词的人,更加重视语言的气势。语言跟水一样,有一种势能,好像从高处向下流淌,一旦把握住语感,句子会自然流淌。我们的脑海里到底潜藏着多少语言的能量,我们自己不知道。我们的脑海里到底储存了多少词汇,我们自己也不知道。只有在写作的过程当中找到了语感,才能把潜在的语言能量,把我们储存的词汇调动起来。这对作家是特别重要的。在写作的时候,因为很多作家曾经说过,为了寻找第一句话,可以花费十年的时间。拉丁美洲的著名作家马尔克斯写《百年孤独》的第一句话花了十年,比他写所有小说的时间都要长。"多少年以后,当他面对着行刑队的时候,想起了跟随着父亲去看冰块的时刻。"这个句式就像一下拨开了河流上的闸门一样,被拦截了很久很久的河水滚滚而下。我们在写作当中经常碰到这种时候,确实感觉到第一句话很难写出来。有时把第一句话写好了,或者把第一行诗写好了以后,感觉到一通百通,后面的东西不是写出来的,而是流出来的。有过长期的写作经验,都会感觉到写作中掌握语感的重要性。比如写一首诗,填一首词,给我的主题是悲伤的,或者慷慨激昂的,这个主题实际上也是给定了你一种语感,写作过程当中这方面的词汇自然就出来了。

怎样才能写出有个人风格的语言?个人风格表现在许多方面,但最主要的还是体现在语言上。我们读小说,一下就可以读出这是鲁迅的,这是张爱玲的,就是从语言做出的判断。一个作家怎样使自己的语言具有鲜明的风格,确实很难用准确的语言表述出来。这是长期的摸索、实践的过程,既要广泛地学习别人的语言,又要千方百计地调动自己骨子里所具有的东西。我的经验是刚开始不妨大胆模仿,今天模仿鲁迅,明天又模仿茅盾,后天又模仿唐诗,大后天又模仿笔记小说;模仿得多了,从每个地方都吸收了一点东西,自己的东西慢慢就会出来了。只能在创作实践当中自己去探索,别人总结的东西未必是适用的。

托尔斯泰、肖洛霍夫等人的作品,已经把现实主义的作品推到了登峰造极的高度,后来者很难超越。就像唐诗,以后如果有人再来写律诗,只能写得差不多,或者达到那个水准,要想超越不可能。这就使得后来的小说家千方百计挖空心思创新,这就有了所谓现代派小说,各种各样的流派。魔幻的也好,超现实的也好,实际上万变不离其宗;不管什么样的方式写作,现代、超现代、超现实,不管作家有多么丰富的想象力,确实还应该有一个生活的底子,万丈高楼还是要从平地上建起来,无论多么大的大树,还是要把根扎到泥土里。无论什么样天才的诗人,他的想象力有多么丰富,也不可能脱离开现实,这一点是必须承认的。

每个人都有生活,每个人都在生活,但要写出具有原创意义的创新性的作品来,仅靠生活是不够的。还要千方百计地调动自己的想象力,力争从平凡的生活中挖掘出不平凡的意义。作家应该有举一反三的联想能力,有一种把别人的生活拿过来变成自己的生活的能力。要像写自己的生活一样写别人的生活。当然,也要像写别人的生活一样来写自己的生活。有了这样的能力,才能不断地写作,才能够最大限度地不重复自己。

高密东北乡是我小说表演的平台,很多故事都限定在高密东北乡的范围之内。但实际上高密东北乡早就变成开放的文学概念,而不是地理概念了。我在农村二十年的生活早就写得差不多了,后来很多小说的素材都是天南海北听来的、看来的,在报纸里看来的,在电视里看来的。当然,我离开家乡之后的生活也是我的文学资源。

我举一个例子，美国飞机在科索沃轰炸的时候，当地人为了保护一座古老桥梁不被美国飞机炸掉，一个小姑娘每天在桥上倒立行走，带动了这个村子里的几十个姑娘都在桥上倒立行走，美军飞行员要投弹时，看到桥上有一群姑娘在倒立行走，他就不投炸弹了。看了发生在远在南斯拉夫的事情，我很受启发，我想这可以变成小说。但如果我把它写成一部直接描写科索沃战争期间的南斯拉夫的小姑娘在桥上倒立行走，再怎么写也不如人家配着照片的新闻有力量。这个任务新闻已经完成得很好，电视上也展示出画面了，我的小说再怎么写也没有什么意义。但是这个情节对我非常有用，后来我利用这个情节写了一篇小说叫《倒立》，写一帮同学聚会，其中有一位当了省委组织部副部长，回到县城去，那种地位，县委书记都不一定能见得上。组织部部长说要利用县委的招待所，召集他的中学同学聚会。中学同学有的在交通局当副局长，有在新华书店当副经理，有的很落魄，在街头修自行车。对组织部副部长来讲，他实际上并不想见那些当了小官的同学，他更想见的是在街头修自行车的老同学，更想见的是在农村种地的同学。对省委组织部副部长来讲，县交通局副局长根本不是官了，召集同学聚会，特别叮嘱要把街头上修自行车的那个幽默的同学请来。小说用"我"的口吻，"我"就是在街上修自行车的，参加了老同学聚会，看到了在县城里当官的过去的同学，其中"我"的一个女同学是新华书店的售货员，她的丈夫是新华书店的副经理。故事展开了，在当了省委组织部的副部长的同学面前，那些小官们，一个个拘谨得要命，最坦然的是修自行车的"我"，"我"无所求，组织部部长官再大，也管不着"我"。那些在县里当了小官的同学，他们想借助于自己的老同学在仕途上有所发展。其中最迫切的就是当了新华书店副经理的同学，他特别想当经理，他的对象谢兰英是售货员，售货员恰好是当年省委组织部副部长追求的对象,但没追求上,关系很微妙。大家都知道官儿当得再大的人也是有感情的,尤其对自己青少年时期心中初恋情人的感觉是特别微妙的。席间组织部部长半真半假地跟售货员同学开玩笑,对新华书店的副经理说你多有艳福,她当年是很多男生的追求对象,是学校宣传队的明星,是校花,能够倒立,手撑地,脚朝上,在舞台上来回转圈。酒过三巡,大家起哄,让谢兰英再给我们倒立一个。谢兰英说我多大年纪了,孩子都十五六了,看我这身肉怎么倒立起来。大家说不行,一定要倒立。组织部部长说我是领导,命令你必须倒立,不倒立就喝三杯酒。新华书店的副经理骂他老婆,部长让你立就立。部长说不许叫部长,今天没有部长,只有同学。后来谢兰英真的倒立,她也知道她丈夫想达到什么目的。正好是一个大包间,包间里有一个小舞台。她穿着裙子,一倒立,裙子就像香蕉皮一样倒垂下来,像水罐一样的大腿暴露出来。谢兰英跑掉了,大家都非常尴尬。新华书店的副经理说,部长,你尽管不让我叫你部长,我敬你一杯,你也知道谢兰英跟了我,真是鲜花插在牛粪上,她嫁给我,我还是一个新华书店的副经理,多么没出息。我觉得我对不起谢兰英,你把我调到什么地方去吧,我真是对不起谢兰英,这么好的姑娘。部长说还是那句老话,我们应该相信群众,我们应该相信党,这是两条根本的原理,如果怀疑这两条原理,那就什么事也做不成了。这是小说的结尾。

　　这就是发生在科索沃的细节,移植到了中国的小说里来了。前者是为了保护桥梁不被美国的飞机炸掉倒立行走,后者是为了丈夫的升官倒立行走。

　　前两天我见到了一个广州市委组织部搞干部工作的处长,他看过这篇《倒立》,他说这篇小说对同学聚会时的微妙心态把握得非常准确,他问:这个细节从哪里来的,是不是真的经历过这样的事?我说没有经历过,这是从南斯拉夫那儿移来的细节。

我承认自己老了,体验生活的方式不可能再像过去那样,经常往乡下跑,到处找生活。日常生活当中,通过各种各样的媒介更新自己的生活积累,电视里的东西,也可以用在小说里。问题是怎样把电视里的东西变成我的生活,这只能调动过去的经验,把这些东西放在一个你自己能够把握的范畴里,把这些陌生的细节放在你熟悉的人群里,把这样的故事情节放在一个你能够准确地把握他们感情方式的人群里来表现,就会显得很真,就会产生说服力。

关于生活真实和文学真实问题。刚开始学写作的时候,我会信誓旦旦地对我的编辑说这个故事是我亲身经历的,我在讲故事的时候自己感动得热泪盈眶。但是我的编辑说这个故事显得特别虚假,一看就是编的。为什么会把自己的很多真实故事写得那么虚假,让人不相信,而过了多少年以后,会把虚构的假的故事写得让人相信?这就是说故事的情节真假都不重要,关键是作家写的时候确实要对你笔下的人物的感情要非常熟悉,就像写自己一样写他们,要让他跟你的感情完全是共通的。我写张三,写一个农民,我知道他的精神活动所有的方式;我写一个女性,写这样一群人,要知道这群人之间的微妙关系;我要了解组织部部长的心态,就会知道他在县委书记面前说话时是什么样的,他一旦回到老同学的圈子里,一旦面对少年时期的恋人,他又会是一种什么样子。他的心态我必须要把握好,我写组织部部长的时候我也应该是组织部部长,要设身处地,把他当作我来写,这样,无论多么虚假的情节都会令人信服。

再一个,许多真的故事之所以写出来像假的,就是我们忽视了细节的力量。而一旦细节准确,可以把虚假的情节写得很像真的。很多现代派小说,整体绝对是虚假的,但在细节方面描写得无懈可击,让虚幻的情节变得非常有说服力。马尔克斯写的《百年孤独》,开头写的吉卜赛人拖着磁铁在大街上行走,各家各户的铁器纷纷跑出来,像动物一样跟着磁铁走,这个情节肯定是虚假的,不可能,再强大的磁铁也不可能把各家各户的锅碗瓢盆全部吸走,甚至遗失了多年的一根针都从老鼠洞里钻出来。但里边有一个细节是真的,磁铁肯定有吸铁的力量,那些钉子从木器里往外拔时发出声音的细节也是真的。描写儿子被枪打死以后,流出的血绕过大街小巷,曲曲折折地,一直绕到他自家的厨房里。他的血就像动物一样,拐弯抹角地爬回家,爬到他母亲的脚前,他母亲一看知道儿子死了,顺着血找到了他的儿子。这个情节肯定也是虚假的,不可能。血哪能流那么远?一个人的血怎么可能找到自己的家门,认得自己的母亲?但母子之间的心灵感应确实存在。虚假的情节由于情感是真的,或者本质是真实的,就获得一种说服力,让你明知假,而愿意信以为真。关于小说的"说服力"是巴尔加斯·略萨的说法,不是我的发明。

  写作的时候,细节描写要胆大,要非常自信,仿佛就是我亲眼所见,调动我全部的感官来描写,作品就会产生一种说服力。很多初学写作者,在口里讲述的故事是非常丰富多彩的,但一写出来就不行了。我在军艺读书的时候,一个同学经常跟我讲他的构思。讲的时候我被他感动得要命,但当他把小说写出来,完全是一篇中学生作文,那么苍白,那么没有力量。当时我也是初学写作者,我也不知道问题到底出在什么地方,为什么讲故事的时候那么有感染力,自己感动了,听者也被感动了,写出来后却变得非常苍白,一点力量都没有,而且感到非常虚假。多少年以后我慢慢明白,他讲故事的时候是眉飞色舞,满嘴的唾沫星子喷到我脸上,眼泪在眼眶里打转,他的叙述有声有色,神出鬼没,在他口述当中我不断进入到故事中。当变成文字以后,却没有能够调动所有的感官,完全变成干巴巴的语言,没有调动作为叙述者感觉的力量。

在小说里未必都是第一人称,可以用第二人称、第三人称,可以用"他"来写,但还是作家在操作。为什么好的小说,在读的过程当中仿佛能闻到气味?我们读肖洛霍夫的顿河描写,夜晚去捕鱼,仿佛感觉到水的腥冷,感觉到鱼鳞沾到身上,闻到腥味。作家写作的时候调动了自身的或者人物全部的感官,他的视觉、听觉、嗅觉、触觉、联想全部调动起来了,全方位、立体化的。这样,小说就产生了力量、说服力。即便是虚构的故事,由于作家写的时候把全部的感官都调动起来了,色、香、味俱全,什么都有,整个叙述是立体的,而不是平面的。更重要的,这种叙述带有强烈的感情,而不是书面的。"我特痛苦","我特高兴",这种东西当然是没有力量的。但如果不是直接说出来的痛苦,而是描写出来的痛苦,就有感动的力量。葛利高里跟阿克西妮亚[①]私奔,多年以后回到妻子身边,妻子扶着墙壁,突然感觉到墙壁冰凉,人不知不觉坐到地上。作家没有写葛利高里的妻子多么痛苦,只是写她感到墙壁是冰凉的,人不知不觉地坐下了。后来当葛利高里逃亡的时候,经过了无数的波折,大起大落,悲欢离合,最后什么都没有了,就剩下他跟阿克西妮亚。在逃亡的过程中,阿克西妮亚被枪打死了,他一抬头看到天上一轮黑色的太阳,整个人不知不觉一头栽到地上。也没有写葛利高里内心有多么痛苦,没有;就是抬头看到黑色的太阳,而且是耀眼的黑色的太阳,然后是不知不觉地栽到地上。这样的描写是不真实的,太阳是白色的,不是黑色的,日全食的

[①] 《静静的顿河》里的男女主人公。

时候也不是黑色的,但我们感觉作家的描写非常具有说服力,这是一种心理真实。他用非正常的方式进行细节描写,把人物内心极度的痛苦,非常有说服力地表现出来了。柏桦的诗写"雪白的夏天""像雪白的神经病",我记得这两句。夏天怎么是雪白的呢?什么叫雪白的神经病?但这样的诗句让你感觉到一个人在非正常情况下的心理状况。只有在写作的过程当中调动全部的感官,不是直接大声喊叫什么痛苦,而是用自己所有的感受,带着情感来描写,才可能写出大痛苦。不是像当年西方的作家那样,照相式地对景物进行描写,而是带着人物强烈的感觉来写,这样投入的笔墨才不是枯燥的,这样的描写才是小说的有机的组成部分。

小说里有大量的景物描写、环境的描写、人物肖像的描写。这些描写在过去传统的现实主义小说里不带任何感情、不带任何色彩,是机械性的描写。我们读到这样的描写时,就觉得它们对小说没有任何帮助,可以跳过去不读。后来的小说家慢慢知道带着情感,带着所有的感觉对景物、环境进行描写,就会变成小说的有机构成部分,对小说中人物的感情或者作者的感情起到强烈的烘托渲染作用,就会在制造出说服力的时候,还会制造出小说非常宝贵的氛围。

好的视觉艺术作品也是有氛围的。我们看罗中立的《父亲》,感觉画面向外无限扩张,一下联想到许多许多生活。凡·高的《吃土豆的人》,一下就会突破那个画面,感受到当时的社会下层人,包括画家沉浸到无以复加的痛苦深渊的感受,绝望的感受。一个人只有在创作的实践过程当中,才能够真正理解前人说过的话。创作实践和摸索过程当中感悟到的,才会有用。

电视台有很多节目类型、电视剧,还有很多纪录片。我曾经参加中央台关于纪录片的讨论：纪录片的本质，纪录片的真实性问题，要不要通过摆然后再拍。有很多技术流派的争论。还有很多很好的节目，谈话节目，所有的节目最终要把人作为表现的对象，应该有人在里面。

电视节目怎样塑造人物？什么样的人物是成功的？我想成功的人物肯定是典型人物，典型人物也就是非同寻常的平凡人物。特别高大的，一出来就是圣人的人物，他是上帝，不可模仿；这样的人物只能敬仰，不能打动我们的灵魂。只有凡人里面的不平常的人物，才能够让我们的灵魂受到感动或者触动。这种人物，无论是电视剧、电影或者小说里的人物，最重要的是要有个性，个性是人物的灵魂，也是作品的灵魂。一个作家的存在价值，就在于他的作品个性化、语言个性化、故事个性化、故事所塑造的人物个性化。

就戏剧的创作来讲，我认为最重要的，就是一开始就要把人物放在风口浪尖上。这是革命时期的术语。一开始就把人物置于尖锐的矛盾冲突当中。戏剧当中有很多公式化的东西，坏人干坏事。我说这不是高明的艺术，坏人干坏事跟好人干好事都是天经地义的，日常生活中都是这样的，搬到艺术作品中没有价值。只有坏人干好事，这才是艺术；或者好人干了坏事，这也是艺术。当然，好人干坏事不合逻辑。好人怎么会干坏事呢？编剧的任务就是要千方百计地证明好人干坏事是合理的，是非干不可的；编造一些情节，逼着好人不得不干坏事，或者说逼着坏人不得不干好事，这就叫编剧。如果仅仅是好人干好事、坏人干坏事，肯定不是小说，也不是电视，更不是电影。千方百计地证明坏人干好事、好人干坏事，而且让大家觉得信服，只有这样，痛苦来了，矛盾也来了，各种各样心理复杂的过程也来了，电视揪心就好看了，电影揪心也就好看了。我写话剧的时候也是这样设计的,写话剧的时候首先把话剧定位成一群人在舞台上吵架,你想把我来说服,我也想把你说服。好的话剧是吵了半天,谁也没把谁说服,争议来了,话剧有看头了,评论家也有话说了。好的小说也是这样的。红色经典中,落后分子很快被说服了,韩小强很快被老马师傅说服了,不但说服了,而且痛哭流涕,改正。我犯了资产阶级坏思想,我轻视劳动不应当,这不是艺术。好的艺术是谁也没有说服谁……在小说中,就变成了复调小说,让读者读了小说,感觉到无法判断是非,小说就有了巨大的弹性。"四人帮"时期的样板戏作品,也不是完全没有可取之处,很优美,人物很潇洒。从高标准的艺术来讲、从心理的角度来讲,人物太简单、太平面,缺乏复杂的人物或者是人物缺乏应有的复杂性。当然在生活当中,谁也不希望自己的儿女成为复杂的人物;多可怕,如果孩子上五年级,复杂得像小说里的人物一样,受不了。但是我们在欣赏艺术,读小说、看电影、看电视的时候,就是希望人物复杂,摸不透,突然出了一招,但又是很高明的,让你承认对,这就可以了。

前天有一个很有名的第六代导演,拿了一个剧本找我,让我给他看。写抗日志士,在东北发生的真实事件,这个人最后把伪满洲国的顾问,一个日军中将刺杀了,轰轰烈烈。当时,日本人为了抵抗苏联,在中苏边境上营造了要塞,一批伪满洲国的士兵看押了一大批劳工在修要塞。伪满洲国的士兵都是农民,让日军做顾问训练他们。其中有一个小伙子,刚开始傻傻的、笨笨的,最后做出了惊人之举,把日军的中将刺杀了,他自己也跳江自杀了。这个剧本没什么大问题,主旋律,很多年轻人都在仇日的时候,拍这样一个电影肯定是很讨巧。但我觉得这样写意义不大,从艺术价值、文学价值来讲,这个人物没有什么个性,就是潜伏的英雄,刚开始装傻装笨。但他的心理动机是什么,为什么要刺杀日军的中将?如果仅仅停留在阶级仇、民族恨的层面上,很有教育意义、很主旋律,肯定可以得这样那样的奖,但是作为一个艺术家拍这个电影,意义不大。要把电影拍成真正的艺术作品,首先要把人物的心理动机搞清楚:为什么要刺杀日军中将?最后我出了一个主意,这个刺杀者很有才能,会驯马、会养马,而且懂朝语,是日军的一个教官。原来设置两个教官,一个很有良心,学生出身,对小伙子很同情;另外一个完全是野兽。善恶对比,特别鲜明——一个千方百计迫害小伙子,另外一个千方百计保护小伙子。我说这两个人太脸谱化了,作为艺术形象这两个人没有意义,这样的人物放到《地雷战》《地道战》这样的片子里完全可以,但是到2006年再拍这样的电影就没有意义了。我说能不能把这两个人合成一个人,一个良心未泯的人和特别坏的人合成一体,人物就丰富、立体了。把合成的人物跟小伙子作为一个矛盾的对立面,军官既恨士兵,又嫉妒士兵的才华,他也懂朝语,把这两个人的较量作为电影的主线,其他的修建要塞也好,苏军跟日本人的对立也好,还有抗联,都变成一种背景,推动故事发展的素材,推进这个矛盾的发展。中国的小伙子,尽管日本教官这样迫害他,而且有很多次可以暗杀掉,但我最终能杀你不杀你,要让你最后彻底被击溃,要让你活着看到我做出了一件让你感觉到根本不如我的一件事情,克服了常人无法想象的困难,完成了一件事情,把中将刺杀了。刺杀中将前叫着将军的名字,将军对不起,我要杀你。这样故事就比原来的精彩得多,还是主旋律,人性的较量,人心深处本质的较量,人跟人之间常规情况下不可能表现的感情,在非常状态下可以表现出来。这个电影如果拍出来的话,不是单纯的一部歌颂抗日志士的电影,有人性的力量、有人性的深度;这样的人物会变成电影中让人难忘的形象,而不是大路化的、一般化的形象。导演很同意我的看法,激动地让我当这部影片的艺术顾问,但几天后就没有消息了。

现场互动:

问:您今天谈的更多的是小说创作方面的感受,但是作为一个读者,我对您的小说更感兴趣。我觉得您的小说当中,对女性的一种崇拜体现得非常鲜明。我读您的小说并不是很全面,但是有几个比较有名的,《红高粱》《四十一炮》,总能感觉到这个气氛。首先问您一下在创作的时候,为什么会有这个感受?我觉得读您的小说总不是特别愉快,最后的感觉总是有些压抑。请问您在进行小说创作当中,为什么要进行这种氛围的铺垫?完全是为了小说的震撼力、可看性,还是其他的原因?

答:关于我小说里的女性形象,这个问题很多读者提出来过。有的人甚至说我有恋母情结。我觉得很难否定,当然我也不太愿意承认。一个小孩有恋母情结很正常,五十多岁了还有恋母情结,不太正常。客观上我有这种心理倾向,因为我是家里最小的孩子。在当时的社会中,在外边感觉到不安全。我家的成分较高,父亲在外边饱受欺压,回家以后对我没有好声气,母亲是我唯一的保护伞,是我们的靠山。

在生活当中我确实感觉到女人的力量比男人要强大,我指的是精神方面。记得在"文革"期间,我父亲经常因为一件小事就被吓得要死要活,甚至说出很多绝望的话。这个时候我母亲,一个身体非常瘦小的女人,显得特别有主心骨。我母亲说:天塌不下来,人既然连死都不怕还怕什么?世界上没有渡不过去的河,也没有翻不过去的山,一个男人如果死都不怕,就什么都不怕。我母亲在这个时刻讲能让我父亲腰杆硬起来的话,我当时隐隐约约感觉到女性巨大的力量。

后来我分析,女性为什么在特别危急的关头,能够表现得比男性坚强,那就是母性的力量。母性的力量使她能够排除一切外在的压力,能够使她变得非常坚强、非常勇敢,而男性身上的力量不如母性的力量大,当然也有父爱,但是父爱跟母爱的分量不一样。父亲当然也可以在危急的关头保护几个孩子,但不是特别天然的,更多的好像是来自后天的教育。后天的教育就是男人要承担,男人要保护自己的子女,而母性的力量是原始的、本能的。从动物身上也可以看到,动物更多的是母兽在保护自己的幼崽,父亲不知道跑到哪里去了。我对女人的认识,通过我的家庭、通过我的母亲、通过我后来的考虑,决定了我在《红高粱》里以及其他小说里塑造了大智大勇、越在危险的关头越是能顶天立地的母亲的形象和女性的形象。尤其《丰乳肥臀》里的母亲形象,倾注了我全部的感情。这个母亲经过了战争、疾病、饥饿、政治动乱,费尽了千辛万苦,把自己的孩子抚养成人,不但把自己的子女抚养成人,而且还把女儿们的孩子抚养成人。她的女儿有的嫁给了国民党,有的嫁给了伪军,有的嫁给了八路;她对这些女婿,有亲有疏,但她面对下一代的时候,巨大的母爱超越了阶级,也超越了政治。对这样的人物形象,别说五十年代、六十年代,就是在九十年代初期大家也很难接受。《丰乳肥臀》刚出版时,很多老同志,对小说中的母亲形象提出批评,用词激烈;有的还给高层领导写信,对我是上纲上线,恨不得千刀万剐。我当时以为是因为年龄问题,使他们不能理解我,但我最近看到一些由博士而教授、半辈子泡在校园的年轻人的文章和谈话,他们对《丰乳肥臀》中的母亲形象的理解,甚至比那些老同志还要让我感到害怕。于是我明白了,年轻、有文化,并不就是能够理解文学的理由,我也只能走我自己的路,忍受着几近咒骂的所谓"批评",听从着我自己的良心的召唤,写我该写的东西。

你说我的小说给你带来的感觉不是特别愉快,这是肯定的。我的小说中有血腥场面的描写,譬如《檀香刑》里有一些酷刑的描写,我当时就说善良的女性最好不要读。但后来证明,真正被《檀香刑》吓破了胆的并不是女性,而是男的。有一个亿万身家的房地产商说这个小说惨不忍睹,而有一些女性读者觉得很过瘾。房地产商在追逐利润时比刽子手还要凶恶,但他怕读《檀香刑》。

八十年代中期到九十年代中期这十几年,我的写作基本是无技术状态,凭着强烈的创作冲动和欲望,很多作品一蹴而就,没有考虑读者阅读后感受的问题。有人说我只会写残酷,这似乎不公道。其实我也写过很多幽默的小说啊。很多人看了《三十年前的长跑比赛》能够笑出来。今年写的《小说九段》,还是能够让读者笑出来的。当然这种笑不是一般的笑,是古怪的笑,带泪的笑。我认识到,尽管生活中有很多苦难,但是在苦难当中,比如六十年代初期生死攸关的状况下,包括"文化大革命"极不正常的状态下,也并不是每个人都天天以泪洗面,生活当中依然有笑声。我五十年代出生,经历过六十年代初期的饥饿,经历过"文化大革命"的动乱,但是我觉得生活当中依然有很多欢乐,有很多在物质生活极其丰富的状态下,金钱买不到的愉快的回忆。所谓的严肃写作,并不排斥作品能为读者带来笑声。我今后会认真地考虑这个问题。一个丰富的作家,他的作品带给读者的感受就像生活给读者的感受是一样的,应该是多面的。

问:你认为作家应该拿工资吗?你通过写小说挣了那么多钱准备干吗?

答：关于作家应不应该拿工资的问题，好像前两年有过争论。按说作家应该靠版税和稿费生活，不应该拿工资。但在中国这个社会环境下，也存在着一些实际问题。如果没有盗版，我的任何一本书卖三十万册都没有问题。但是由于盗版的存在，十万册以后基本就是盗版者的天下了。许多本来应该收到的版税，因为盗版，因为出版社本身不规范，就到不了作家手中。有些国营的出版社实际上也是在双瞒，一方面瞒作家，一方面在瞒国家，明明印了一万五千册，告诉你印了八千册。作家个人，怎么跟国家的单位对抗呢？他既然能让你查账，肯定会在账目方面做得天衣无缝。在不正常的环境下，作家的大部分版税被侵吞了。从这个意义来讲，拿点工资也是应该的。如果作家的利益能得到充分的保障，真的可以不拿工资。工资才多少钱？一月三千块钱，几百本书就出来了。社会保障方面还有很多漏洞，不健全；如果没有单位，感觉心里不踏实。

我写小说挣的那么多钱准备干什么？准备买房子。我转业离开部队多年，还租住着部队的房子，诸多不便，必须尽快离开。如果在你们这一带买一套一百多平方米的房子，我估计要一百多万，这也是很沉重的负担。买一百万的房子，物业管理一平方米要三块六，对我来说又是负担。我不能说穷，我比村子里的许多人要富，比下岗工人要富，比刚刚大学毕业的大学生要富，但是我比很多人还是要穷。我承认我是有点钱，但是一买房子剩不了多少钱。

问：你对木子美怎么看？

答：关于木子美的问题，我想，我们现在衡量问题，应该以法律作为底线。我们批评木子美，用道德的标准当然可以说三道四，而我们把法律作为底线，把木子美作为公民，首先衡量她的行为是违法的吗。她如果没有违法，就没有必要说。如果违法了，法律会惩罚她，也用不着我们说。

问：你最推崇哪三部中国电影？

答：《英雄儿女》《早春二月》《野火春风斗古城》。《英雄儿女》，我现在看还是流眼泪。看了几十遍了，但是每当看到王成攥着爆破筒站在那个地方就要流眼泪，换成崔永元站在那个地方我就哈哈大笑，假的，不像真的。为什么一看就要感动，就要流泪？因为这里有我们的回忆，有我们的少年，有我们的青春。我们的青春跟这电影紧密联系在一起，我们的青春跟"烽烟滚滚唱英雄"是联系在一起的。所以，看老电影，是回忆我们已经失去了的，而且永远不可挽回的青春时光。

《早春二月》，有爱情在里边。《野火春风斗古城》，也是让我流泪的电影，因为有母亲在里边。当看到杨晓冬的母亲要跳楼的时候，我老婆就会把电视给关掉，因为我一看到这个地方就要发出哭声。这三部电影跟我的过去，跟我的青春紧密相连。一个人喜欢一部作品或不喜欢一部作品，都与个人的经验密切相关。《红楼梦》是经典，但是肯定有不喜欢的人。我有个战友曾经在原南京军区司令许世友身边工作过，"文革"期间，毛主席要许世友读三遍《红楼梦》。许司令哪里看得进去这种书？他私下里说：这是些什么呀，哭哭啼啼，哼哼唧唧。

问：有人说你的小说思想性比较局限，你怎么看？

答：我承认我的小说思想有局限性。我出身农村，在部队待了二十年，哪里能够接触到博大的思想？如果我出生在黑格尔家里，想没有思想都难。我只具有我爷爷那样的思想。在中苏友好的时候，他说：哪有永远友好的？国家像邻居一样，肯定有好的时候，有坏的时候。后来办人民公社，我爷爷说：亲兄弟都要分家，这么一群杂姓人，弄到一起如何能好？批斗他的时候他不服气，说：你们走着瞧，人民公社是兔子的尾巴——长不了的。

我拒绝虚伪的、浅薄的、装模作样的、人云亦云的思想。在当今的社会里，不要人云亦云，别人批判全球化，我也跟着批判全球化；别人批评工业化，我就跟着批评工业化；别人批评环境破坏，我也跟着批评环境破坏。很多问题有复杂的背景。譬如谈到沙尘暴，就归罪于农民，农民养山羊，破坏植被。后来我听农民讲，北京人不吃羊肉，我们还养什么羊？你们不穿羊皮衣服羊皮鞋子，我们卖不出羊皮，我们自然不养羊。黑山羊破坏环境厉害，不但吃草，还要爬到树上啃树叶子。但是为什么还要养？是为了满足城里人需要养的啊，城里人要穿羊绒大衣啊。我们从一个方面考虑问题，容易偏激。我觉得现在应该换位思维。作为小说家，轻易不要做出思想方面的判断，不要轻易说谁对谁不对。大家批评农民砍树，但农民有没有生存权？他们也要吃饭取暖啊。农民说你们给我通上天然气，让我砍树我还嫌麻烦呢。不通天然气，通煤气也可以；既没有天然气也没有煤气，给煤也可以。什么都没有，当然要砍树，因为我要活下去。大熊猫生了病，电视台当作重大新闻报道。农民生了病，没钱就等死，谁来报道他们？难道一个人的生命还不如一只大熊猫的生命吗？但事实上就是这样的，大熊猫生命垂危了，会不惜代价抢救。但有多少生命垂危的农民因为没有钱，在炕上等死，谁也不去管。这是现实，说起来很残酷，但又有什么办法呢？

一个写作的人，应该学会从不同的角度考虑问题，不要人云亦云。中央台说的东西99%都是对的,但没准一句话说得也不对。《凤凰卫视》胡说八道的更多了,但他们很狡猾,"嘉宾的观点不代表本台观点"。不代表本台观点,干吗选他去呢?还是代表他的观点。

问: 你认为大学生卖毛片是好事是坏事?

答: 卖毛片当然是不好的事。但如果卖毛片能生存,不卖毛片没饭吃,是不是也有合理性?再说,如果大家都不买毛片,他不就不卖了吗?说明还是有买的。究竟应该谴责卖毛片的,还是谴责买毛片的?还是应该谴责拍摄、制作毛片的?这又说了,工商管理部门为什么不查呢?查得不严才出来这么多。他为什么不查呢?是不是某些工商管理部门的人跟制造毛片的人是一伙的呢?这就又成了反腐败的问题了。任何一个现象都不是孤立的,任何事物都是连锁反应的。这边蝴蝶翅膀一扇动,那边引起一场九级风暴。看起来卖毛片是一个孤立的问题,往深里一想,大家都有问题。光骂卖盗版碟的有什么用?谁家没有盗版碟?我们经常批评书商盗版,书商说你们家有没有盗版碟,我想我也买过。我买盗版碟,是不是侵犯了人家的利益?人家卖我的盗版书,我有什么话可说?都是一样的道理,大家差不多。骂来骂去,稍不注意,后来想想我们把自己骂了。

问: 你认为自己的作品哪一部最适合改编电视剧,希望改编?

答:《红高粱家族》改编成电视剧当然也是很好的。《丰乳肥臀》最容易改编成电视剧,特别好看,矛盾特别激烈,而且可以容纳大量的女演员。七八个姐姐妹妹,而且还有混血儿,还有传教士,有日本鬼子,有饥饿,有"文化大革命",有战争,有小偷,有跳楼,有情杀,都是矛盾。风头浪尖,最适合改成电视连续剧。这个书名起得有点野，今天看起来不算个问题，但是当时还是很刺激的。如果当时起一个《伟大的母亲》之类的书名，肯定早就改成电视连续剧了。岂止是可以改编电视剧，那这部书的命运和我后半生的命运也都不一样了。

北 海 道 印 象
——在日本北海道大学的演讲

时间:2004年12月27日

我这是第一次来北海道。知道北海道是从两部电影开始的。

八十年代,许多日本电影、电视剧在中国热播,其中有两部电影给我留下深刻的印象:一部是《追捕》,一部是《狐狸的故事》。《追捕》的男主演是高仓健,女主角是中野良子,我看过七遍。我相信,中国有许多的年轻人比我看的遍数还多。一时间,中野良子和高仓健成了中国年轻人崇拜的偶像。很多女孩子找对象都要找高仓健那样的。很多年轻人,男的,都学高仓健,板着脸,做出一副毫无表情的样子。当然,我们男的,也都希望像高仓健那样,找到一位像中野良子一样富有浪漫和冒险精神的女子。事过近三十年,有些台词还记得的。当高仓健扮演的杜丘正人站在楼顶上,坏人诱惑他往前走,想制造他跳楼自杀的假象。坏人说:杜丘正人,你往前走,抬头看,你看,多么蓝的天啊!这部电影的外景地就在北海道。我们通过电影知道了北海道的原野,也知道了北海道的深山老林。我想,中国年轻人对北海道的向往是跟崇拜中野良子紧密相连的。后来有更多的日本电影被介绍到了中国，其中许多女演员比中野良子长得还要艳丽。但是，中野良子在我这个年纪的中国男人心目中，那种地位是无法替代的。事过多年后，当毛丹青先生把中野良子亲笔签名的书递给我的时候，我的手还有点哆嗦。另外一部电影是《狐狸的故事》，这是一部动物电影，没有什么故事情节。这部电影展示了北海道的自然风光，也教会了许多中国的父母怎么做父母。电影里面，当小狐狸长大的时候，它们依然不愿意离开自己的父母，狐狸爸爸、狐狸妈妈就用暴力把它们驱逐出去，让它们到外面独立生活。而中国的父母对自己的孩子特别溺爱，当他们长得很大的时候还不让他们出去，让他们在自己身边。看完这两部电影，我就明白了，一个男人，如果想找到中野良子这样的一个女人做妻子，必定要像小狐狸那样，离开家，独立生活，到外边去闯荡天下。于是，在狐狸精神的激励下，我离开家，当了兵，慢慢地走上了文学创作的道路。

还有一位我故乡高密县的人，他在日本比我有名得多。他就是在日本北海道的深山老林里跟野兽一起生活了十三年半的刘连仁。我感觉到，在这个人身上潜藏着一种伟大的精神，那就是对故乡、对祖国、对生命的热爱。上学的时候，我利用暑假的时间，到他家里去采访了他。当时，他已经是七十多岁的老人，身体还非常健康。让他讲起北海道来，依然是滔滔不绝，整整地讲了一天一夜。当然，在他的讲述中，北海道不是那么的可爱。我想，在他眼睛里面，北海道美丽的鲜花也是挺难看的。因为他是生怕被人看到，一直在山上隐藏着，白天躲着，晚上才敢出来活动。是什么样的力量支撑着这个人能够在与世隔绝的情况下生活了十三年半，是我至今没有完全想清楚的。我曾经在一个短篇小说里，也曾经在一部长篇小说里，以他为原型写过几个人物。我在小说里面主要突出了这个人顽强的生命力。那么,我想能够支撑着让他活下来的力量,就是他对故乡以及亲人的思念。他坚信,只要他坚持下去,终有一天会回去。后来,果然实现了。

现在,我终于来到向往了很久、也想象了很久的北海道。但是,我看到的北海道跟我想象的完全不一样。这里,街道整齐,空气新鲜,人的脸上带着笑容。昨天下午,我们参观了北海道开拓纪念馆以后,对北海道有了更深的了解。北海道有漫长的历史,有丰厚的文化。它的文化也是一种"杂交"的文化。跟中国的文化与西方的文化融合一样,北海道的文化也是融合的文化。是来自中国的文化、来自俄罗斯的文化、来自日本本州的文化和阿依努族的文化的融合,所以它才如此得斑斓多彩。对于一个小说家来说,来到北海道这种富有特色的地方,就如同进入了宝山。这一次北海道之行尽管时间不长,但对于我今后的写作,会发生积极的作用。我的故乡是平原,没有山,也没有森林,但是,在我今后的小说里边,我可以把北海道的山和北海道的森林挪过去。尽管我的故乡没有鲑鱼、没有熊,我也可能把熊和鲑鱼移到我的小说世界里去,但熊吃鲑鱼这样的情节,很可能变成马吃鲤鱼这样的情节出现在我的新作里。总之,在我未来的小说里面,我在北海道所看到的、感受到的就会改头换面地出现。

现场互动:

问:你对札幌的印象如何?

答:昨天晚上,我们从飞机上俯瞰札幌,灯火璀璨,城市的轮廓历历在目。中国有很多大城市,从空中看上去都没有札幌这么明亮。一下飞机,进入白雪世界,感觉很童话。另外一个感觉是,这个城市的街道非常直,所以推测它是一个比较年轻的城市,历史不是很长。

再一个,我们吃得很好,这里的鱼呀、虾呀,味道非常鲜美。还有一个感觉,札幌的女孩子非常"抗冻"(经得起寒冷),尤其是膝盖、腿这块儿不怕冻。我母亲告诉过我,人最怕冻的就是膝盖这块,一定要在膝盖这儿包上棉花——札幌的女孩子膝盖不怕冻。难道就不怕得关节炎吗?当然了,为了美,得了关节炎又有何妨。

问:我是来自中国的留学生,现在在北海道大学读书,我想请问您有过温泉的体验吗?是否会把这种体验写进您的小说?

答:北海道的温泉,我已经在电视上看到过很多次,人在里面泡澡,也有许多猴子在里面泡澡。我对北海道的向往当中很重要的一部分是对温泉的向往。二十年前,我曾经写过一篇散文《洗热水澡》。那会儿在中国北方的农村,有很多人一辈子没洗过热水澡。我当兵离开农村以后,在部队里享受到洗热水澡的待遇。当然,也很不容易,每星期我们要坐上大卡车走五十公里路,到城里的公共大澡堂子里去洗。我们进去的时候,我们的领导就告诉我们,每个人带上两包饼干,早上进去,晚上出来。那里面有三个巨大无比的池子,三种不同温度的水,一种是30度,一种是40度,一种是50度。我们从温度最低的30度的池子逐渐开始泡,一直泡到50度。在散文的最后,我总结,如果我将来有很多很多的钱,一定在家里建一个巨大的澡堂,然后把许多的文学青年、作家召集起来,中间放一张大桌子,一边泡澡,一边谈文学,那该是多美好的生活啊。

1999年,我和毛先生一块儿到了日本的伊豆半岛,在川端康成泡过的温泉里一块儿泡。那时候我就感觉到,日本的温泉比我当年洗过的热水澡堂子要高级多了。川端康成前辈在温泉里泡了一年才写出了短篇《伊豆歌女》,我当时就跟毛先生说,如果让我在这里泡上一年我能写出两个长篇来。当然,《伊豆歌女》那样的短篇,泡三年我也写不出来。这次,我们的日程安排里面有好几夜在温泉住宿,我们的幸福生活马上就要开始了。我想,回去也许就会写一篇《与猴子共浴》。

问:我想问两个问题:在你的安排里你会去北海道的哪一些旅游景点?第二个问题,你在来北海道之前已经有一个初步印象,哪些地方对你会比较有吸引力?

答:我来北海道之前,文字资料没看过,图片资料看过一些。至于我在小说里面关于北海道自然风光的描写,我是按照中国的长白山来写的。因为我在地图上看到,北海道和中国的长白山几乎是在同一个纬度上。我小说里也闹出来一个狼的笑话,小说里的人物在深山里面和两匹狼打了很长时间的仗,翻译家吉田教授就问我说,你在哪里看到的资料说北海道有狼?长白山有狼,北海道的历史上从来就没有过狼。我对翻译家说,对于大自然的事物不要轻易否定,也许哪一天,动物学家就在北海道的深山老林里突然发现一匹狼也不一定。这也说明在文学当中生活和想象的关系;不过,没有狼,想象出来一匹狼终归不是一件令人信服的事。但是,在有狼的地方,我们想象出一匹会说人话的狼,这是可以的。在有狐狸的地方,我们想象出一只摇身一变成了美女的狐狸也是可以的。接下来的行程我不知道,因为来到日本之后我根本不考虑这些问题,他(指毛丹青)帮我想。他们前些天给我传真过一张行程表,我的印象是从温泉到温泉。

问:能谈谈您的《红高粱》吗?

答:我曾经说过,要用小说和过去建立联系。大部分写作者其实都是在写自己的记忆，就是要让自己的记忆出来说话。至于你说到《红高粱》这部小说，最主要的第一点，这故事的原型就是在我的家乡发生的。第二点，我知道这个故事是通过我的爷爷奶奶、我的乡亲们，他们口口相传告诉我的。而历史上发生的任何事件经过几十年口口相传就会变得无比夸大。当然，《红高粱》这部小说，中国的评论界把它作为战争小说、军事小说来研究，但是我想，我在写的时候并没有刻意表现战争。我写作的最直接的动机就是要用笔记录下来我的长辈、祖先告诉过我的一件往事。所以，小说里的战争也仅仅是故事发生的一个背景，最着力点，我写作的重点还是放在描写战争背景下人类感情的变化、命运的变化。当然，《红高粱》之所以有这么大的影响，跟大家看到的巩俐、姜文、张艺谋这些人的关系更大一些。

问：您好，我是一名来自中国沈阳的学生，在这里读文学。请问您对现代中国文学，尤其是当下像韩寒这样的作者——我觉得他是心理变态——完全靠商业炒作取得成功有什么看法？另外，除了当年的老舍有可能凭借《猫城记》获得诺贝尔文学奖，还没有一位中国的作家获得这项荣耀，您作为中国一位德高望重的作家，是否有这个责任呢？或者您并不是为了什么奖，而单纯地为了兴趣进行创作？

答：你说的第一个问题，像韩寒这一批八十年代出生的年轻作者，他们确实现在在中国很火，有很多的读者，当然也赚了很多的版税。你觉得他这个人心理不正常，他也许会觉得全中国根本没有正常人，只有他一个人是正常的。他们很自信。我这样的作家在他们心目中究竟算不算作家还值得怀疑呢。当然，我一直是在为这批青年作家说好话。而且也觉得他们是很有前途、很有才华的。我想，每一个时代应该有每一个时代的作家，每一个时代应该有每一个时代的兴趣热点,既然有那么多的年轻人喜欢他,必然有他的道理。至于他们将来的发展如何,我很难判断。我不能用我个人的文学标准来衡量他人的作品。这个经验我是从我女儿身上得到的。我经常对她诉苦说,你们现在多幸福啊,馒头都随便吃,我们当初红薯都吃不饱呢。她说,红薯多好吃啊。我说,我们当年怎么怎么地痛苦,我们吃不饱、穿不暖。她说,你以为吃饱了穿暖了就不痛苦了吗?我女儿教育我,年轻人的事不能用我们这种标准来判断。至于诺贝尔奖,这个问题很难回答。得诺贝尔奖也并不是一种责任,没有任何一位作家有这个责任。我的写作的最直接动力,刚开始的时候可能很低下,为了挣一点稿费,买一块手表,回家去骗一个媳妇。后来媳妇也骗到了,吃饭也吃饱了,衣服也穿好了,我想,这时候对小说艺术本身的追求就变成了我最大的动力。

问:现在社会也不景气,文学是否有一种力量可以起到振奋的作用?我是研究政治学的,在英国生活过一段时间。文学在经济上是一个很大突破点,莎士比亚的名字可以招徕很多的人前去游览。札幌也不是一个小的城市,按照您的想法会怎样去描写?

答:文学其实没有那么大的作用,当经济不景气的时候,没有一位作家能让经济景气起来,但是社会生活的状况会对作家的创作产生直接或者间接的影响。比如,上个世纪六十年代,中国极其贫困的经济生活状况就对我个人的创作,甚至我个人的思维方法都产生了直接的影响,而且直到现在依然在发挥作用。但是,真正的文学作品、真正的作家,会对社会生活发生持久的、永远的影响,就像你刚才所说的莎士比亚一样。莎士比亚生活的英国是怎样的社会状况,他的命运怎样,当时的老百姓对他是有什么样一个看法,现在我们也不知道。当然,我知道英国后来的作家,写有《儿子与情人》的劳伦斯,当时在他的故乡诺丁汉被乡亲们宣布为不受欢迎的人。他的乡亲们和当地的政府官员认为,有他这样的一个作家是他们故乡的耻辱。但是,现在劳伦斯已经成了他故乡的重要的旅游资源。在诺丁汉到处可以看到这样的指路牌:这里通向劳伦斯的故乡。我在日本感觉到,日本人民非常注意这一点,在伊豆半岛,来过的作家都留下了纪念馆。札幌可能也是一样,有不少这样的文学纪念碑。至于札幌的作家怎样写作来反映札幌的生活,我很难说。毫无疑问,任何一位作家都会留下痕迹,成为后人纪念的理由。日本和中国一样,当代的作家、活着的作家不太容易受到重视、受到尊敬。我现在回到故乡去问:知道莫言吗?——他呀!他还偷过我们家两棵大白菜呢!再过一百年,偷大白菜的事情就忘掉了,《红高粱》就记住了。

问:您在写作的时候想象出来的映像和拍成电影之后的映像有什么区别?

答:一部长篇小说改编成一部电影肯定要放弃很多的东西。一部小说里面人物众多、情节复杂,但是改编成电影之后只有 90 分钟。我多次说过,小说改编成电影,实际是一个选择的艺术。至于《红高粱》这部小说跟这部电影,在脑海里原来的形象和在银幕上呈现出的形象,差别很大。首先,我的小说里面描写的和我头脑里面想象的高粱是红的,电影里面是绿的。再一个,我想象的"奶奶"应该是中年妇女,身体比较丰满,而巩俐当时还是小女孩呢。再有,高粱酒是白的,从来没有高粱酒是红的。本来是红的搞成了绿的,本来应该是白的,反而搞成了红的。当然,这都是细节问题,电影基本上是比较成功的,最重要的是,把小说里面那种张扬个性、追求个性解放的这种精神传达出去了。我是一个比较好合作的作家,导演还是应该大胆地创造。

问:人民币的升值对日本经济的增长造成的有正效果和负效果,我想问,在您眼里,中国的农村生活有什么变化吗?

答:经济问题,我觉得它确实是难以预测,像押宝和猜谜语一样。中国民间的经济学家经常预测,今天说人民币要升值,明天说人民币要贬值。今年上半年,我的一个特别好的朋友,悄悄地告诉我,说:你有日元吗?我说:有。快换成人民币,日元马上要贬值!我赶快到银行里把我十几年挣得的几百万日元全部换成了人民币,当时的汇率是100比6.9。结果,不到半年时间,日元涨起来了,涨到100比8了。我损失了好几万元。但是谈到农村的经济改革,我还是有发言权的。我的父亲和几个哥哥还在农村生活,这几年家里面的发展变化我还是非常清楚的。从上个世纪八十年代开始,中国的农村经济改革基本上解决一个温饱问题。那么这几年最大的问题就是农产品向商品转化的问题。像我们的老家,他们的经济收入直接受到国际条件的影响。我的父亲他们种大蒜,准备出口日本,突然说不要了,那么大蒜就要烂掉。政府说,你们不要我们的大蒜,我们不要你们的电器了。后来,日本方面说,那么我们还是继续要你们的大蒜好了,请你们继续要我们的电器。于是,大蒜没有烂掉。农村的经济生活也和国际的经济生活息息相关。

问:您觉得金庸的作品算不算文学作品?您对张艺谋有什么评价?

答:我读过金庸的全部作品。我觉得它还是非常有吸引力的。

我读是想研究一下，为什么这么多人喜欢金庸。但是，我发现，我也被他吸引住了。我想，应该承认金庸是一个文学家。有人认为，金庸的小说里面只有情节，没有思想；我觉得这种说法也不对。他传达了一种江湖精神，而这种江湖精神是跟中国儒教的伦理道德紧密相连的。关于张艺谋的作品，确实有一些不太好的评价，而且，对张艺谋万众声讨。一个月前，北京的几十家媒体召集批判张艺谋的大会，张艺谋当然没去；他们把张艺谋骂得狗血喷头，批判他的《英雄》和《十面埋伏》。我认为不要苛求一个导演。一部电影作品，只要有一点抓人，它就是好的。我想，张艺谋也没有想通过他的《十面埋伏》来教育中国人民，他只是在制造一些热闹的东西让人看得眼花缭乱。你在街上随便拉着一个美国人，问他中国的总理是谁，他可能不知道。你问他，知道张艺谋吗？他肯定知道。我今年秋天去美国使馆签证。他们问我，你知道张艺谋吗？我说，不认识。遭到拒签。我马上给美国邀请我去的人打电话，说，他们拒签了，他们说我不认识张艺谋，不让我去。对方听了很愤怒，说，你马上再去签，你拿着《红高粱》的影碟去。第二次，我再去，他们又问我，你认识张艺谋吗？我说，我不但认识张艺谋，我还认识巩俐。结果，给了我一个三年内多次往返。签证官说：随时欢迎你到美国来！你看，哪有一个中国人像张艺谋这么有影响力。

没有个性就没有共性
——在韩国"东亚文学大会"上的演讲

时间:2005年5月

我是一个不懂外语的中国作家,尽管我看过一些翻译成中文的韩国文学和日本文学,也认识一些韩国和日本的作家朋友,但让我谈"东亚文学的共性",让我回顾东亚文学的过去、观照东亚文学的现在、展望东亚文学的未来,的确难以胜任,就像中国一句歇后语所形容的:狗咬泰山——无处下口。我想,要讨论东亚文学的共性,必须具备大量的专门知识,对东亚地区的地理、历史、语言、文化、民风民俗都要有相当深入的了解,才可能从比较中发现共性。我不具备这些知识,缺少这方面的才能,因此,只能就我个人的生活经历和写作经验,谈几点与中国文学相关的问题。

我认为,中国文学毫无疑问是东亚文学乃至世界文学的重要组成部分,中国作家在当今这个经济一体化和文学趋同化的世界上所面临着的问题,也就是东亚地区的作家同行们所共同面临着的问题。当然,谈到文学的历史,谈到文学作品所表现的内容,谈到文学的继承和借鉴,每个国家的文学都有各自的独特性。也就是说,东亚地区各国的文学,首先表现出来的是自己的个性,而共性就包含在这丰富的个性之中。我们研究东亚文学的共性,应该从研究各国文学的个性开始;我们研究东亚文学共性的目的,正是为了保存和发展各国文学的个性。

中国当代文学的个性,与中国近代历史上发生的重大事件密切相关。譬如旷日持久的战争、骇人听闻的暴行、令人发指的饥饿、临界疯狂的全民性宗教狂热,这些都是影响了当代作家心灵并被文学作品反复表现的内容。另外,任何一个国家的文学,都有自己的源头。中国灿烂的历史文化和文学遗产,譬如我们的唐诗、宋词、元曲、明清小说和戏剧,都像遗传因子一样,渗透在作家和诗人的血液中,发挥着持久的作用,使当代的文学,呈现出鲜明的中国特色。当然,真正的文学,从它产生之日起,就自然地具有了世界文学的特性。也就是说,好的文学,无论它是用何种文字写成,必然地具有文学的共性,成为世界文学的组成部分。

我们习惯上把1949年中华人民共和国成立之后至今的文学,叫作"中国当代文学"。中国当代文学,走过了漫长曲折的道路。1949—1979这三十年间,文学被当作了政治的附属、宣传的工具,褊狭的阶级立场和政党观念限制了作家创作的自由和文学表现的视野,压制了作家的才华,使这个时期的大多数文学,丧失了世界文学、自然也丧失了东亚文学的共性,成为文学价值很小的宣传品。我认为真正意义上的中国当代文学是从1979年开始的。这个时期,文学的解放与思想的解放同步前进,"文学要为政治服务"这道束缚了中国作家多年的锁链终于被挣断;获得解放的作家们,用作品不断地突破一个又一个的禁区,既宣泄了心中的积怨,又代表了人民的心声。

这是一种历史的伟大巧合,而这种巧合,使中国当代的文学,获得了空前的声誉。但这个时期的文学,还是相对幼稚的,还带着比较明显的政治性,艺术上也比较粗糙。进入八十年代之后,社会逐渐开放,禁区被一一突破,作家们开始了对文学的艺术性的关注和探索。也是这个时期,大量的西方文学作品,被翻译成中文,使许多作家眼界大开,恍然大悟,同时开始了大胆的模仿和借鉴。

我是1985年借助一部名叫《透明的红萝卜》的小说走上文坛的,在此之前,我的小说尽管也可以发表,但读者并不喜欢,我也感到自己的创作很是艰难。我心中有一个鬼,这个鬼就是所谓的"革命的现实主义和革命的浪漫主义相结合"创作方法。那个时候,我感到最大的困难就是没有素材可写。八十年代初,我接触了西方文学,读了福克纳的《喧哗和骚动》、加西亚·马尔克斯的《百年孤独》、卡夫卡的《变形记》、川端康成的《雪国》等许多作品,感到如梦初醒,我想不到小说竟然可以这样写。如果早知道小说可以这样写,我何必挖空心思去寻找素材?类似的故事,在我的故乡、在我的童年经历中,可以说比比皆是。于是我就放下了这些书,开始写我的小说了。

我在中国文坛获得成功并得到读者的承认,主要在于我在福克纳、马尔克斯等人的启发下,在我的真实故乡的基础上,创建了一个"文学的共和国"——"高密东北乡"。在此之前,我最大的痛苦是感到没有故事可写,经常为了得到写作的素材而乱翻书报,甚至跑到乡村、工厂去采访,但归来后依然感到头脑空空,面对着稿纸,难著一字。自从我在一篇名叫《白狗秋千架》的小说中无意中写出了"高密东北乡原产白色温驯的大狗,绵延数代之后,很难再见一匹纯种"这样的句子后,我就像阿里巴巴突然得到了"芝麻开门"这条打开四十大盗藏宝山洞大门的秘诀一样,眼前豁然开朗。故乡的山川河流、风土人情，我的家庭中人的传奇经历，我自己在乡村二十年的痛苦生活，我从乡亲们口中听说过的传奇往事，都桩桩件件、活灵活现地出现在我的脑海里；许多个性鲜明的人物，都争先恐后地奔涌到我的面前，向我讲述着他们的故事，请求我把他们写进小说。这时，我觉得自己犹如一个不名一文的穷汉，突然拥有了万贯家财，任凭我恣意挥霍。没有故事可写的时代结束了，拥有写不完的故事的时代来临了。我在现实生活中是个懦弱胆怯的人，但在写小说时却有坚强的意志和无所畏惧的胆量。我感到自从把"高密东北乡"作为自己的小说舞台后，我就从"乞丐"变成了"国王"。这里的一切都听我支配，这里的男女老少都听我驱使。我体会到了一个作家在创作过程中的最大的幸福：开天辟地，颐指气使。我的"高密东北乡"可以包容天下，而天下万物，皆可以为我所用。当然，我的狂妄仅仅表现在写作中；在日常生活中，我是遵纪守法的公民。我一辈子没打过人，但挨过别人很多打。挨打之后，我如果回家诉苦，我母亲会骂我，我父亲会再揍我一次。因此，我挨了打，也只能像阿Q一样，在心里想象着把那人回揍一顿。

二十多年来，尽管我的文学观念发生了很多变化，但有一点始终是我坚持的，那就是个性化的写作和作品的个性化。

所谓作品的个性化，自然是建立在作家独立思考和独立人格的基础之上。没有创作主体的个性化，也就没有作品的个性化。我大概想了一下，作品的个性化，首先来自作家气质的个性化。这涉及心理学和遗传学，有点玄，似乎是命定的因素，几乎无法改变。这也是有个性的人很多，但并不是有了个性就可以成为作家的原因。

其次，作品的个性化，来源于或者说依赖于作家生活的个性化。一个作家独特的生长环境、独特的人生遭际、独特的生存经验，是构成作品个性化的物质基础。大凡是留下不朽作品的作家,都有着非同常人的人生经验,或者说是命运。这也是命定的东西,后来的所谓"体验生活",基本上无济于事。

作家后天生活的个性化里,包含了许多对文学创作来说至关重要的要素。譬如你生活的地方的地理环境、你接受的文化教育、伴随你长大的那些人,这些,都在你没成为作家之前,就决定了你成为作家之后的基本面貌。后来的遭际和努力,当然也会发挥作用,但改变的是局部,不会是根本。如此说来,不免令人沮丧,似乎在个性化写作面前,一切努力都基本上无济于事了。这确实是个残酷的现实,我们能够做的,就是在许多不可改变的因素面前,在外界事物的刺激和参照下,尽量地保存和凸现自己的个性。

我认为,东亚各国的优秀文学,都是富有个性的优秀作家具有独创性的作品。为了这种个性化的追求,我们都立足于本国家、本民族的现实,从自己的故乡出发,走向广大的世界,积极地向外国的作家学习,然后再回到自己的民间,千方百计地创作出具有原创性的作品。这就是东亚文学的创作者——东亚各国作家的共性。我们研究东亚文学的共性,就是要避免各国的作家写出类似的作品,而只有个性化的作品,才是真正的文学;真正的文学必然地会揭示出人类灵魂的奥秘,而揭示人类灵魂奥秘,不但是东亚文学的共性,也是世界文学的共性。所以,只有强调、发扬了东亚各国作家的个性,才会使东亚文学的共性得以实现。而东亚各国作家创造出的具有个性的作品,必然地会使东亚地区的文学,成为世界文学的骄傲。

只有交流，才能进步
—— 为韩国大学生访华团演讲

时间：2006 年 8 月 15 日

我从这次活动的主办方那里得知，你们离开韩国前，看了根据我的小说改编的电影《红高粱》，并阅读了韩国作家朴趾源的著作《热河日记》。我没读过《热河日记》，但我猜想这应该是一本有趣的书，因为我读过一些类似的著作。这些作者的身份多半是探险家、传教士、旅游者或外交人员。他们在回国之后，回忆记录他们在中国的所见所闻和他们的亲身经历。这样的书，会让我这样的中国读者，获得一种宝贵的阅读经验，因为这样的书有一个独特的视角：那就是外国人眼里的中国。这样的书，具有一定的史料价值，但并不完全可靠。因为，作者的主观臆想，有时会遮蔽历史的真相。我想，也许有一天，我会读到《热河日记》。我想我会从中看到那个时代的中国宫廷和老百姓的日常生活场景，看到一个韩国人对中国社会的判断。

我虽然没有看过这本书，但我从你们的翻译金小姐那里大概地知道了这本书的中心观点是：只有依靠经济力量的支持才能解决伦理和道德方面的问题。或者说,经济的发展,势必会对社会的伦理和道德产生巨大的、甚至是决定性的影响。这也正是马克思主义的理论基础:经济基础决定上层建筑。这也正是中国人在历经西方列强的多年压迫和侵略之后觉悟到的一个重大问题。我想,这次活动的举办者将这本书推荐给各位同学,让你们在进行中国之旅前阅读,是富有深意的。

我之所以把这本我未曾读过的书作为我今天演讲的重点,是想阐明下面几个问题:

只有比较,才能鉴别

我们每个人都生活在自己所熟悉的环境里,一切都是司空见惯。就像中国古代大诗人苏轼的一首诗里所描述的那样:"横看成岭侧成峰,远近高低各不同。不识庐山真面目,只缘身在此山中。"

我想,朴趾源先生之所以能在二百多年前提出放在今天依然具有现实意义的真知灼见,就在于他跳出了朝鲜这个他熟悉的环境,来到了他不熟悉的中国。在漫长的旅途中,在辛苦的工作中,他耳闻目睹了中国社会的诸多现实,接触了形形色色的中国人,获得了大量的新鲜经验。他在对中国的事物做出判断前,首先就要把中国的事物和朝鲜的事物进行比较、鉴别,然后得出进步或落后、文明或愚昧的价值判断。如果没有比较,判断就无从做出。

只有交流,才能进步

纵观人类历史,也正是一部各个国家的文化交流的历史。经济和贸易的往来,其实也是广义的文化交流。世界上没有纯粹的经济贸易,所有的经贸活动,其实都有政治与文化的意义。不久前,有一艘在海上航行了一年之久的瑞典帆船,扬着洁白的风帆,抵达了广州港。这是二百六十年前的一场旧梦重现。这艘船的真实模型是二百六十年前沉没在瑞典海域的哥德堡号。当时,这艘船上满载着大清国的货物、丝绸、瓷器。丝绸上刺绣着美丽的花鸟鱼虫,瓷器上绘制着精美的图案,这些既是日常生活用品,也是中国文化的结晶。韩国和中国是近邻,两国之间的经济贸易和文化交流历史悠久、源远流长。在这样长期的交往中,两国人民彼此学习、相互影响、共同进步。

这就涉及一个重大的问题:如何在经济一体化的世界格局中,继承和保存各个国家、民族的文化独特性?

不久前,我获得了日本福冈市政府颁发的亚洲文化大奖。韩国的考古学家金元龙先生、语言学家李基文先生、民俗学家任东权先生也分别于 1992 年、1998 年、2005 年获得过这个奖项。与这些先生相比,我取得的成绩的确是微不足道的。我之所以提到这个奖项,是因为这个奖项的设立,表现了对世界文化趋同化的一种高度警惕。该奖表彰的对象是那些为亚洲独特多样文化的保存和创造做出了极大贡献,并以其国际性、普遍性、群众性、独创性向全世界揭示了亚洲文化意义的个人和团体。(尽管我达不到这样的标准,但并不妨碍我们就这个问题展开讨论。)

首先,我们要充分认识到,我们亚洲的文化是独特的,这个独特,是相对于亚洲之外的其他国家和地区而言。独特,是比较之后得出的结论。

第二,我们要认识到亚洲文化本身又是一个多样性的整体。无论是从语言、文学、美术、音乐、服装、饮食、建筑等诸多方面来说,亚洲文化本身就是一个千姿百态、令人眼花缭乱的存在。韩国姑娘穿着美丽的韩服,日本姑娘穿着典雅的和服,中国姑娘穿着高贵的旗袍。饮食方面,我们忘不了韩国的泡菜,很怀念日本的生鱼片,更忘不了中国的种种大餐。即便是在中国菜里,又分成了粤菜、川菜、上海菜、杭州菜、淮扬菜等诸多的菜系。这样的例子俯拾皆是、不胜枚举。但从整体上看,我们又可以明显地看到,相对于其他洲,亚洲文化,尤其是我们东北亚文化,又表现出一种特有的共性。这共性到底体现在哪些方面?我觉得它仿佛是空气,处处在,但又难以把握。它渗透在我们文化和艺术的深层,形成了一种鲜明的东方情调。保存亚洲文化的独特性,就是保存这样宝贵的"东方情调"。

但保存绝不是停滞,保存是创造发展中的保存,保存并不是封闭。我理解,要使亚洲文化的独特性和多样性得到保存,必须要将亚洲文化置于世界文化的整体中,广泛地吸收和学习,大胆地借鉴和创新。也就是说,亚洲文化,是世界文化的一部分。亚洲文化,既要向别的文化学习,也为别的文化提供学习和借鉴的样板。最终的目的,就是要构成一个普遍性和特殊性相统一的人类文化的百花园。

我知道,你们都看了《红高粱》这部电影,《红高粱》应该是一部具有鲜明的中国风格的电影,它的特殊性表现在诸多的方面。譬如,这里边有中国特殊的社会和历史背景,有中国的植物红高粱,有中国人的特殊的服装,有中国人独特的酿酒和饮酒方式,有中国人在那个特殊时代里的爱情方式,有中国人特殊的婚嫁方式,但它同时又具备了能使不同国家和地区的人受到心灵震撼和审美愉悦的普遍性元素。这也就是说,好的艺术作品,除了具有鲜明的地区性和民族性之外,还必须具有艺术的共性。这种共性的基础就是人的基本情感。这也是韩国的电影和电视能够成为一股汹涌的"韩流"、感动了成千上万中国人的根本原因。

我想,在当今这种通讯日益便利、交通快速便捷、信息共享的全球化时代,我们应该建立一种大文化观。这个大文化观,应该以全球为参照体系来比较、观照自己所在的地区和国家的文化。我们应该放开胸怀,包容和接受外来的东西,让外来的东西变成我们的营养。最终的目的是要创造出一种继承了我们自己历史和民族传统的崭新的文化。人类社会的最根本的目的,并不是要保存旧的东西,而是要创造新的东西。但新的东西,是在旧的东西的基础上生长出来的,旧的东西得不到保护和继承,新的东西就失去了生长的母本。文化交流的根本目的是学习,学习的根本目的是创造而不是照搬。我感到韩国、日本和中国都是善于学习的国家,西方文化曾经对东方的变革发生过巨大的推动作用,但我们并没有照搬西方经验,更没有克隆西方文化,我们都是在本国文化的基础上,创造了各自的独特的新的文化。

我是一个小说作者,我考虑得最多的问题是把什么样的故事写成小说和如何把这些故事写成小说,简单地说是"写什么"和"怎样写"的问题。要我回答超出了小说范围的问题,的确觉得力不从心。我看了你们这次活动的主办者大山集团的负责人送给我的有关材料。我看到这些文件里提到了许多东亚地区的复杂尖锐的问题,这些问题有的是领土问题,有的是历史问题,有的是政治问题,也有一些是学术问题。这些问题,我想,应该由各国的政治家根据大多数人民的意愿,根据东亚地区人民的普遍意愿,用对话协商的和平方式来解决。我想,东北亚地区人民最大的共同心愿是希望和平。只有在一个和平的环境里,人民的生命和财产安全才有保障;也只有在和平的环境里,才有可能创造繁荣的文化。至于学术问题,应该展开争论,用历史事实说话,用资料说话。也就是说,应该用科学的态度,而不是用政治的态度,来解决学术问题。

我想,各国人民之间,尤其是各国青年之间的交流,是亚洲也是世界和平的重要保障。韩国大山集团在促进和平交流方面,一直在做着积极的努力。去年,我参加了他们主办的第二届首尔世界文学论坛,论坛的主题是文学与世界和平。我在一次即席发言中说道:文学虽然不能使美军从伊拉克撤退,也不能使以色列和黎巴嫩停火,但文学却能使博爱的精神缓慢生长。人类虽然面临困境,但爱的光芒,就像茫茫大海中的灯塔一样指引着我们前进的方向。

写完这篇演讲稿后,我在报纸上看到了韩国驻中国大使金夏中先生对韩国掀起的汉语热的一个比喻:汉风阵阵。这恰好构成了一个妙对:汉风阵阵吹过去,韩流滚滚涌进来。

这正是中韩两国文化交流的生动写照。交流从来都是相互的,学习也是相互的。

也是在写完这篇演讲稿后,我上网搜索了朴趾源和他的《热河日记》,发现网上与此相关的信息竟有数千条。我实在是孤陋寡闻了。

我从网上得知,《热河日记》是一部用古典的中文写成的百科全书式的伟大著作,其内容涉及了哲学、政治、经济、天文、地理、风俗、制度、历史、文化等诸多方面,许多中国学者从《热河日记》里获取过宝贵的资料。

我还知道了朴趾源还是一位文学家,写过诗歌和小说,他的许多文学观点,至今仍有现实意义。

他是一个非常博学的人,至今在承德还流传着他"谈乐忘羊"的故事。他随同朝鲜使团赴承德为乾隆皇帝祝贺七十诞辰,住在承德的孔庙里。中国官员尹嘉铨和王民陪同他参观了孔庙里的乐器。参观后,尹嘉铨烤了一只羊招待朴趾源。但三人谈起了音乐和乐器,竟然忘记了时间,等到想起吃饭时,那只全羊已经凉透了。

相信同学们都在《热河日记》里看到他与王民谈论宇宙问题的记载。他们从早饭开始谈起,一直谈到黄昏。他们都认为地球是转动的,太阳和月亮也是转动的,太阳、月亮、地球的转动周期,决定了日、夜、年月。二百多年前,他们就有这样的认识,就谈论这样的复杂问题,真是令人敬佩啊。

我一定要向你们学习,回去后就读《热河日记》。

东北亚时代的主人公
——在欢迎韩国大学生访华团仪式上的致辞

时间：2007年8月8日
地点：北京

各位同学：

下午好。

首先我要祝贺大家沿着一条光荣的路线，进行了一次长征。你们从西安—兰州—武威—敦煌—吐鲁番—乌鲁木齐来到了北京。

西安是历史文化之都，在那里，同学们应该看到了秦始皇兵马俑的威武雄壮，应该看到了大雁塔的庄严肃穆和大唐芙蓉园的壮丽辉煌。西安是汉唐时期的华夏中心，也是亚洲地区最具有文化感召力的城市。那时候，在西安街头行走的，有来自西域各国的浓眉深目的阿拉伯人，有来自日本的僧侣，当然也有来自高丽国的商人和学者。而且，正如你们行前所了解的，盛唐时期的著名将领高仙芝，就是高丽国人。他也正是从西安开始，走上了他的军旅生涯，并在之后的岁月里，忍受了常人难以想象的苦难，创造了许多军事史上的奇迹。他为唐王朝开拓了疆域,巩固了边防,成为在世界范围内可与拿破仑、汉尼拔相提并论的名将。他指挥的翻越葱岭的长途奔袭战役,至今被军事史家所反复研究援引,他的山地行军经验前无古人,后无来者。

兰州是瓜果之都。八月兰州,瓜果满城。想必同学们在那里都吃到了金瓜银果。兰州双山夹峙,中华民族的母亲河穿城而过。河边那组黄河母亲的著名雕塑,想必也引起了同学们的注意。你们的相机里是不是也留下了这组雕塑的照片?兰州除了瓜果著名,更著名的是它的拉面。不仅在中国的各大城市都能看到兰州拉面馆,在日本的东京,北海道的札幌,韩国的首尔,都可以吃到兰州的拉面。札幌有一条著名的街道,就叫"拉面一条街"。当然,这里的拉面,已经与兰州的拉面有了很大的区别。在兰州人的心目中,拉面不仅是一种食品,而且还是一种文化。看兰州拉面馆里的师傅们的拉面表演,无疑是观看一种独特的艺术表演。

敦煌的莫高窟,是世界著名文化遗产。那些洞窟里千姿百态的造像,不仅向世人昭示着灿烂的佛教文化,同时也展示着当时的世俗生活。创造这些形象的人们,是基于崇高的宗教热情,同时寄托着俗世的愿望。那衣带翻飞的"飞天"和反弹琵琶的乐舞伎,都是凝结着人民的伟大想象力的艺术形象,也是人民对美好生活的憧憬和向往。由这些形象,我们可以想象出当时的亚洲文化交流是一种多么辉煌的景况。在二十世纪八十年代初,兰州的歌舞剧院,曾经排演过一部名叫《丝路花雨》的舞剧,这部舞剧在中国曾引起过巨大的反响。该剧的经典造型就是反弹琵琶。我前年访问贵国时的一个晚上,首尔大学的几个教授,让他们的女学生为我表演了歌舞,她们鼓之舞之,衣袂飘飞,腰肢曼软,让我不由得联想到敦煌壁画中的许多造像。

至于吐鲁番,我想同学们一定听过这样一首在中国非常有名也非常优美的歌曲:"吐鲁番的葡萄熟了,阿娜尔罕的心儿醉了……"那里盛产世界上最好的葡萄和葡萄干,也盛产世界上最美好的爱情,因为那里有辫子最多、跳起舞来像云朵一样团团旋转的美丽姑娘,和勇敢健壮的小伙子。

乌鲁木齐在维吾尔语里是"美丽的牧场"的意思。二十多年前,我曾经到过这个美丽的城市,那里的羊肉串给我留下了深刻的印象。当然,乌鲁木齐,新疆,留给我的印象不仅仅是食物,更让我难以忘却的是那里灿烂的文化。

所以,我想同学们此次行走的这条路线,不仅仅是一条拓疆戍边的军事路线,更是一条灿烂的经济与文化交流的路线。这就是著名的丝绸之路。让我们想象一下当时的景象:长长的驼队,驮着丝绸与瓷器,一路往西行走,到达中亚各国,送去了东北亚的货物和文化,也载回了中亚的货物和文明。我们今天所吃的西瓜,我们所演奏的胡琴、琵琶等乐器,都是那个时期留给我们的文化成果。

同学们,经过千万里的奔波,你们来到了北京。尽管你们一路上更多的是借助了现代化的交通工具,但也是风尘仆仆。中国有一部著名的神魔小说《西游记》,讲述了唐朝的和尚玄奘与他的三个半神半人的徒弟由长安出发,沿着你们走过的路线去印度取经的故事。你们在西安看过的大雁塔,就是为取经归来的唐玄奘修建的。我想,同学们这次旅行,也是一次"西游记"。唐朝的玄奘取回了佛教经典,为佛教在中国和东北亚各国的盛行做出了巨大的贡献,我想,同学们的这次西游,也一定是满载收获。这些收获,在你们的一生中,都会发生积极的意义。

中国古代圣贤,提倡人的一生中,要读万卷书,走万里路。读书,游历,是人生的重要课程。你们的行旅,是非常有意义的文化考察,它会开阔你们的视野,增加你们的阅历,提高你们的素养。因此,大山财团组织的这项活动,是富有远见卓识的创举。我想,你们的旅行中,还有一个巨大的收获,那就是加深了你们对中国的了解,促进了你们与中国青年的友谊。未来的东北亚,是属于东北亚青年的。你们正在为创造东北亚未来的辉煌,做着积极的准备。

大山财团的负责人,希望我在演讲中谈谈东北亚时代的主人公形象。这是一个巨大的课题,应该著书立论。时间所限,我在此只能简略地谈几点我的粗浅想法。

首先,二十一世纪必将是亚洲崛起的世纪,而在崛起的亚洲版图上,我们东北亚将是一片引人注目的高地。东北亚的青年,肩负着振兴亚洲、振兴各自祖国的重任。要完成这一重任,我想,东北亚青年应该确立宇宙意识。在茫茫宇宙中,我们生存的地球,只不过是一粒微尘。而恰恰是在这颗微尘般的蓝色星球上,具备了生命存在的必要条件,这是宇宙的奇迹。而在地球的成千上万种生命中,唯有人,具有了意识,具有了改造自然,改善自身的能力。我们能够作为人生活在这个地球上,真是伟大的巧合和无可比拟的幸运!要知道,组成我们身体的,都是普通元素。无论是金喜善,还是裴勇俊,无论是巩俐,还是张艺谋,都是用与我们同样的元素构成。我之所以谈天说地,意思就是希望青年们能够认识到:地球是宇宙中的幸运儿,而人类又是地球上的幸运物种。我们必须爱护我们共同的家园。发生在地球上任何一次灾难,都是全人类的灾难,都与我们每个人息息相关。

第二,东北亚时代的主人公,必须具备人类意识,必须具备宗教般的博爱情怀。我们当然要热爱我们的祖国,但热爱祖国与热爱人类并不矛盾。我们必须警惕和防止狭隘的民族主义情绪,消弭仇恨,共谋友谊、和平与发展。你们韩国国父金九先生曾经说过:"我所期盼的民族利益,并不是用武力征服世界和支配经济活动,而是要用文化、用爱,去感化世界,从而使我们自己生活得更加美好,也使全人类都生活在和谐美满的环境里。"他的话是近百年前说的,但仿佛就是今天说的。

第三,东北亚时代的主人公,必须具备广博的文化修养。我们要熟谙本国的文化,也要尽可能多地了解世界各国的文化。我们要继承本国的优秀文化传统,又要善于学习外来的文化。中国历史上的汉朝和唐朝,之所以创造了灿烂的文化,其重要的原因,就是那时的中国人,有博大、开放的胸怀。他们善于向外部的文化学习,把外部文化,当成自身发展的营养。我们要学习唐玄奘西天取经的精神,为创造东北亚时代的大文化而努力。

同学们,我们所处的时代,是一个进步与退步同时存在的时代;是一个文明与野蛮搏杀的时代;是一个积极建设的时代,也是一个疯狂破坏的时代;是一个富者挥金如土的时代,也是贫者温饱难继的时代;是一个令人失望的时代,也是一个充满了希望的时代。我们东北亚的青年,应该以自己的高远眼光和包容胸怀,来处理自己面临的问题。我们应该以爱心来克服敌意;以科学的精神来抵制野蛮和倒退;以伟大的人道主义情怀,来抵制反人类的阴谋;为了共同的繁荣、进步、幸福而贡献我们自己的力量。

大学生是朝阳

——为第三届韩国大学生访华团的演讲

时间：2008年8月
地点：北京

亲爱的同学们，在这样的时刻来到北京，你们一定感受到了奥运盛会的热烈氛围。许多年来，北京的天没有这么蓝过；许多年来，北京的道路没有这样畅通过；许多年来，北京人脸上的笑容没有这样舒展过。我们希望奥运会是个转折点也是个起点。我们希望北京人在奥运会结束后继续保持这样的笑脸，继续保持这样的胸怀，继续保持这样的诚意。我们希望奥运会结束后继续保持汽车分单、双号轮流上街的规定，使之成为一项永久性的措施。我们希望人们不要去盲目追求那种奢侈的生活，老百姓未必非得以有车为荣，领导干部也未必行必公车伺候，坐坐公交、地铁，既能让他们亲自体验老百姓的日常生活，也会有机会让他们听到真正的民间声音，也有利于改变他们的形象，更有利于改变他们的精神状态。一个每年中不坐几次公交和地铁的官员，是无法让自己的心与老百姓贴在一起的。事实也证明，奥运会期间的车辆控制，不但没有降低人们的办事效率，反而是提高了人们的办事效率。一路畅通，心情舒畅，丢失的只是虚荣和暴发户心态，换来的是清洁的空气和朴实的精神。

我们希望奥运会成为北京与世界真正接轨的起点。我们希望奥运会后不再看到司机摇下车窗对外吐痰的丑陋形象，我们希望奥运会后北京的孩子们在私下里交谈时不要在每句话里都掺杂着脏字。我们希望奥运会后开车者能礼让行人，我们希望奥运会后行人和骑自行车者能够遵守交通规则。我们希望奥运会后饭店、酒楼里不要有那么多的公款吃喝，我们也希望奥运会后能尽量减少那种打肿脸充胖子的铺张浪费。我们更希望奥运会后北京人在为自己的城市感到自豪的同时，看到北京与国际上诸多大城市的差距。我们更希望奥运会后北京人像追求财富一样追求知识，像追求春花秋月一样，追求自己的精神道德的完美与纯洁。

希望你们记住这一次北京之行留给你们的印象，希望你们将来再来北京时，会看到北京变得比奥运会期间更美好。

亲爱的同学们，这是我第三次为韩国大学生暑期访华团演讲。第一次演讲，围绕着你们韩国先贤朴趾源的《热河日记》这本书进行，我在那次演讲中，主要谈了国家与国家之间文化交流的重要性与必要性，谈到了中韩两国之间源远流长的文化交流的历史，以及在这种交流中，两国文化的互补。历史证明，无论是"以华为师"，还是"以韩为师"，都不会使本国文化受到损伤，而是使本国文化得到了丰富。

第二次演讲，主要谈到了中国唐朝时期的韩国籍著名将领高仙芝在中国西北地区所创造的辉煌战绩，谈到了高仙芝卓越的军事思想和军事活动，在世界军事史上的地位。当然，最主要的还是谈到了在新的时代里，中韩两国大学生所面临的任务和即将担当的历史责任。

这一次演讲,大山文化财团给我定的题目是"在二十一世纪东北亚时代中韩两国大学生的作用"。这是一个我感到难以担当的巨大讲题,应该由中韩两国的领导人来讲比较合适,但我事先已经答应,因此,明知讲不好,也要硬着头皮讲下去。

我知道,同学们此行是从上海、嘉兴、杭州、南京、重庆、青岛一路走来。你们选择的这条路线,是中国当今最富裕最发达地区;你们到过的每一个城市,都有悠久的历史和发达的经济,都有美丽的风光和美好的食物。我相信同学们都有了很大的收获。

据大山文化财团的领导人说,你们此次考查路线的确定,与你们韩国国父金元先生在二十世纪三十年代韩国沦陷时期流亡中国的行踪有关。金九先生是韩国卓越的政治家、革命家和思想家,他为了朝鲜的独立和解放贡献了毕生的精力;他的许多观点,今天看来,依然具有现实意义。譬如他说:"我所期盼的民族利益,并不是用武力征服世界和支配经济活动,而是要用文化,用爱,去感化世界,从而使我们自己生活得更加美好,也使全人类都生活在和谐美满的环境里。"我想,他的这段话符合当今世界潮流,应该成为各国政治家的座右铭。

我还知道,你们来中国之前,在大山文化财团的组织下,读过我的被翻译成韩语的小说《红高粱家族》,并看过根据这部小说改编的电影《红高粱》。小说的内容你们不一定能记住多少,但我相信,这部电影一定给你们留下了深刻的印象。电影《红高粱》是张艺谋导演事业的起点,没有《红高粱》,也就没有这次奥运会开幕式上他营造的辉煌。重视色彩,重视场面,重视民族文化元素,这是张艺谋导演成功的三大法宝;他的电影离不开这三大法宝,他的奥运会开幕式也是依仗着这三大法宝。

但《红高粱家族》毕竟是我二十多年前的作品,所描写的故事与当今的生活已有巨大的反差,对你们这些比这部小说还要年轻的读者来说,它的意义,大概就是能让你们认识到,七十年前的中国人,曾经那样地生活过。那时候,韩国人民的生活,与中国人的生活,相信也没有太多的差别。那个时候的年轻人,绝大多数没有读大学的机会,即便是中学生,也犹如凤毛麟角一般珍贵。当时,更多的年轻人是文盲。他们一生下来,就被牢牢束缚在土地上,遵循着传统的道德规则,默默地度过一生。那个时代能够读大学的年轻人,大多数是富家子弟,但知识改变了他们的思想,使他们认识到了社会的黑暗和不公,使他们成为本阶级的叛徒,成为社会革命的积极力量。

时至今日,大学生已经成为一个庞大的社会群体,大学生几乎可以成为青年的同义词。大学生中,不但将产生未来社会各行各业的工作者,也将产生伟大的科学家、艺术家和国家的元首。我们的前领袖毛泽东曾经对中国的留苏学生说过:"世界是我们的,也是你们的,但是归根到底是你们的。你们青年人,朝气蓬勃,好像早晨八九点钟的太阳,希望寄托在你们身上。"我想,我们的毛主席的这段话,用在韩国大学生身上,也是非常准确的。

新陈代谢,老少交替,是大自然的规律。八十年代的青年,已经成为今日的中年;而八十年代的儿童,已经成为今日的青年。我记得二十多年前,当我们这代人初登文坛时,许多老一代作家,对我们的创作颇多非议,他们甚至担心,文学最终会毁在我们这代人手里。但转眼之间,我们也成了鬓发斑白的中老年人,许多八十年代出生的作家,已经把我们视为老朽,把我们看成阻挡他们前进的障碍。当然,也有我们这一代的作家与批评家,对八十年代出生的作家横加指责,忧心忡忡,担心他们走上邪路。我对此一直持一种不以为然的态度。因为,当年那些人对我们的批评言犹在耳,我们对当时的所谓的"文学传统"的冲击和叛逆,其力度甚至大于八〇后作家对当今文坛秩序的冲击。既然文学并没在我们这代人手中毁掉,那么我们也应该相信,文学也不会在八〇后作家手中毁掉。我一向认为,每个时代应该有每个时代的作家,每个时代也应该有每个时代的文学。时代变了,人当然要变;人变了,反映人的文学当然要随着发生变化。一个人能够坚守自己的信仰和观点是可贵的,但坚守不是保守,坚守并不排斥对新生活的亲近和对新观念的接受。你当然可以不随波逐流,但你应该对别人的行为和选择,持一种宽容的态度并试图理解之。

　　我认为,所谓的思想导师是自然形成的,而不是自封和官方赐予的封号。因为真理是靠它的力量吸引大众的,而不是靠强迫与灌输。因此,我认为没有任何人可以站在青年面前指手画脚,以导师自居,摆出一副占领了思想和道德高地的姿态,对青年们进行说教。我认为一个人要真正赢得青年的尊敬,就应该站在与青年们同等高的地方,与青年们交朋友,敞开心胸交流;这样,青年们也许会接受你的观点,你也会对青年们多一分理解。

　　我相信,与文学领域一样,社会的各个领域,都有诸多对青年们的指责和担忧,但不管怎么说,未来是青年的,未来的总统,也是从当今的青年中产生的。美国前总统克林顿吹萨克斯管跳摇滚舞时,谁能想象到多年后他会担任八年的美国总统呢?而且他当得还相当不错,当然,除了和莱温斯基那事干得不太漂亮之外。

　　我前边所说,主要是站在一个中老年人的角度上,谈对青年的理解和宽容。但我也希望青年们尽快地成熟起来,理智起来,除了敢于挑战权威、敢于离经叛道之外,还应该敢于承认前人的才能和智慧,善于从前人的经验中吸取智慧,从而避免错误或少犯错误。

　　我希望我们中韩两国的大学生们,青年们,应该具有包容万物的博大胸怀,应该认识到地球的渺小,宇宙的博大,树立地球人观念,为人类这个大自然的奇迹而感动。只有具备了这样博大的胸怀,才可能具有博大的爱心,才可能把追求人类的和谐和平发展当成最高的准则。

　　我希望在座的诸位年轻朋友,认真地回顾这次文化考查中的感受,并且把这次活动当作自己人生道路上的一个起点,以更积极的态度、更开放的胸怀、更健康的体魄,迎接未来,开创未来。

　　祝你们好运!

第二辑

悠着点，慢着点："贫富与欲望"漫谈
——在东亚文学论坛上的演讲

时间：2010 年 12 月 4 日
地点：日本福冈

感谢而且佩服日本的朋友们，为论坛选择了这么一个丰满的议题。

人类社会闹闹哄哄，乱七八糟，灯红酒绿，声色犬马，看上去无比的复杂，但认真一想，也不过是贫困者追求富贵，富贵者追求享乐和刺激——基本上就是这么一点事儿。中国古代有个大贤人司马迁说过："天下熙熙，皆为利来；天下攘攘，皆为利往。"中国的圣人孔夫子说过："富与贵，是人之所欲也；贫与贱，是人之所恶也。"中国的老百姓说："穷在大街无人问，富在深山有远亲。"无论是圣人还是百姓，无论是知识分子还是文盲，都对贫困和富贵的关系有清醒的认识。为什么人们厌恶贫困？因为贫困者不能尽情地满足自己的欲望。无论是食欲还是性欲，无论是虚荣心还是爱美之心，无论是去医院看病不排队，还是坐飞机头等舱，都必须用金钱来满足，用金钱来实现。当然,如果出生在皇室,或者担任了高官,要满足上述欲望,大概也不需要金钱。富是因为有钱,贵是因为出身、门第和权力。当然,有了钱,也就不愁贵,而有了权力,似乎也不愁没钱。因为富与贵是密不可分的,可以合并为一个范畴。

贫困者羡慕并希望得到富贵,这是人之常情,也是正当的欲望。这一点孔夫子也给予肯定,但孔夫子说:尽管希望富贵是人的正当欲望,但不用正当的方法得到的富贵是不应该享受的;贫困是人人厌恶的,但不用正当的手段摆脱贫困是不可取的。时至今日,圣人两千多年前的教导,早已变成了老百姓的常识,但现实生活中,用不正当的方式脱贫致富的人比比皆是;用不正当的方式脱贫致富,但没受到惩罚的人比比皆是;虽然痛骂着那些用不正当的方式脱贫致富了的人,但只要自己有了机会也会那样做的人更是比比皆是。这就是所谓的世风日下,人心不古。

古之仁人君子,多有不羡钱财,不慕富贵者。像孔夫子的首席弟子颜回:"一箪食,一瓢饮,在陋巷,人不堪其忧,回也不改其乐。"三国时高人管宁,锄地见金,挥锄不顾。同锄者华歆,捡而视之,复掷于地。虽心生欲望,但能因为面子而掷之,已属不易。庄子垂钓于濮水,楚王派两个使臣请他去做官,他对两个使臣说:楚国有神龟,死后被楚王取其甲,用锦缎包裹,供于庙堂之上。对神龟来说,是被供在庙堂之上好呢?还是活着在烂泥塘中摇尾巴好呢?使臣说,那当然还是活着在烂泥塘中摇尾巴好。庄子的这则寓言,包含着退让避祸的机心。

尽管古人为我们树立了清心寡欲、安贫乐道的道德榜样,但却收效甚微。人们追名逐利,如蚊嗜血,如蝇逐臭,从古至今,酿成了无量悲剧,当然也演出了无数喜剧。文学作为反映社会生活的艺术形式,当然会把这个问题作为自己研究和描写的最重要的素材。文学家大多也是爱财富、逐名利的,但文学却是批判富人、歌颂穷人的。当然文学中批判的富人是为富不仁或通过不正当手段致富的富人,文学中歌颂的穷人也是虽然穷但不失人格尊严的穷人。我们只要稍加回忆,便能想出许许多多的文学中的典型人物,作家在塑造他们的性格时,除了给予生死和爱恨情仇的考验之外,经常使用的手段,那就是把富贵当成试金石,对人物进行考验。经过了富贵诱惑的自然是真君子,经不住富贵诱惑的便堕落成小人、奴才、叛徒或是帮凶。当然,也有许多的文学作品,让他的主人公,借着金钱的力量,复了仇,雪了恨,达到了自己的目的。也有的文学作品,让自己的善良的主人公,有了一个富且贵的大团圆结局,这就又从正面肯定了富贵的价值。

  人类的欲望是填不满的黑洞,穷人有穷人的欲望,富人有富人的欲望。渔夫的老婆起初的欲望只是想要一只新木盆,但得到了新木盆后,她马上就要木房子;有了木房子,她要当贵妇人;当了贵妇人,她又要当女皇;当上了女皇,她又要当海上的女霸王,让那条能满足她欲望的金鱼做她的奴仆,这就越过了界限,如同吹肥皂泡,吹得过大,必然爆破。凡事总有限度,一旦过度,必受惩罚,这是朴素的人生哲学,也是自然界诸多事物的规律。民间流传的许多具有劝诫意义的故事都在提醒人们克制自己的欲望。据说印度人为捕捉猴子,制作一种木笼,笼中放着食物。猴子伸进手去,抓住食物,手就拿不出来。要想拿出手来,必须放下食物,但猴子绝对不肯放下食物。猴子没有"放下"的智慧。人有"放下"的智慧吗?有的人有,有的人没有;有的人有的时候有,有的人有的时候没有。有的人能抵挡金钱的诱惑,但未必能抵挡美女的诱惑;有的人能抵挡金钱美女的诱惑,但未必能抵挡权力的诱惑。人总是会有一些舍不得放下的东西,这就是人的弱点,也是人的丰富性所在。

中国的哲学里,其实一直不缺少这样的理性和智慧,但人们总是"身后有余忘缩手,眼前无路想回头"。贪婪是人的本性,或者说是人性的阴暗面。依靠道德劝诫和文学的说教能使人清醒一些,但不能从根本上解决问题。于是,佛教就用"万事皆空,万物皆无"来试图扼制人的贪欲,因为贪欲是万恶之源,也是人生诸般痛苦的根源。于是,就有了《红楼梦》里的《好了歌》:

> 世人都晓神仙好,唯有功名忘不了!
> 古今将相在何方?荒冢一堆草没了!
> 世人都晓神仙好,只有金银忘不了!
> 终朝只恨聚无多,及到多时眼闭了!
> 世人都晓神仙好,只有娇妻忘不了!
> 君生日日说恩情,君死又随人去了!
> 世人都晓神仙好,只有儿孙忘不了!
> 痴心父母古来多,孝顺儿孙谁见了?

要控制人类的贪欲,最直接最有效的手段还是法律。法律如同笼子,欲望如同猛兽。人类社会千百年来所做的事,也就是法律、宗教、道德、文学与人的贪欲的搏斗。尽管不时有猛兽冲出牢笼伤人的事件,但基本上还是保持了一种相对的平衡。人与人之间的友好关系,需要克制欲望才能实现;国与国之间的和平关系,也只有克制欲望才能实现。一个人的欲望失控,可能酿成凶杀;一个国家的欲望失控,那就会酿成战争。由此可见,国家控制自己的欲望,比每个人控制自己的欲望还要重要。

在人类社会中,除了金钱、名利、权势对人的诱惑之外,另有一个最大的也是致命的诱惑,就是美色的诱惑。这问题似乎与女性无关,但其实也有关。历史上曾经爆发过因为争夺一个美女而发生的战争,也曾经因为美女,而让某些统治者丢掉了江山社稷。绝对地否定色欲当然不对,因为没了这欲望,人类社会也就无法延续。中国古代的统治者,对人的性欲基本上是持否定态度的,但他们多半是口是心非,尽管深宫中妻妾成群,但民间却要存天理灭人欲。男女之情,被视为洪水猛兽。这样的观念,体现在封建王朝的法律和道德中。对于人类贪婪的财富欲望和权势欲望,文学与法律、道德是基本保持一致的;但对于性欲,尤其是升华为爱情的性欲,文学作品却经常地另唱别调,有时甚至扮演吹鼓手的角色。中国有《牡丹亭》《西厢记》《红楼梦》,外国有《查特莱夫人的情人》。这也是一个文学的永恒主题。没有男女之间的欲望,没有情与爱,似乎也就没有了文学。

毫无疑问,贫富与欲望,依然是当今世界的主要矛盾,是人类痛苦或者欢乐的根源。中国人近年来的物质生活有了巨大的改善,个人的自由度较之以前也有了大幅度的宽松,但人们的幸福感却没有多大的提高。因为财富分配不公,少数人利用不正当的手段致富导致的贫富悬殊已成为影响社会安定的主要原因。那些非法致富的暴发户们的骄奢淫逸、张牙舞爪引起了下层百姓的仇视,以至于形成了一种强烈的仇富心理。而富豪与权势的勾结又制造出种种的恶政和冤案,这就使老百姓在仇富心理之外又加上一种仇官心理。仇富与仇官的心理借助网络这一现代化的传播方式,掀起一波又一波的滔天巨浪。即使某些人物和阶层谈网色变,恶行有所收敛,但网络自身也成为藏污纳垢的场所。

一百多年前,中国的先进知识分子曾提出"科技救国"的口号;三十多年前，中国的政治家提出"科技兴国"的口号。但时至今日，我感到人类面临着的最大危险，就是日益先进的科技与日益膨胀的人类贪欲的结合。在人类贪婪欲望的刺激下，科技的发展已经背离了为人的健康需求服务的正常轨道，而是在利润的驱动下疯狂发展以满足人类的——其实是少数富贵者的——病态需求。人类正在疯狂地向地球索取。我们把地球钻得千疮百孔，我们污染了河流、海洋和空气；我们拥挤在一起，用钢筋和水泥筑起稀奇古怪的建筑，将这样的场所美其名曰城市；我们在这样的城市里放纵着自己的欲望，制造着永难消解的垃圾。与乡下人比起来，城里人是有罪的；与穷人比起来，富人是有罪的；与老百姓比起来，官员是有罪的。从某种意义上来说，官越大罪越大，因为官越大排场越大、欲望越大，耗费的资源就越多。与不发达国家比起来，发达国家是有罪的，因为发达国家的欲望更大。发达国家不仅在自己的国土上胡折腾，而且还到别的国家里，到公海上，到北极和南极，到月球上，到太空里去瞎折腾。地球四处冒烟，浑身颤抖，大海咆哮，沙尘飞扬，旱涝不均等等恶症候，都与发达国家在贪婪欲望刺激下的科技病态发展有关。

在这样的时代，我们的文学其实担当着重大责任，这就是拯救地球拯救人类的责任。我们要用我们的作品告诉人们，尤其是那些用不正当手段获得了财富和权势的富贵者们：他们是罪人，神灵是不会保佑他们的。我们要用我们的作品告诉那些虚伪的政治家们：所谓的国家利益并不是至高无上的，真正至高无上的是人类的长远利益。我们要用我们的作品告诉那些有一千条裙子、一万双鞋子的女人们，她们是有罪的；我们要用我们的作品告诉那些有十几辆豪华轿车的男人们，他们是有罪的；我们要告诉那些置买了私人飞机、私人游艇的人，他们是有罪的。尽管在这个世界上有了钱就可以为所欲为,但他们的为所欲为是对人类的犯罪,即便他们的钱是用合法的手段挣来的。我们要用我们的文学作品告诉那些暴发户们、投机者们、掠夺者们、骗子们、小丑们、贪官们、污吏们:大家都在一条船上,如果船沉了,无论你是身穿名牌、遍体珠宝,还是衣衫褴褛、不名一文,结局都是一样的。

我们应该用我们的文学作品向人们传达许多最基本的道理,譬如房子是盖了住的,不是用来炒的。如果房子盖了不住,那房子就不是房子。我们要让人们记起来:在人类没有发明空调之前,热死的人并不比现在多;在人类没有发明电灯前,近视眼远比现在少;在没有电视前,人们的业余时间照样很丰富。有了网络后,人们的头脑里并没有比从前储存更多的有用信息;没有网络前,傻瓜似乎比现在少。我们要通过文学作品让人们知道:交通的便捷使人们失去了旅游的快乐,通讯的快捷使人们失去了通信的幸福,食物的过剩使人们失去了吃的滋味,性的易得使人们失去恋爱的能力。我们要通过文学作品告诉人们:没有必要用那么快的速度发展,没有必要让动物和植物长得那么快,因为动物和植物长得快了就不好吃,就没有营养,就含有激素和其他毒药。我们要通过文学作品告诉人们:在资本、贪欲、权势刺激下的科学的病态发展,已经使人类生活丧失了许多情趣且充满了危机。我们要通过文学作品告诉人们:悠着点,慢着点,十分聪明用五分,留下五分给子孙。

我们要用文学作品告诉人们:维持人类生命的最基本的物质是空气、阳光、食物和水,其他的都是奢侈品。当然,衣服和住房也是必要的。我们要用我们的文学作品告诉人们:人类的好日子已经不多了。当人们在沙漠中时,就会明白水和食物比黄金和钻石更珍贵;当地震和海啸发生时,人们才会明白,无论多么豪华的别墅和公馆,在大自然的巨掌里都是一团泥巴。当人类把地球折腾得不适合居住时,那时什么国家、民族、政党、股票,都变得毫无意义,当然,文学也毫无意义。

我们的文学真能使人类的贪欲,尤其是国家的贪欲有所收敛吗?结论是悲观的。尽管结论是悲观的,但我们不能放弃努力,因为,这不仅仅是救他人,同时也是救自己。

作为世界文学之一环的亚洲文学
——在首届亚洲文化艺术界高层学术论坛上的发言

时间：2010 年 5 月
地点：四川成都

在 1827 年至 1830 年间,进入垂暮之年的歌德,在与友人通信、谈话以及他自己的文章中,曾经多次提到过"世界文学"的概念。

  这些杂志,正如它们逐渐赢得了一个更大的读者群那样,将为一种所希望的普遍的世界文学做出最卓越的贡献;我们只重复说,要求各民族都一致地思想似乎不大可能,而是只要求它们应该互相发现,互相理解,即使它们之间不能相爱,至少应该学会相互容忍。
  ——《关于艺术和古代》(《爱丁堡评论》1828 年第 6 卷第 2 期)

  假如我们敢于宣布一种欧洲的、也就是一种普遍的世界文学,那么这种说法也并不意味着不同的民族彼此接受并认识了对方的作品,因为欧洲的文学在这个意义上已经存在很久,而且还在延续并或多或少地在更新。不!更确切地说,这里谈的是,活跃的和努力进取的文学活动家们在互相认识并通过倾慕以及同心协力来互相推动,一起创造。

——《与自然研究者在柏林聚会时发言》(1828年)

谈论一种普遍的世界文学已经有些时候了,这并非没有道理:因为在那些最可怕的战争中被颠簸得乱七八糟、然后又各自恢复了原状的所有民族都发现,他们认识了一些陌生的东西,接受了它们,到处都可以感觉到一些迄今为止尚不熟悉的精神需要。

——《关于卡莱尔的〈席勒生平〉导言》(1830年)

许多年后,日本作家、诺贝尔文学奖获得者大江健三郎先生,在多个场合,提出了创造"作为世界文学之一环的亚洲文学"的构想。据大江先生自己说,他最初产生这种想法,是1980年代初期在墨西哥学院担任教职时,从一个研究中国文学的美国教授那里,获得了一份中国译介拉美文学的书目单。这份书目单的详尽和丰富令他惊讶不已。他说:"当时,我感到中国的知识分子和拉美的知识分子已经通过文学紧密地联系在了一起,我为此而深受感动……中国的年轻人正在努力地理解拉美文学,我相信,这些年轻人从中找到了中国文学和拉美文学的连接点,从而创造出融入两种异质文化的新文学。"这种新文学,就是作为世界文学之一环的亚洲文学。不久前,他在接受南开大学博士王新新采访时,对亚洲文学的内涵,做了进一步的阐释。他说:"日本作家也好,中国作家也好,韩国作家也好,都应提出什么是亚洲文学的问题。比如说,什么是世界文学的问题是歌德提出的,当时并没有世界文学这种说法,但歌德认为需要有世界文学。我认为当前并不存在亚洲文学这一流派,但作为日本作家,我希望自己能够创作出既被中国人理解、又被韩国人理解的文学。以亚洲为舞台,思考亚洲的未来,这种文学就是亚洲文学。我认为中国、韩国、菲律宾等国的作家,应该把自己的文学思考联系到亚洲。我提出亚洲文学这个概念,目的是呼吁人们重视这个问题。亚洲各国应该携起手来,一同思考亚洲。文学也是这样,应该思考亚洲的文学。"

对于歌德的"世界文学"观念,有很多的理解和诠释。我个人认为,歌德的"世界文学"概念,是建立在互相发现、互相理解、相互尊重、相互容忍的基础上的文化交流活动,这样的交流所要达到的目的不是要消灭个性,而是要尊重个性,发扬个性,从中认识和发现新的精神需求。歌德希望借文化了解来提高宽容度,时至今日,他的"世界文学"概念的内涵已经成为一系列的全球对话和交流的指导准则。在这些对话和交流中,不同文化的共性日趋明显,个性也并未被抹杀。

交流的目的不仅仅是欣赏、学习,还有在欣赏、学习之后的创造。大江健三郎先生近年来所大力倡导的创造"作为世界文学之一环的亚洲文学"的意义就在于吸收异质文化营养之后的创造。大江先生通晓多种外语,博览群书,世界文学涉猎颇广,他的文学实践,其实已经是创造"亚洲文学"的丰富实践。

在新的历史时期,在全球经济一体化与全球文化趋同化的背景下,对歌德的"世界文学"概念和大江先生的"作为世界文学之一环的亚洲文学"的提法予以研究具有重要的理论和实践意义。

纵观人类历史,也正是一部各个国家的文化交流的历史。经济和贸易的往来,其实也是广义的文化交流。世界上没有纯粹的经济贸易。所有的经贸活动,其实都有政治与文化的意义。文学的交流,往往落后于经济的交流,但它发挥的作用,却比任何单项的经济和文化交流,更加悠长而深远。

在已经基本形成的经济一体化的世界格局中,文化的趋同化也渐见端倪。文学作为文化的重要构成部分,也不可避免地经受着趋同化的侵蚀。近年来,凡欧美市场上的畅销书,用不了多久就会在中国书店上市。这样快捷的翻译和推介,虽然有积极的意义,但也产生了明显的副作用,那就是:作家对畅销书的故事模式、情感模式和价值趋向的模仿,正在使文学的原创性和作家的个性淡化乃至消解。这样按照统一配方配制出来的文学作品,既不是歌德所梦想的"世界文学",也不是大江健三郎先生所倡导的"作为世界文学之一环的亚洲文学"。在这样的文化格局下,如何继承和保存各个国家、民族的文学独特性和文学所表现出来的民族的精神需求,是摆在我们亚洲作家面前的重大问题。

我们要创作成为世界文学之一环的亚洲文学,首先要使我们的文学包含着能为世界各国人民所能接受和理解的普遍价值。我们的文学作品塑造的人物,不仅仅能感动我们本国的乃至亚洲的读者,而且也应该能够感动全世界的读者。这样的文学是超越时空的,是永恒的。这种普遍的、永恒的价值,就是人道主义的精神,就是平等、自由、博爱,就是宽容、理解和善良,就是慷慨、勇敢和坦荡,就是勤劳、诚实和勇敢,就是人类的美德和对违背这些美德的恶行的批判和谴责。

其次,我们要充分认识到,我们亚洲的文化是独特的,在亚洲文化中占据着重要位置的文学也是独特的。这个独特,是相对于亚洲之外的其他国家和地区的文学而言的。这种独特性,并不是作家们的刻意捏造,而是对我们赖以生存的环境和我们的生活的反映。凸显这种独特性,挖掘这种独特性所包含的哲学意蕴和人文价值,是亚洲的文学工作者们须臾不可忘记的神圣职责。我们要使自己的文学成为世界的文学,首先就要使文学成为我们自己的、民族的和地区的文学,我们亚洲作家立足本土所创造的富有鲜明民族特征的文学的总和,也就是作为世界文学之一环的亚洲文学。

第三,我们要认识到亚洲文化本身又是一个多样性的整体。无论是从语言、文学、美术、音乐,还是从服装、饮食、建筑等诸多方面来说,亚洲文化本身就是一个千姿百态的存在。韩国姑娘穿着美丽的韩服,日本姑娘穿着典雅的和服,中国姑娘穿着高贵的旗袍,东南亚姑娘们穿着美丽的纱笼。饮食方面,我们忘不了韩国的泡菜,很怀念日本的生鱼片,回味着蒙古的烤肉,更忘不了中国的种种大餐。即便是在中国菜里,又分成了粤菜、川菜、鲁菜、杭州菜、淮扬菜等诸多的菜系。这样的例子俯拾皆是,不胜枚举。但从整体上看,我们又可以明显地看到,相对于其他洲,亚洲文化,尤其是我们东北亚文化,又表现出一种特有的共性。这共性到底体现在哪些方面?我觉得它仿佛是空气,处处在,但又难以把握。它渗透在我们文化和艺术的深层,形成了一种鲜明的东方情调。在我们的文学中保存亚洲文化的独特性,就是保存这样宝贵的"东方情调"。而这种宝贵的"东方情调",就是我们亚洲文学的鲜明标记。

第四,保存绝不是停滞,保存是创造发展中的保存,保存并不是封闭。我理解,要使亚洲文学的独特性和多样性得到保存,必须要将亚洲文学置于世界文学的整体中,广泛地吸收和学习,大胆地借鉴和创新。也就是说,亚洲文学,是世界文学的一部分。亚洲文学,既要向别的文化学习,也要为别的文学提供学习和借鉴的样板。最终的目的,就是要构成一个普遍性和特殊性相统一的人类文化的百花园。

在当今这种通讯日益便利,交通快速便捷,信息共享的全球化时代,我们应该建立一种大文化观。这个大文化观,应该以全球为参照体系来比较、观照自己所在的地区和国家的文化。我们应该放开胸怀,包容和接受外来的东西,让外来的东西,变成我们的营养。最终的目的是要创造出一种继承了我们自己历史和民族传统的崭新的文化。人类社会劳动的最根本的目的,并不是要保存旧的东西,而是要创造新的东西。但新的东西,是在旧的东西的基础上生长出来的。旧的东西得不到保护和继承,新的东西就失去了生长的母本。文化交流的根本目的是学习,学习的根本目的是创造而不是照搬。我感到亚洲各国都是善于学习的国家,西方文化曾经对东方的变革发生过巨大的推动作用,但我们并没有照搬西方经验,更没有克隆西方文化,我们都是在本国文化的基础上,创造了各自的独特的新的文化,包括我们的文学。

我不敢盲目附和二十一世纪是亚洲世纪的说法,但是我相信,随着世界经济中心的东移,亚洲的文学和艺术,也必将引起西方更多的关注和理解。亚洲的思想方法,亚洲的价值标准,亚洲的政治模式,亚洲人民为了追求幸福生活所创造的一切,都必将成为西方学习的对象。一个平等、宽容、共存的时代必将到来。我们亚洲的文学艺术家们,必将创作出伟大的作品。因为我们亚洲的文化传统中充满了无与伦比的想象力和神奇的元素,因为我们亚洲这块古老的大地上正在涌动着新的思想的春潮。

永远的写作,永远的文学
——在"中日青年作家会议2010"开幕式上的致辞

时间:2010年9月
地点:北京

尊敬的铁凝主席,尊敬的陈众议所长,尊敬的山田重夫公使以及来自中日两国的各位贵宾,女士们、先生们、朋友们:

我希望在座的日本朋友能够向大江健三郎先生转达一句话,现在也有一些中国的年轻作家称呼我是"老爷子",我已经知道被人称呼"老爷子"心里面的滋味。我觉得我还不老啊,为什么叫我"老爷子"呢?但既然年轻人这样称呼你,就说明你已经老了。但老了不代表不写作,老了还要继续奋斗,继续写作。一个老作家怎样能够坚持继续写作呢?那就要有意地向年轻作家学习。

我发现大江先生表扬起作家来还有个特点,那就是往死里表扬。不仅他是这样,我认识的其他几个外国的老作家,像德国的一个老作家、以色列的一个老作家,他们表扬起中国的作家来也是非常地用力。我们要好好地向他们学习,今后对年轻作家的表扬要下点儿狠劲，要把他们往死里表扬，往高里表扬。至于他们怎么样从高处爬下来，那是他们自己的事情。

　　参加这次两国青年作家会议的都是中国和日本的年轻作家的杰出代表。他们已经写出了许多优秀的作品，他们必将写出更多的优秀作品。他们已经获得了许多重要的奖项，他们必将获得更多的重要奖项。大江先生一直在倡导要创建"作为世界文学之一环的亚洲文学"，我想这个重担就压在了在座的这些青年作家的肩上。假以时日，我想在座的这些青年作家们一定会写出伟大的作品。不单中国和日本的文学希望寄托在你们身上，世界和人类的文学希望也寄托在你们身上。

　　六十多年前，沈从文先生的学生，已经去世的中国作家汪曾祺曾经写过一篇文章，对美国好莱坞电影对中国小说的冲击表示了深深的忧虑。几十年来，关于文学要灭亡了的说法也一直不绝于耳，但是文学一直在这样的忧虑当中发展、前进，这就在于我们的写作者一直在用自己的心拥抱文学。只要我们的心还是热的，文学就会永远存在。

　　祝这次会议圆满成功！谢谢！

东 渡 西 航
——在纪念平城迁都 1300 周年庆典上的演讲

时间：2010 年 10 月
地点：日本奈良

不久前，中国国际广播电台主办了一个对作家的系列访谈节目。访谈中，主持人问我：如果让你自由选择，你愿意生活在哪个朝代？我毫不犹豫地回答：唐朝。主持人不由得笑了。她说：受访作家都回答过这个问题，答案多是唐朝。为什么这么多作家都不约而同地爱上唐朝？我的回答是：因为唐朝是诗歌的盛世，是富有想象力和浪漫精神的时代。伟大的诗人李白就是其中的代表人物。李白曾写过一首著名的诗篇《哭晁卿衡》：

　　日本晁卿辞帝都，征帆一片绕蓬壶。
　　明月不归沉碧海，白云愁色满苍梧。

诗中的晁卿就是出生于奈良的阿倍仲麻吕。他是中日文化交流史中的著名人物,是伟大的政治家,也是著名的诗人。中国的《全唐诗》中,收录了他怀念故乡的著名诗篇。

对于阿倍仲麻吕的生平事迹,在座的各位,想必都是耳熟能详。公元 698 年,他出生于奈良附近的一个中等贵族家庭。公元 717 年,也就是平城迁都后七年,年仅十九岁的阿倍仲麻吕入选第九次遣唐使团。经过了艰难的海上航行和漫长的陆地跋涉,才抵达唐都长安。此时当朝的皇帝就是那位爱好戏曲、与杨玉环演出了千古传奇爱情诗篇的唐玄宗李隆基。阿倍仲麻吕始入唐太学读书,聪颖好学,才思非凡,尤工诗文,不久就考中进士。他与李白、王维等中国诗人友情深厚,经常饮酒酬诗,互赠礼物。李白诗曰:"身着日本裘,昂藏出风尘。"李白的日本裘,就是阿倍仲麻吕所赠。阿倍仲麻吕深得唐玄宗的赏识,历任高官,为唐朝的政治做出了重要贡献。尽管享受着高官厚禄,但阿倍仲麻吕的思乡之情却与日俱增。

公元 751 年,阿倍仲麻吕在长安遇到了日本第十一次遣唐使团大使藤原清河。阿倍仲麻吕向唐玄宗提出归国请求,玄宗虽然舍不得,但还是批准了他的请求。公元 753 年,离开故国三十七年的阿倍仲麻吕即将启程返国。这是京城长安的一件大事,一场场宴会,一首首诗篇,一声声珍重,一次次握别,每当想象着这种情景,我就会心潮起伏。

公元 753 年 6 月,阿倍仲麻吕随藤原清河大使一行辞别长安,南下扬州。10 月 15 日,会见了已经五次东渡均未成功的鉴真大师,并邀其再次东渡。11 月 15 日,他们分乘四艘大船启航。是夜,皓月当空,水天一色,即将回到离别三十七年的故乡,也同时意味着即将离别生活了三十七年的大唐,他仰望长天,百感交集,以日语赋诗一首,并当即译成汉语以示众人:

仰首望长天,神驰奈良边,

三笠山顶上,想又皎月圆。

但不幸的是,东渡途中遇到风暴,阿倍仲麻吕所乘船只与其余三船失去联系,被风暴吹至越南。登陆后,船上一百七十多人,多被土人所杀害,幸存者只有阿倍仲麻吕和藤原大使等十余人。阿倍仲麻吕海上遇难的消息传来,长安朝野,无不为之悲痛惋惜。李白闻讯,挥泪写下了开篇提到过的那首著名诗篇。

公元755年6月,阿倍仲麻吕和藤原大使一行历经艰险,辗转回到长安。阿倍仲麻吕再度入朝为官,为唐王朝鞠躬尽瘁,770年卒于长安。

阿倍仲麻吕乡梦难圆,但庆幸的是,鉴真大师东渡成功。历经六次东渡的鉴真大师此时已是66岁高龄,且已双目失明。鉴真大师来到平城京,受到举国上下的盛大欢迎。大师在日本生活了十年,主持建造了唐招提寺。他在传播文化方面所做出的巨大贡献,已经载入史册。

今年是平城迁都1300周年,奈良市举办了一系列庆祝与纪念活动。平城迁都的时代,是中国的盛世,也是日本的盛世。盛世的标志,不仅仅是国力的富强,更重要的是文化的繁荣、思想的活跃、想象力的丰沛、创造精神的勃发,而要实现这些,国与国之间的文化交流是重要的途径。那个时代,之所以令人神往,就在于那个时代的人所表现出来的精神风貌,也在于国家之间所表现出来的亲和姿态。那是一个伟大的时代,阿倍仲麻吕和鉴真大师就是那个大时代里涌现出来的杰出人物。

在人类的历史上,许多次的探险航行,是为了扩展疆域,是为了炫耀武力,是为了征服和掠夺,而鉴真和阿倍仲麻吕们的东渡西航,是为了求知和传播知识,是为了和平与友谊,这样的航行是高尚的航行,是中日两国的光辉的历史业绩。

我经常想象到这样的情景:一批批的日本遣唐使乘着帆船,在茫茫大海上航行。他们冒着生命危险,战狂风,斗恶浪,忍受着种种难以想象的痛苦,英勇顽强,百折不挠。支撑着他们的,到底是一种什么精神?这就是一个国家、一个民族的虚怀若谷、渴望知识、善于学习的精神;这也是一个国家、一个民族渴望友情、渴望和平的精神;这同样是一个国家、一个民族勇于探索、勇于创造的浪漫精神。这样的精神延续至今,已经成为大和民族的精神基石,灿烂的日本文化正是依赖着这样的精神和这样的精神激励下的实践而创造出来。

我也经常想象鉴真大师六次东航的情景。前五次东航,每一次都是九死一生,每一次都是以失败告终。海天茫茫,波涛汹涌,日本国始终如传说中的仙山琼阁一样遥不可及。对于这样的艰难征程,一般人早就知难而退,但大师屡遭挫折而不改初衷,支撑着他的又是一种什么精神呢?我猜想,这应该是宗教的博爱与天下众生平等的精神,一种为了传播福音而不惜一切的奉献精神,一种既发初愿、绝不回头的执着精神。作为一个人,可以信仰各种宗教,也可以什么宗教都不信仰,但鉴真大师这种为了理想而献身的精神,却是每一个正直、善良、勇敢的人都应该敬仰并努力实践的。

尽管时光流逝了1300年,但我们的智慧,并不比我们的祖先高明;我们的勇气,并不比我们的祖先高涨;我们的胸怀,并不比我们的祖先博大;我们的视野,并不比我们的祖先开阔;我们的道德,并不比我们的祖先高尚。

纪念平城迁都1300周年,怀想那个伟大的时代里的伟大人物与伟大事迹,让我们感慨万千。我们渴望着那种跨越国界、超越种族的纯真友谊,我们渴望着歌颂这种纯真友谊的优美诗篇。我们应该向我们的祖先学习,克服狭隘的民族情绪,树立博大的宗教情怀,为了美好的理想而奋斗!

牛 的 遭 遇

——为《牛》在日本排成话剧而准备的演讲稿

时间：2014 年 9 月 25 日

女士们，先生们，朋友们：

　　因为个人的原因，不能参加这次盛会，我感到十分遗憾！借此机会，向盛情邀请我的朋友和将我的小说改编成话剧搬上舞台的朋友们表示衷心的感谢！

　　我童年时期，正逢"文革"，大人垂头丧气，胆战心惊，但恕我直言——在那样黑暗和贫困的时代，我们这些小孩子，还是有很多乐趣。我们的确有时候哭泣，但我们并不是天天都在哭泣：我们欢笑的时候，并不比哭泣的时候少。我们那时一个最大的娱乐项目就是吃过晚饭后到旷野里去追牛。当然是月亮天最好。大人们点着汽灯在大队部里"闹革命"，"四类分子"（地主、富农、反革命、坏分子）趁着月光给生产队里义务劳动，我们趁着月光在田野里追牛。那时候，就像我在小说里写的那样，牛是大家畜，是生产资料，杀牛是要判刑的。但生产队里根本没有饲草喂它们，就把它们从牛圈里轰出去，让它们到田野里自己寻食,能活的就活,活不下去就死,死了就上报公社。公社下来验尸后,证明是自然死亡,然后,就剥皮卖肉,全村皆欢。每死一头牛,就是村子里的盛大节日。当然最欢喜的还是那些正在掌权的红卫兵头头,死牛身上最好的肉都让他们吃了。现在想想,这也是应该的,当官如果没有好处,谁还去当?我们一帮孩子,吃罢晚饭,等到月光上来,就跑到田野里,追赶那些瘦得皮包骨头的牛。大人们知道我们在追牛,不但不制止,反而怂恿我们。因为我们的追赶,加快了牛的死亡。"文革"期间,地里不但不长庄稼,连草也长得很少,牛在光秃秃的田野里,吃不饱,学会了挖草根、啃树皮,还学会了用蹄子敲开河上的坚冰饮水。我们在月光照耀下开始追牛,起初我们不如牛跑得快,但渐渐地牛就不如我们跑得快了。我们每人扯住一条牛尾巴,身体后仰着,脚跟蹬着地,让牛拖着在草地上滑行。举头望着明月,犹如腾云驾雾,有点飘飘如仙的感觉。那些老弱病残的牛,很快就被我们给折腾死了。剩下的那些牛,基本上成了野牛,见了人就双眼发红,鼻孔张开,脑袋低垂,摆出一副拼命的架势。对这样的牛,我们不敢再追了。后来又出了一个谣言,说是有几个刚死了的人的坟墓让这些野牛给扒开了,尸体自然也让这些野牛给吃了。牛野到吃死人的程度,离吃活人也就不远了。因此我们的追牛运动就结束了。这个时期,中国基本上没有自由,当然也没有文学。

"文革"结束后不久,人民公社就散了伙,先是联产计酬,紧接着就是分田单干,家家户户都养起牛来,牛的身价猛地贵了起来。人民公社时期说起来很重要、但实际上也是受尽苦难的牛,重新成了农民的命根子。这个时期,正是中国的新时期文学的黄金时代。我模模糊糊地感到,几十年来,牛的遭遇与文学的遭遇很是相似,中国农民的养牛史,很像中国当代文学史。

二十世纪九十年代以来,由于这样那样的原因,农民对种地失去了热情。年轻力壮的人,大都跑出去打工挣钱,村子里的土地,多被大户承包,再加上小型农业机械的普及、林果的增加和粮田的减少,牛作为主要的生产资料逐渐成为历史。现在农民养牛的目的,基本上是养肥了卖肉。社会的商品化,改变了牛的历史地位,农民与牛的感情也发生了重大的变化。过去,人们常常诅咒那些杀牛的人,说他们死后不得好报;现在,杀牛跟杀猪一样,成了司空见惯之事。这个时期,我们的文学也失去了它的神圣和尊严,文学创作,也正在变成一种商品生产。

　　我这部小说中的那头牛,是一头确实存在过的牛,它曾经是我的朋友。小说中的那个招人讨厌的男孩子,基本上是我童年时期的写照。我非常遗憾不能到场观看被搬上舞台的牛和被搬上舞台的"我",但我希望能够看到今晚这场演出的录像。我要感谢该剧的导演吉冈忍先生!感谢编剧,感谢演员,感谢为今晚的演出付出了劳动和热情的朋友们!尽管今晚我的身体不能到达这里,但我的魂魄早就来了。

　　谢谢!

影视与文学是朋友而不是敌人

——在中德文学论坛上的演讲

时间：2009 年 10 月

地点：德国柏林

电影,在像我这样年龄、这般出身的人心目中,曾经是那样的神奇和神圣。

在二十世纪六十年代,电影犹如魔法,吸引着许多像我一样的农村少年的心。别说是导演、演员了,即便是县电影队里那些到乡下巡回放映的放映员,也让我们感到高不可攀、神秘无比。那时候,我们县电影队里有四个放映小组,每组三个人。他们用独轮车推着发电机、放映机、胶片和银幕,在全县的近千个村庄里巡回放映。每当电影组从周边的村庄渐渐地向我们村庄逼近时,我们便开始了焦虑但又幸福的等待。哥哥姐姐们早就跑到周围的村庄看了一遍又一遍,回来后就向我眉飞色舞地讲述剧情。我非常希望能跟着哥哥姐姐们到周围的村子里去看电影,但他们嫌我累赘,不愿带我。我哥说:我们一出村就是急行军,每小时起码十公里,你根本不行。母亲也不同意我去。母亲说：反正过几天就要来我们村子里放，早看一天晚看一天又能如何呢？看电影看电影，看电影能看饱肚子吗？如果看电影能看饱肚子你们天天去看。母亲的话不仅是说给我听的，也是说给我哥哥姐姐们听的。母亲对他们每晚上跑那么远的路重复看一部电影的行为很不理解。母亲说：那玩意儿，不就是电催出来的幻影吗？一停电，一团漆黑，啥都没有了。

终于熬到电影组巡回到我们村子时，这部影片的故事情节，我已经从哥哥姐姐们的讲述中了如指掌。但听人讲述，并不能代替自己观赏。听人讲述得越生动越精彩，越是激起了观看的欲望。我经常被电影中的情节感动得热泪盈眶，和意大利影片《天堂电影院》里那些铁杆影迷一样。一部电影，能使我神魂颠倒半年之久，等到我的精神状态基本恢复正常后，下一轮的电影又开始向我们的村子逼近了。

随着年龄的增长，我终于也获得了出村看电影的资格。先是去邻村看，渐渐地，活动范围扩大，终于将看电影的范围扩展到十几里外的村庄甚至扩展到外县的地盘上。我们村处在平度、胶县、高密三县交界处。那个年代里，全国一盘棋，既然高密县有电影组在全县范围内巡回放映，那么胶县、平度肯定也是如此。我于是将目光投射到距离我村十六里路的胶县马店镇和距离我们十八里路的平度县蓼兰镇。那时村里只有一部摇把子电话，锁在大队部里，上面落满了灰尘。这样的电话能否摇通邻县的电话还是问题，即便能摇通，我也没有资格去摇啊。万事只怕有心人。我认识了邻村一个骑着自行车遍赶四集、名叫杜彪的补鞋匠，我经常能在赶着牛羊过小桥时遇到他。我捡破铁卖了几毛钱，买了一盒烟送给他，希望他赶马店集和蓼兰集时帮我打听着，看那儿有没有电影放。有一天傍晚，我在桥头上遇到他。他距我大老远就吆喝：小跑，快去吧，今晚蓼兰有电影。——你不会骗我吧?——我骗你干什么?幕布都挂好了,我亲眼看见的。——演什么?——战斗片,《红色娘子军》。——你真的不会骗我吗?——你这孩子,上辈子让人骗怕了?我骗你干什么?你不是给我一盒烟吗?就冲着这盒烟我也不好意思骗你啊。

我好不容易说服了母亲,然后找到大奎与小乐,又帮着他们说服了他们的家长。都来不及吃饭,各自拎着一块饼子一棵葱,抬腿就往蓼兰镇奔跑。我下工时已经红日西沉,到家说服母亲,聚齐伙伴,跑出村头时已经暮色苍茫。一边奔跑,一边吞咽饼子大葱,导致我腹部剧痛,满头冒汗,但为了能尽快地赶到蓼兰,看到完整的电影,我不敢减缓步伐。从我们村到蓼兰要穿越辽阔的洼地,狭窄的道路两边全是密不透风的高粱,有的地方,茂密的野草差不多将道路都遮掩了。不时有狐狸、刺猬等小野兽被我们惊起。跑到中途时天已黑透,满天繁星,四处蛙鸣,不时有飞鸟惊起,呱呱叫着飞到远处去。它们扇动翅膀的声音和身上热烘烘的气味都能嗅到。我们没人说话,但心里怯怯的。有一个黑乎乎的东西,从我们面前猛地跳起来并发出一声怪叫,几乎把我们吓瘫。我感到心跳得仿佛要从嘴巴里蹦出来。小乐转身就要往回跑。大奎伸手拽住了他。大奎问我:是不是真有?我说:杜彪亲口说的。大奎说:他会不会骗你?小乐哭着说:他肯定骗你了……如果他不骗你,怎么还没听到动静呢?大奎侧耳谛听了几分钟,说:似乎有点动静了,你们听。我们也侧耳倾听,除了四周的蛙鸣和虫子们的合唱,好像是有那么一丝丝若有若无的音乐声。既然已经跑到了这里,还是要去,大奎坚定地说。小乐道:我们还是回家吧……即便是真有,等我们到了那里,也快演完了。我说:正片前还有两块"新闻简报"呢。大奎道:好不容易跑到这里了,还是去,哪怕看个尾巴也要去。小乐胆怯地问:刚才……是不是狼……大奎道：狼也是怕人的。

　　我们排成一列，大奎在前，小乐居中，我断后，快速地前行。十八里路，不是平坦大道，而是崎岖泥泞的小道；不是光天化日，而是夜色深沉。我们走一阵，跑一阵，身上的汗水都流干了。终于听到了音乐声，终于看到了黑黢黢的大村庄，终于看到了电灯光在村庄上空辉映出的一大片光明……我们赶到现场时，吴琼花已经参加了娘子军，顾不了许多，聚精会神看下去，还没看够就完了。看完电影往回走，起初还议论着：椰子水是不是很甜？如果洪常青不死，吴琼花会不会跟他结婚？但渐渐地，腿肚子好像灌了铅，眼皮越来越沉，走着走着就打起瞌睡，恨不得躺到地上沉沉睡去。大奎告诉我们，高粱地里真的有狼，如果我们睡了，就会被狼吃掉。他让我们唱歌吓唬狼，就唱刚从电影里学到的娘子军连歌：向前进，向前进，战士的责任重，妇女的冤仇深……月亮不知何时升起来，半块月亮。三星已经偏西，分明是后半夜了。偶尔有一颗大流星拖着长长的尾巴划破天际，让我们振奋一刹那，但片刻即重堕昏昏沉沉的状态。心中不时泛起悔意，甚至是绝望。小乐已经哭了好几次了。大奎在关键时刻表现出领袖气质，用各种方式激励着我们前进。他其实只比我大两岁。后来他成了我们高密东北乡最有名的杀猪匠既是必然的，也是令人无比遗憾的。当我们终于爬上村后高高的河堤时，听到母亲高声喊叫我的乳名。我的眼泪唰地流了出来。

　　但第二天，我们三个都很骄傲，我们给那些比我们大的人和比我们小的人讲述《红色娘子军》的剧情，前边没看到的地方，我们含糊带过。我们那时记忆力好，电影插曲，听一遍即可复唱。我们讲南霸天的狡猾，讲洪常青的潇洒，讲吴琼花的坚强。我尤其喜欢渲染琼花那只托着几枚银币、布满整个银幕的大手，而且我还知道那叫作"特写镜头"。

不久后,杜彪又传我消息,说马店镇将上映战斗片《黎明的河边》。这次,跟随我们前去的,有三十多人,有比我们年龄大七八岁的青年,也有比我们小的儿童。我们一路往东南方向狂奔。那晚明月当空,月光如水,秋风送爽,遍野的高粱在月光下焕发着暗红色的光辉。遗憾的是,当我们赶到了马店时,村庄一片死寂。我们引得满村狗叫。杜彪不知是无意地还是有意地,假传了消息。回程的路上,那些哥哥姐姐们,有的骂我,有的用脚踢我,我只有哭,只有沉默,只有对杜彪的满腹怨恨。

后来,我建立了自己的可靠的信息渠道,那就是,在两县交界处割草时,与那些外县的少年,建立了深厚的友谊。我将高密电影组的消息告诉他们,他们则将胶县的或平度的消息转告我。随着我们年龄的增长和生活的逐步改善,我们都有了自己的自行车,看电影的范围进一步扩大。电影,成了那些枯燥的岁月里,安慰我们心灵的清泉,也成了联系我们与外县青年友谊的纽带。我们村子里的好几个年轻人,都是在看电影时,与外县的青年谈上了恋爱并结成美好姻缘。

许多年后,当我在电视屏幕上重温那些我在少年时代看过的老电影时,当年为之流泪的地方,如今依然为之流泪。看老电影,其实已成为一种怀旧行为,与其说是在看老电影,不如说是借此回忆自己的青春岁月。

到了上个世纪八十年代末,电视机,这一曾经让普通百姓望尘莫及的高档商品,渐渐地进入千家万户,电影的黄金时代由此结束。但就像电影的出现并没有让小说终结一样,电视的出现也没让电影从人类的文化盛宴中退席。小说、电影、电视,各自按照自己的轨迹向前发展着,只是它们更多地交织在一起。

当初,我做梦也没有想到,几十年后,我竟然跟电影发生了密切的关系。这就必须说到我的小说《红高粱》与张艺谋导演的电影《红高粱》了。我写作这部小说时,根本没想到过电影。所以当张艺谋提着一只鞋子,瘸着一条腿(他在挤公共汽车时脚被扎伤)到我当时就读的学校来找我,说要将《红高粱》改编成电影时,我的第一反应就是:"这样的小说,怎么可能改编成电影呢?"我当时所能看到的电影多数是现实主义的影片,在我的心目中,一部电影首先应该要讲述一个惊心动魄的、充满了偶然和巧合的、催人泪下的故事,然后是漂亮的演员、美丽的画面、动人的插曲。而我的小说《红高粱》,基本上不具备这些元素。但张艺谋信誓旦旦地说他能够将《红高粱》和它的续篇《高粱酒》改编成一部好看的电影。那时候,国家规定一部小说改编成电影的最高版权费是人民币 800 元,而一部电影剧本的最高稿酬是人民币 4000 元。没有什么好讨价还价的。我与张艺谋一拍即合。我与另外两位朋友合作为张艺谋改编剧本。张艺谋为了让我们多拿点钱,让我们将剧本写成上、下集,这样就可按两部电影剧本给我们支付稿费。因为我没有执笔,所以我总共拿了 2000 元,其中包含 800 元的原著改编费。这在当时,已经是一笔很大的钱。后来,张艺谋给我看了他的导演工作本。我发现,这个导演工作本与原剧本中我以为的精彩情节都被张艺谋毫不留情地删除了。而他的剧本中所保留的东西,我认为并不精彩。但当电影拍完之后,张艺谋请我去看样片时,我还是受到了很大的震撼。张艺谋以浓烈的色彩、雕塑般的造型,制造出了强烈的视觉冲击,在中国电影史上具有革命性的意义。当然,我的小说文本中对色彩,尤其是对红色的浓烈渲染,给了张艺谋以启发,激活了他的青春记忆与乡土想象。他此后的许多部电影,都在"红色"上大做文章,尽管到了他后期的电影,滥用色彩一味追求视觉效果有"洒狗血"之嫌,甚至被小说家王朔讥之为"装修大师",但他的电影对中国电影中的"色盲症",毕竟是做了矫枉过正的疗治,并借此形成了他鲜明的艺术风格。"野合"和"颠轿",是电影《红高粱》中两个华彩乐章,给观众留下深刻印象,并触及当时颇为敏感的道德禁忌并引发长时间的争议。但这两个情节,在原小说中和我们的剧本中是很不重要的,即便在张艺谋自己的剧本上也是寥寥数行的文字。但想不到就这样寥寥数行字,竟被张艺谋渲染成有声有色、激动人心,甚至震撼心灵的两场大戏。这也让我认识到了电影艺术的长项。

1988年,《红高粱》参加第38届西柏林电影节并荣获金熊大奖,这是中国电影在国际A级电影节上首获殊荣,令国际电影届对中国电影刮目相看,也在中国国内引起巨大反响。中国地位最高的报纸《人民日报》以整版的篇幅发表长篇通讯《红高粱西行》,对这部电影并对这部电影获得国际大奖给予肯定性的评价。此后,有很多部中国电影在国际电影节上获奖,但都比不上《红高粱》获奖所引起的轰动。张艺谋后来的许多部电影,累积成了鲜明的张氏风格,但张氏风格的全部要素,无论是正面的还是负面的,都可以从《红高粱》中找到源头。

我经常会被问到这样的问题:是张艺谋的《红高粱》造就了你,还是你的《红高粱》造就了张艺谋?我想,张艺谋的电影《红高粱》的确大大提升了我作为一个作家的知名度,但我的小说《红高粱》也毫无疑问地为张艺谋施展他的艺术才华提供了坚实的基础。如前所述,小说《红高粱》中对红色的渲染与夸张性描述,确定了电影《红高粱》的炫彩风格,小说《红高粱》所张扬的敢说敢做、自己敢为自己做主的个性解放精神,也成为电影《红高粱》最不同凡响的精神内核。连那首唱遍大江南北的《妹妹你大胆往前走》的粗犷歌曲,其歌词也基本上是原小说中就有的。这部电影之所以在当时能够引起那么大的反响,在国外获奖是一个重要的原因,但绝不是最根本的原因。最根本的原因是这部电影吼出了老百姓久被压抑的心声。我们这一代人,从生下来就被教育得要谦虚谨慎,要看着别人的脸色行事,小心翼翼地、犹如惊弓之鸟般活着,电影《红高粱》以强烈粗犷的艺术风格,塑造了"我爷爷""我奶奶"这样一些敢于与封建礼教和传统道德价值观念挑战的人物形象,唤醒了老百姓心中的豪迈之气,使许多人意识到,每个人其实都可以成为英雄。就像电影中那首由演员姜文用沙哑的嗓子吼出来的歌曲降低了对歌唱的标准一样,粗犷和豪放,成为那个时期众多艺术门类所追求的美学趣味。这种风格与叛逆联系在一起,与革命联系在一起,当然,也与粗野、粗鄙联系在一起,并逐步走向了自己的反面。

我想,《红高粱》从小说到电影的过程,是上个世纪八十年代这个被人誉为艺术的黄金时代里的一个重大事件,是一个成功的范例,为之后中国电影与中国小说的联姻提供了许多宝贵的经验。接下来,张艺谋不断地变换着合作的对象,他的《大红灯笼高高挂》改编自苏童的小说《妻妾成群》,他的《菊豆》改编自刘恒的《伏羲伏羲》,他的《活着》改编自余华的小说《活着》,他的《秋菊打官司》改编自陈源斌的《万家诉讼》……也就是说,截至目前,他的比较成功的电影都是建立在一个比较成功的小说文本之上。就像园艺中的嫁接一样,他不断地将他的果枝嫁接到不同的母本上,由此生产出不同的果实。他自身并无太大变化,他的基本风格在拍摄《红高粱》时已经确定了。他的影片的变化,是借助于不同的作家与不同的文本。后来,当他试图抛开作家的小说自己创作剧本时,便出现了技术豪华、思想苍白的"大片"。当然,这也许就是他的追求,因为他已经不是那个在影片中追求艺术、追求思想,借以表现自己的人生理念的导演,而成为一个追求票房的商业片导演。从这个意义上说,他后期的影片也是大获成功的。不同的是,早年他在官方舆论的批评声中成长,如今他在民众的骂声中赢利。

《红高粱》之后,我与张艺谋有过好几次不成功的合作。我必须承认他是一个念旧的人。他一直期望着我能写出像《红高粱》那样让他激动得拍案而起、使他的想象力汹涌澎湃的小说。但我在变化,他也在变化。

九十年代初,张艺谋通过他的助理联系我,希望我能为他写一个大场面的农村题材的剧本。我与他聊起了人民公社时期棉花加工与收购的情景。我曾在县棉花加工厂工作过三年,熟知棉花收购与加工的全部过程。那种售棉旺季时成百上千辆满载棉花的车涌向棉花加工厂的场景浩大而壮观,数百名来自农村的青年男女在加工棉花实际上被棉花加工了的过程中富含哲理发人深思。我当时替张艺谋想,你拍完一个鲜艳火爆、张扬狂放的《红高粱》,接下来拍一个苍白的、冰冷中含着温暖的、压抑的《白棉花》,无论从视觉上还是思想上都会有强烈的反差和对比。张艺谋听罢很感兴趣,让我回去写。他希望我放开写,写成小说而不是剧本,写的时候千万别考虑他。但遗憾的是,当我写作这部《白棉花》时,还是处处想到了张艺谋,当然更多的是想到了巩俐。尽管张艺谋根本没对我说这部电影会让巩俐主演,但我小说中的女主角,基本上是按着巩俐的路数写的。小说写完后,将草稿送给张艺谋看。很快,张艺谋让他的助理将小说草稿还给我,他用很委婉的理由否定了《白棉花》,并让他的助理给我五百元人民币作为对我的补偿。后来,几经周折,这部电影被台湾一个制片人拍成了电影,由于某些技术原因,这部台湾版的《白棉花》一直未能在大陆发行,我也一直没能看到这部电影。现在想起来,《白棉花》的失败,首先是作为一部小说的失败。我记住了张艺谋和巩俐,却忘记了一个作家最重要的是要在小说中表现自己的个性。这个性包括自己的语言个性,包括通过小说中的人物表现自己的喜怒哀乐,包括丰富的、超常的、独特的对外界事物的感受。

又后来,张艺谋的文学顾问与我联系,说张艺谋在北京去上海的飞机上读了我的中篇小说《师傅越来越幽默》,很感兴趣。当时我就觉得有点不可思议,因为这篇小说是描写一个即将退休的老工人突遭工厂倒闭,下岗后生活无着的一段荒诞经历,结尾也是魔幻的。这样一部小说,改编电影,困难太大。首先是这样的题材就很难通过审查。张艺谋请了广西一个风头正健的青年作家来改编这个剧本。剧本出来后我看了,并参加了讨论。改编后的剧本与原小说已经有了很大的差别。我对此表示充分的理解,我为这个剧本提了十六条意见,但都被张艺谋当场否决。他否决的理由基本上就是三个字:通不过。哪里通不过,广电部审查时通不过。对此我深深地对他也对中国的导演们表示同情。我想,上世纪八十年代时,我们还出现了那么多有争议的探索性影片。但过了二十年后,连当年都能通过的片子,反而通不过了。所有的行业部门都在改革开放,社会在全方位地进步,唯有电影审查越来越保守。后来,这部电影还是拍成了,片名叫《幸福时光》,这大概是迄今为止张艺谋最不成功的电影。

除了跟张艺谋有过上述的合作之外,我还与霍建起有过一次比较成功的合作。霍建起与张艺谋同属所谓的"第五代导演",曾导演过在日本引起过很大反响并创造了很好的票房纪录的《那山那人那狗》，该片是根据湖南作家彭见明的同名短篇小说改编的，因为电影在日本的走红，也使彭的同名短篇小说集的日译本在日本卖得很好。日本投资方看好了我的短篇小说《白狗秋千架》，他们认为霍建起可以将这个小说拍摄成一部与《那山那人那狗》同样风格的文艺片。但霍建起向电影局报告此事时，遭到一位官员的强烈质疑。此人对我的小说抱有很深的成见，对这篇《白狗秋千架》也持一种基本否定的态度。后来因为日本投资方的坚持和霍建起的良好口碑，电影局才勉强通过立项，但提了很多条意见。我觉得这些意见还是可以接受的，便与编剧一起重新进行了构思。拍出来的电影最终定名为《暖》。《暖》获得第 16 届东京国际电影节最佳影片金麒麟奖，和第 32 届中国电影金鸡奖。尽管此作的改编不如《红高粱》的改编那样令我满意，但也只能如此了，这是一个妥协的产物。如果影片按照我的小说来拍摄，那将是一部具有震撼力的影片，而不是像《暖》这样一部温暖中略带感伤的煽情片。

我还曾为香港某位著名导演写过一次剧本，我按照他的意思写出的剧本几乎被他全盘否定。他闪烁其词，让我感到"丈二和尚摸不着头脑"。剧本改了一遍又一遍，总是难入他的法眼。最后我一怒之下撂了挑子，他老人家自己亲自操刀制作，但最终拍出来的电影，基本情节还是我的，而他添加那些情节，譬如让男女主角在奔驰的快马上做爱等，实在让我不敢恭维。

从我个人几十年来与电影打交道的过程中，我总结出了一些经验——这些经验仅仅是我的一孔之见，并不一定适用他人。

过去的事实证明，今后的事实还将证明，文学，尤其是小说，是电影，包括电视剧的基础。中国近几十年的电影，凡是成功的和比较成功的，几乎都改编自一个成功的和比较成功的小说文本。即便是那些比较成功的不是从小说改编而来的电影,其剧本也多半出自著名小说家之手。成功的小说总是表现了小说家对人生、社会的深刻思考,总是有他对人生、对社会的独特见解,这就是小说的思想性。小说的思想性如果能激起导演的共鸣,那必然会激起导演的创造激情,并激活他的创造性思维,并在此基础上被丰富、深化,并添加上他个人的见解,从而使电影成为在小说基础上的再创造。成功的小说,总是在讲述了一个精彩故事的过程中,通过许多生动、独特的细节,塑造出个性鲜明的典型人物形象,这些鲜活的人物形象,不仅仅给导演,也给演员及整个电影班底的艺术劳动者,提供了最基本的创作依据。小说家的思想不是直白地说出来,而是通过人物表现出来。人写好了,在没有戏的地方,在戏剧冲突不甚强烈的地方,照样可以创造出惊心动魄的效果。好的小说,总是有好的语言。所谓好的语言,一是指出自小说中人物之口的精彩对话与独白,二是作家的叙述性语言。让什么样的人说什么样的话,这是中国小说的长项,这样的与人物性格十分吻合、出自性格又表现了性格的小说中人物的生动语言,基本上可以直接移植到剧本中去。我想,即便将《红楼梦》改编一万遍,只要写到刘姥姥,她那句"老刘老刘,食量大如牛,吃个老母猪不抬头"的生动语言,是谁也舍不得放弃的。

  我认为,对一个小说家来说,有人来改编你的小说,没有必要拒绝,因为,在一般情况下,这是名利双收的好事。如果改编成功,电影走红,必定会带动原小说畅销、提升原作者的知名度。即便改编不成功,对小说家也不会造成多大的伤害。人们会将电影的不成功归咎于导演和演员,而绝不会归罪于小说原著。当然,也有很多作家,对自己最珍爱的作品,不同意改编电影,如加西亚·马尔克斯对《百年孤独》。这也是值得尊敬的。这是作家对自己作品高度自信的标志。

加西亚·马尔克斯怕的是让电影糟蹋了他的小说。像《百年孤独》这样的作品,的确很难找到一个导演将其改编成一部与原著势均力敌、旗鼓相当的电影。我们如果写出了《百年孤独》这样的小说,我们也可以像马尔克斯那样牛气,但既然没有写出那样的小说,那我们的态度不妨和缓一些。我自己认为,我的刚被译成德文参加这次书展的《生死疲劳》和《檀香刑》中,《生死疲劳》要改编成电影难度很大,《檀香刑》却是个绝好的可以改编成电影的小说,中国那些醉心奥斯卡奖的电影导演们实在是有眼不识泰山,他们如果能读懂我的《檀香刑》并将之拍成电影,会将奥斯卡奖踩在脚下。因此,我寄希望于世界上其他国家的导演,希望他们能看明白我的《檀香刑》,并将其改编成电影。

　　一个小说家可以欢迎别人来将自己的小说改编成电影,但最好自己不动手改编,因为删削自己的作品,实在是有点困难。另外,写小说时,一定不能想到改编电影的问题。写小说时,小说的准则是最高的准则,绝不能为了迎合电影而降低自己的调门。而优秀的导演,根本不需要你去迁就他。我为张艺谋写作小说《白棉花》的经历就说明了这一点。我希望你们将我的小说改编成电影,但我绝不会为了你们写小说。这是一条基本的原则。

　　近年来出现了一种奇特的现象,那就是,编剧们将电视剧本,或电影剧本改编成小说,推向书市。虽然也有不错的市场,但这是一个反动的现象。十几年前,我也曾经干过一次这样的蠢事。将一部电视连续剧《红树林》改编成一部长篇小说《红树林》。当时我就说过,将小说改编成电视剧本或电影剧本,犹如将一棵树做成一件家具;而将一部电影、电视剧本改编成一部小说,则犹如将一件家具复原成一棵树。我犯过这样一次错误,至今后悔莫及。

我希望小说家们涉足编剧，不仅要写电影、电视剧本，也应写话剧、戏曲剧本。而且就像我们写一部小说之前并不知道这部小说将由哪家出版社来出版一样，我们写这个剧本之前，也不知道导演是谁、主演是谁。我是按照我对剧本的理解自由自在地写，不允许任何一个人在我的身边指手画脚。剧本写完后，是由我来选择导演。导演和演员当然都可以提意见，但这些意见是供我参考的，而不是他们对我发布的命令。总之，编剧必须保持独立的人格，剧本才能保持个性。剧本保持个性，影片才能具有个性。这一切，要实行起来困难重重，但我们要向这种状态努力。

总之，我认为，影视与文学是朋友而不是敌人。影视离不开文学这丰厚的土壤，反过来，好的影视作品也会提高文学家的水平、开阔文学家的视野、丰富文学的表现手法。好的影视艺术家不仅仅要从文学中取材，更重要的是要从生活中获取第一手素材和最直接最亲切的感受。反过来，如果以为每天用DVD看电影片，就可以写出原创性的小说，也是痴人说梦。

当众人都哭时，应该允许有的人不哭
——在"中国文学海外传播"工程启动仪式上的发言

时间：2010 年 1 月 14 日
地点：北京师范大学

首先，对"中国文学海外传播"工程启动，表示热烈的祝贺！大会的议题是"中国文学的本土经验与海外传播"。中国文学有无本土经验？斗胆认为，经验还是有的，即便没有成功的经验，但失败的经验还是有的。总结这些成功的抑或是失败的经验，需要专家和学者，我不具备这样的能力，因此不敢置喙，只能洗耳恭听。

至于海外传播，其实我也了解甚少，基本上没有发言权，但如果我不就这个问题说几句，我的发言就该结束了。就这样结束其实也挺好，但心里总觉得不多说几句就愧对了朋友似的，凡事总是先替朋友着想，但结果多半是适得其反，这就是我的悲剧，当然也是光荣。

文学的海外传播，最重要的环节是翻译。在没有政府基金资助的情况下，翻译也在进行。吸引了这些无赞助翻译的，一方面应该是文学自身的力量,一方面有可能是某种社会需求的促动。这其实包含着选择的艺术。一个翻译家选择了张三的小说而没选择李四的小说,是因为他喜欢张三的小说,是因为张三的小说满足了他的审美需求。当然,如果李四的小说写得其实也很好,那自有另外的翻译家来选择。也就是说,在很长一段时间里,中国文学在海外的传播是被动的,是被选择的。

近年来,国家拿出了基金,向海外推介中国的文学,好像已成立了好几个专门的班子,选出了一批向外推介的书目。终于由被别人选择变成由自己选择。任何选择都是偏颇的。鲁迅先生曾说:"选本所显示的,往往并非作者的特色,倒是选者的眼光。"一个人的选择必受到他的审美偏好的左右,一个班子的选择也必受到某种价值观念的左右,因此多一个班子就多一种眼光,多一种眼光就多一些发现,多一些发现就可能让海外的读者较为全面地了解中国文学的面貌。我看到有些报道里说我是被翻译成外文最多的中国当代作家,也是在海外知名度较高的中国当代作家之一,我想这个事实的形成有复杂的原因。这很可能是个历史性的错误。我深知中国当代有许多比我优秀的作家,我向西方翻译家推荐过的作家不少于二十人——如果在这里报出他们的名单即有邀功之嫌——我盼望着他们的作品尽快地、更多地被翻译出去,将我这样的老家伙尽快覆盖。北京师范大学中国文学海外传播研究中心的成立,多了一个选择的平台,多了一种选择的眼光,企盼着各位目光如炬的高人,能够披沙拣金,把真正的好作品选出来,把真正的好作家推出去。

文学作品被翻译成外文,在海外出版,实际上才是传播的真正开始。书被阅读,被感悟,被正读,被误读,被有的读者奉为圭臬、被有的读者贬为垃圾,在有的国家洛阳纸贵,在有的国家无人问津,对于一个作家,想象一下这种情景,既感到欣慰快乐,又感到无可奈何。俗话说"儿大不由爷",书被翻译出去,就开始了它独自的历险,就像一个人有自己的命运一样,一本书也有自己的命运。二十世纪三十年代有人讽刺鲁迅,说拿了他的《呐喊》到露台上去大便。鲁迅说《呐喊》的纸张太硬,只怕有伤先生的尊臀,将建议书局,下次再版时用柔软的纸张。我这样的作家,自然不具备鲁迅的雅量。听说别人用我的小说当厕纸,嘴里不敢说,但心里还是不高兴。听到别人赞扬自己的小说,嘴里不好意思说,心里还是很舒坦。我是俗人,各位见笑。但我心里还是有数的,对过度的赞美和过度的贬低心里始终保持着警惕。

尽管我作为一个作者,根本无法干预西方读者对自己小说的解读,但总还是心存着一线希望,希望读者能从纯粹文学和艺术的角度来解读自己的作品。米兰·昆德拉就他的新书《相遇》在台湾出版,特意写给台湾读者一封信,他说:"所有我小说的故事都发生在欧洲,也就是在一个台湾人所不能了解太多的政治与社会状况当中。但我更感幸运能由你们的语言出版,因为一个小说家最深的意图并不在于一个历史状况的描写。对他来说,没有比读者在他的小说中寻找对一个政治制度的批评来得更糟的。吸引小说家的是人,是人的谜,和他在无法预期的状态下的行为,直到存在迄今未知的面相浮现出来。这就是小说家为什么每每在远离他小说所设定的国家的地方得到最佳的理解。"我不敢说在米兰·昆德拉之前我说过类似的话,尽管我确实说过类似的话;尽管我不敢说米兰·昆德拉说出了我的心里话,我只能说我同意米兰·昆德拉的话;尽管我知道在座的朋友们有人不同意米兰·昆德拉的话,甚至讨厌米兰·昆德拉这个人,但我还是要说,我同意米兰·昆德拉对他的海外读者解读他的作品的期望。

我多次说过,文学不能脱离政治,但好的文学应该大于政治。好的文学能够大于政治的最重要的原因,就是因为好的文学是写人的。人的情感,人的命运,人的灵魂中的善与美、丑与恶,只有这样的东西才能引发读者的共鸣。政治问题能够激发作者的创作灵感,但作者最终关注的是在这个特殊的环境中的人。我知道有一些国外的读者希望从中国作家的小说里读出中国社会的政治、经济等种种现实,这是他们的自由,我们无权干涉。但我也相信,肯定会有很多的读者,是用文学的眼光来读我们的作品,如果我们的作品写得足够好,这些海外的读者会忘记我们小说中的环境,他们会从我们小说的人物身上,读到他们自己的情感和思想。

推介是选择,翻译是选择,阅读也是选择。尽管作为作者,我对读者有自己的希望,但也仅仅是希望而已。尊重别人的选择,是社会进步的一种表现。

我的讲话马上结束,最后讲一个小小的关于选择的故事。

元旦期间,我回故乡去看我的父亲。我父亲告诉我,我的一个小学同学,因为跳到冰河里救一头小猪,自己却被淹死了。这个同学的死让我感到十分难过,因为我曾伤害过他。那是 1964 年春天,学校组织我们去公社驻地参观阶级教育展览馆。一进展览馆,一个同学带头号哭,所有的同学都跟着大放悲声。有的同学跺着脚哭,有的同学拍着胸膛哭。我哭出了眼泪,舍不得擦掉,希望老师们能够看到。在这个过程中,我偶一回头,看到我那位同学,瞪着大眼,不哭,用一种冷冷的目光在观察着我们。当时,我感到十分愤怒:大家都泪流满面,哭声震天,他为什么不流泪也不出声呢?参观完后,我把这个同学的表现向老师做了汇报。老师召集班会,对这个同学展开批评。你为什么不哭?你的阶级感情到哪里去了?你如果出身于地主富农家庭,不哭还可以理解,但你出身于贫农家庭啊!(补充一句,有几位家庭出身不好的同学哭得最响亮)任我们怎么质问,这位同学始终一言不发。过了不久这位同学就退学了。我至今也不明白为什么大家都哭他却不哭。我后来一直为自己的告密行为感到愧疚,并向老师表达过这种愧疚。老师说,来向他反映这件事的,起码有二十个同学,因此这行为不能算告密,而是一种觉悟。老师还说,其实,有好多同学,也哭不出来,他们偷偷地将唾沫抹在脸上冒充眼泪。

　　这个不哭的人就是作家的人物原型。就像我的小说《生死疲劳》里所描写的那个单干户蓝脸一样,当所有的人都加入了人民公社,只有他坚持单干,任何威逼、利诱、肉体打击、精神折磨都不能改变他。这两个人物,不哭的人和单干的人,都处在政治的包围之中,但他们战胜了政治,也战胜了那些骂他、打他、往他脸上吐唾沫的人。

　　文学可以告诉人们的很多,我想通过我的文学告诉读者的是:当众人都哭时,应该允许有的人不哭。

从传统中来,到传统中去
——在第一届中澳文学论坛上的演讲

时间:2011年9月1日

地点:澳大利亚悉尼

我们每个人,无论是新潮还是守旧,其实都难以摆脱传统的影响。传统如同空气,无处不在。一个作家,当他拿起笔来时,传统就开始左右他的写作。如果传统是水,作家就是鱼。

中国小说的传统是什么?我粗浅地认为就是说书人在茶楼酒肆、广场集市讲说时形成的一些范式。最初的小说家就是用嘴巴加上一定的形体动作来讲述故事的人。他们自己,或者是别人,将他们口头讲述的故事用文字记录下来,然后进行整理加工提高,这就成了小说。所以,我们现在读到的中国古典小说,大多还留有说书人的痕迹。连中国古典小说的"章回体",大概也是说书人创造的吧。说书说累了,就要休息一会,喝杯茶,抽支烟,同时也借机向听众收钱。我少年时在农村生活,最大的乐趣就是到集市上听书。因为没有钱,只能挤在人缝里偷听,为此不知挨过多少说书人的嘲骂。起初,我母亲是反对我到集市上去听书的,但很快她就默许了,因为我每次听书回来,都可以将我听到的,几乎一字不差地复述给她听。后来闹"文化大革命",说书人被赶出集市,我就失去了听书的机会。村里有一位一字不识的老汉,为生产队喂养牲口。他年轻时曾是书迷,在青岛拉洋车,挣几个钱,全都用来去书场听书。据说说书人是一个美女。寒冬的许多个夜晚,在生产队饲养棚的热炕头上,在牛马咀嚼草料的声音里,老汉就给我们复述他当年听过的书。每次开讲前总要回顾一下他与那个说书女人的友谊。一个人的记忆力好到这种程度真是奇迹。后来我想,他能够将多年前女说书人讲的每一句话都记住,大概是他爱上了那女说书人。这样的听书经历,是我最初的小说课程。

当然,中国古典小说,早就从说书人的"话本"形态突了围,形成了自己的审美形态和艺术传统。北京大学的叶朗教授有一本著名的书,题目叫《中国小说美学》。我在解放军艺术学院文学系读书时,曾听过叶朗先生的课,受益匪浅。中国古典小说的传统,叶先生总结了很多条,我只记住一条,那就是:白描。

何谓白描?就是作者不去直接描写小说中人物的心理活动,也不对小说中人物的性格进行主观评判,而是借人物自己的语言、行为,把他的心理活动和性格表现出来。这是中国古典小说最高明、最迷人的地方。这是真功夫,来不得半点含糊。这一切都建立在作者对世态人生的丰富体验,建立在作家推己度人的强大能力,建立在作者对所写人物如同对自己的亲人一样熟悉的基础上。

1980年代,中国曾有过一个学习西方文学的热潮。我们从西方文学中学到了很多宝贵的经验,但我们很快就意识到重视传统、回归传统的重要性。中国作家欲想写出具有中国特色的小说,除了学习西方之外,更重要的是从我们的文化传统中去汲取养料,寻找素材。

我在 1987 年创作的长篇小说《天堂蒜薹之歌》已经显示了我回归传统的努力。那部小说中的一个重要人物,就是一个民间的说书人。这部小说在当时的文学环境里是很不时髦的,但我自己知道这本书对我的意义。

后来,我又写了一部从民间戏曲中汲取艺术灵感的长篇小说《檀香刑》。这是我向民间文化传统的致敬。这部小说激发了很多年轻同行们的热情,当然也让少数人反感。

当然,学习传统、回归传统的终极目标还是创新。传统是一条文化河流,必须有创新之水不断注入,才能奔腾不息。

诺贝尔文学奖及其意义
——在第二届中澳文学论坛上的发言

时间：2013年4月2日
地点：北京中国现代文学馆

尊敬的库切先生，尊敬的澳洲同行，亲爱的中国同行，在座的各位朋友：

如果让我自己选择，我绝对不会选与诺贝尔文学奖有关的题目，但库切先生既然喜欢谈这个话题，我就冒着风险附和他一下。

诺贝尔文学奖，在世界上是个话题，在中国尤其是个话题。我印象中从二十世纪八十年代开始，每年到了九月底十月初，媒体就要炒作一下。起初，我还认真地接受记者的采访，认真地表达我对这个问题的看法。但后来，渐渐地成了闹剧，渐渐地成了声讨当代作家的由头，渐渐地成了一个怎么说都会挨骂的问题，那么，谁还来回答有关诺贝尔文学奖的问题，就是十足的傻瓜了。

关于鲁迅拒绝诺贝尔文学奖提名的事，几乎是一条抽打当代中国作家的鞭子。我辈确实缺少鲁迅的骨气，听说有人提自己的名而不严词拒绝甚至心中暗喜,名利之心不灭,确也该抽。但把鲁迅等人奉为神明,不把当代作家当人看,似乎也稍嫌过分。无论怎么说,最近三十多年来,中国作家还是在努力地创造着,创造成果也是丰硕的。而这创造的原动力似乎也不是诺贝尔文学奖。世界上没有任何一个奖项能有推动一个国家、一个时代的文学车轮滚滚向前的力量。我认为文学发展的最根本的动力是人类追求光明、惧怕黑暗的本性使然,是人类认识自我、表现自我的愿望使然。从这个意义上讲,文学的发展、繁荣,与文学奖没有任何关系,而要想写出好作品,首先就应该把文学奖忘掉。如果一心想着文学奖,把得奖当成写作的动力,甚至去揣度评委的口味并改变自己的风格,那我估计这样的努力多半是南辕北辙,即小说也没写好,评委的目光也没被吸引。

尽管对诺贝尔文学奖顶礼膜拜者有之,嗤之以鼻者有之,但它的存在,它的影响,确实也是不容置疑的。我最早知道这个奖项,是1981年夏天读了浙江人民出版社编选的《诺贝尔文学奖金获奖作家作品选》。书分上下册,选了大约二十几位作家的作品,其中就有澳大利亚作家怀特的《白鹦鹉》。那时候中国作家和媒体对这个奖项似乎也不太关心,尤其是像我这种初学写作,连一篇小说也没发表的作者,更感到此事与我毫无关系。

让我与诺贝尔文学奖产生联系的,是1994年诺贝尔文学奖获得者日本作家大江健三郎先生。他在瑞典皇家学院的演讲中,提到了我的名字。知道这个消息后我确实很高兴,但冷静一想,又知道此事几同幻影,因为我深知自己的作品,无论从质上还是量上都相差甚远。后来,大江先生在中国的数次演讲中,都谈到诺贝尔文学奖,而他认为我是诸多有资格获奖的中国作家之一。我想这也是媒体经常把我与诺贝尔文学奖捆绑在一起的重要原因。这件事令我不胜其烦,以至于我曾公开表示:如果你跟哪个作家有仇,你就造一个谣言,说他是最有希望获得诺贝尔文学奖的作家。

在中国,你一旦被人封为"最有希望获得诺贝尔文学奖"的作家,你的苦日子就来了。如果你想表明你对某个问题的看法,你可要小心了,有人会批评你是在用这种方式吸引瑞典学院的注意。如果你在小说里批评一下社会体制,你注定逃脱不了"向诺贝尔文学奖献媚"的大棒。总之,你左也不是,右也不是,前也不对,后也错误,无论你怎样躲闪、小心,都脱不了干系,因为你是"最有希望获得诺贝尔文学奖"的人。其实,瑞典学院那十几位评委,哪有闲空来关心这些问题呢?一个真正的作家,又有谁在写作的时候还想着瑞典学院呢?厨师做菜,是要考虑食客口味的;但有一些厨师,也只是按照自己的想法来烹调,你爱吃就吃,不爱吃就算了。作家更应如此,不考虑文学奖评委,不考虑翻译家,甚至不考虑读者。有了这样的态度,写出好作品的几率会大大提高。

世界上的许多事情,总是在你几乎忘记它的时候悄然而至,诺贝尔文学奖对于我也是这样。如果说前几年我还对诺贝尔文学奖抱有几丝幻想,那最近几年来,尽管关于我获奖的呼声越来越高,但我心中自知这事与我,如同擦肩而过的两颗行星,已渐行渐远。因为我心中也有一个"诺贝尔潜规则",似乎诺奖应该授予的是那样一类作家,而不是我这样的作家——这也是我获奖后引发争议的一个重要原因。可见,包括我自己在内,都对诺贝尔文学奖存有严重的误解。诺贝尔文学奖首先是文学奖,然后才是其他;诺贝尔文学奖最根本的衡量准则是文学,然后才有可能是其他因素;诺贝尔文学奖最根本的意义也就是它的文学意义,而不是其他。在瑞典领奖的十天里,通过与瑞典学院院士们和瑞典社会各阶层的广泛接触,使我更深刻地认识到：瑞典学院从来都是把作家的文学成就当成最重要的参数，至于作家的政治立场和人品，基本上不在他们的考虑范围之内。

去年八月份，西方的两家著名博彩网站"立博"和"优胜客"公布诺奖赔率，我与日本作家村上春树先生分列第一和第二。这让每年晚些时间才发作的"诺奖综合征"提前到来。我在北京，不胜烦扰，便与家人躲回高密，没想到高密也不是世外桃源，随着开奖日期的渐近，种种传闻和谣言也是甚嚣尘上，网络上更是一片沸腾。面对这些，我起初心烦意乱，想不到我一生与人为善，竟然还有这么多人恨我，更想不到我几十年来以笔为戟，刺贪虐，竟然还被人侮为"乡愿"。但渐渐地我就明白了，这就是诺贝尔文学奖被曲解的意义。诺贝尔文学奖犹如一面镜子，照出了世态人情，也照出了真正的我与被"哈哈镜"化了的我。

十月十一日北京时间晚七点，宝盒揭开，得奖者是我，我自然很高兴。我当然知道有少数人不高兴或者是很不高兴，这是题中应有之意。当今世界，从今之后，恐怕再也不会产生一个让全世界人都交口称赞的诺奖获得者。

诺贝尔文学奖的意义和作用，其实可以混为一谈，我想大概可以概括成几条：一是可以让文学在短时期内成为世界注目的焦点，每当文学被人们渐渐忘记的时候，诺贝尔文学奖就来刺激一下；二是可以在一段时间内引发阅读的热情，很多久不读文学作品的人，也会去买一本书来翻翻；第三就是能够在短时期内使获奖作家的作品很畅销；第四会让一个原本默默无闻的作家置身于聚光灯下，成为万人注视的焦点。类似的作用还可以罗列很多。总体来说，诺贝尔文学奖会部分地改变一个作家的生活。这很难说是坏事，但确实也不是什么好事。因为作家最重要的工作是写作，除此之外的活动，如果对写作无利,就是浪费。

　　一个诺贝尔文学奖获得者,到底应该扮演一个什么样的角色,这是一个问题,在中国尤其是一个问题。得奖之前和得奖之后,是否要改变自己的行事风格,这也是一个问题,甚至是一个难题。我得奖之后,就有一些亲戚朋友来找我,让我帮他们的孩子找工作,或者让我帮他们打官司。也有一些素不相识的人,写信或登门借钱,让我帮助他们的儿子买房子,或者帮他们治病。当然,也有一些人希望我用诺奖获得者的身份发言,借以改变社会上存在的种种弊端。这些问题,基本上都是两难选择。如果我帮了他们的忙或按他们的意愿做了事,他们自然会高兴。但问题是:我为你的儿女说了话,这样做其实也是一种腐败,我帮了你的儿女,势必挤掉了别人儿女的机会;我给了你钱,你会感激我,但势必会让那些没达到目的的人骂我;我利用名声帮你看病加了塞,但势必影响了后边的病人看病。我当然可以发声,但如果我处处摆出一副"诺奖"嘴脸,别人即便不厌恶,我自己也会感到害臊。而且,写作也是一种发声,甚至是更重要的发声。文章改变不了的现实,难道简单地说几句话就能改变吗?我一向对那些把自己抬举得太高的作家不以为然。以为写了几篇小说,写了几个剧本、几首诗歌就高人一等,就可以看病不排队,坐出租车不付钱,那不但会遭人耻笑,甚至会被人揍得鼻青脸肿。十几年前,在苏州大学的小说论坛上,我就提出了"不是为老百姓写作,而是作为老百姓写作"的观点,这是针对某些患有自大狂的文人而发。我也曾听说过诗人或是作家可以与国王平起平坐、甚至称兄道弟的故事,这些故事的背景是在国外,其真实性与否不必深究,但如果某个中国文人存有这种念头,那会让稍有正常思维的人笑掉门牙。《红楼梦》里刘姥姥带着孙子板儿去拜见王熙凤,指着板儿对王熙凤说"你侄儿"如何如何,周瑞家的看不过去了,把她拉到一边,说:您别一口一个"您侄儿您侄儿"的,"那些"才是她侄儿呢。刘姥姥犯的错误是不把自己当外人,但一个作家如果把自己当成高人一等的人物,那错误犯得比刘姥姥还要严重。如果一个作家获了诺贝尔文学奖,就错以为自己成了权贵,就可以颐指气使,横行法外,那就不仅仅是浮薄,而是混账了。

那么,一个诺贝尔文学奖获得者,该不该承担比一个普通作家更多的社会责任?我想,从法理上来讲,你无论获了什么奖,也没改变你的公民身份;你的奖金,也不是从纳税人那里来的,因此,也就没有承担更多社会责任的义务。当然,如果你乐意利用那点虚名做一些对社会有益的事,自然也是好事,但你如果不乐意做,似乎也没犯下什么大逆不道的罪行。还有,"善欲人知不是真善",非要面对着摄像机才肯把钱塞到捐款箱里,这样的善事,其善也已大打折扣。

另外,我平生最讨厌的事就是结帮拉伙。搞政治必须结帮拉伙,而一结帮拉伙必然就要党同伐异,一党同伐异就必须违背良知。我认为作家最好的状态就是独往独来,只有独往独来才有可能冷眼旁观,才有可能洞察世态人情,只有洞察世态人情才可能写出好的小说或是别的艺术作品。当然,这事也不绝对。大千世界,人各有志,每个人都有权力、有自由选择自己的生活方式和入世方式。作家从来就不是别样人物,把作家的地位抬举得太高是对作家的伤害——其实,在中国,作家的高尚地位,基本上是某些作家的自大幻想。作家转行或兼职做了政治家,那也是一种选择。但我没有这种能力,也没有这种热情。我只想安静地写我的东西。当然,我也会悄悄地做一些有益的、与写作无关的事。

不管我配不配,我已经是一个诺贝尔文学奖获得者了。我想对读者来说,我最该做的事是尽快地回到书桌前写作,写出好的作品。我认为这是一个作家对社会最好的发言、最好的回报。据说2013年诺贝尔文学奖的提名阶段已经结束。接下来,瑞典学院的五位院士会从二百多名提名作家中选出三至五人的小名单,让其他院士阅读这几位作家的作品。再过六个月,新的文学奖得主就会出炉,到那时候,估计就没人理我了。我期待着。

我的文学之路
——在北京101中学的演讲

时间:2013年4月12日

主持人:按照咱们常规的礼节,今天我这个角色,肯定要说一堆恭维莫言老师的话,但是我今天真的不想说。为什么?因为我估计莫言老师真的不想听。我个人觉得,对莫言老师而言,任何的歌颂、赞美,对他来讲我认为已经不含褒义,就好像指责、诋毁对他没有损害是一样的。大概也正因为如此,所以莫言老师才是中国当代文学空前的里程碑。莫言老师今天来到101中学,当然也是我们学校的荣耀、荣光、荣幸。下面我们用热烈的掌声欢迎莫老师为我们演讲。

各位敬爱的老师、各位亲爱的同学:

刚才严校长给我树这么一个高高的丰碑,这个太高了,我上去就下不来了。我确实今天感到特别高兴,因为跟孩子们在一起,真是让人心里感到由衷愉快。所以被孩子们围追堵截,我就感觉到特别幸福。看到你们真诚的笑脸,看到你们全身焕发出的这种青春、健康、向上的气息，让我这年过半百的人焕发了年轻的活力，真的非常高兴。非常抱歉，两边有很多同学站着。如果你们累的话，可以到台上来坐着，没有必要老站在那个地方，完全可以上来坐。

因为时间有限，我们今天就漫谈。我也知道很多同学很想跟我交流。在走廊里的时候，有一个小女孩把她好几个好有分量的问题写到本子上，我把本子那页撕下来，待会我就回答。我就讲几十分钟，剩下的时间欢迎同学们把你们想要我回答的问题，热烈提出来，我会认真地回答。

我想今天来有一个最好的效应，就是来破除迷信。因为在中国一提到诺贝尔文学奖获得者，大家就把这个人立刻神化了，就感觉这个人已经不是人了，成为了神。这实际上是很愚昧的一个思想。因为我想诺贝尔奖不过是文学奖而已，获得诺贝尔奖的人很多，而且具备了同样的水平，甚至更高的水平，但是还没有获奖的作家也很多，我不过是其中的一个幸运者而已。我今天坐在这个舞台上，大家举目一看：他原来不过如此，比我爸爸难看多了。所以你们心中自己那种迷信崇拜的想法，一下子就瓦解掉了。我觉得破除迷信才能解放思想。我相信我们在座的同学当中，再过若干年之后，肯定会有很多在文学、物理学、数学、化学、医学、生物学方面做出突出成绩的杰出人才，你们当中很可能也会产生诺贝尔物理学奖、诺贝尔化学奖、诺贝尔生物奖的获得者。所以我们把话放在这个地方，等三十年、四十年以后，如果谁获了奖，如果那时候我活着，你们去给我送花；如果我已经不在了，你们到我墓前去献花。好不好？

讲这个好像挺悲哀的，但是这是人生当中一个必然的过程。再过三十年、五十年，我想确实我们的社会会发生重大的变化，科技会更突飞猛进地发展，文学、哲学、社会科学的各个方面，都会有我们今天想不到的变化。我想中国的未来肯定是寄托在你们身上。以前毛主席在俄罗斯莫斯科的时候讲过,世界是你们的,也是我们的,但归根结底是你们的。我来重复这个,显得跟我的身份很不般配。那是领袖讲的。但是我作为一个写小说、讲故事的人,作为一个比你们年龄大的人,确实由衷地感觉到,未来这个社会一切都要靠年轻人;无论多么新的发展创造,无论多么艰难的重任,最终要落在你们的肩上。所以我们没有理由对孩子们失望,我们充满了信心,我感觉到我们年轻的一代,比我们这一代要优秀得多。

刚才一进校门的时候,我们校电视台一个个子高高的小记者采访我一路。其中有一个问题,就是问到我童年,像你们这个年纪的时候有什么样的梦想,那时候我想没想到会成为一个作家。我坦率地讲,在我十五六岁的时候,真的没有多少明确的理想,但是有对文学方面的幻想,因为那个时候我已经是一个很痴迷的读者。我想无论一个多么伟大的作家,都是由一个普通的读者发展而来。一个作家首先是一个读者,然后他可能去写作,因为他阅读的时候培养了他对文学的兴趣,在阅读的过程当中逐步建立了他自己对人生、对社会的一些理想,在阅读的过程当中慢慢完善了他自己文学艺术的鉴赏和感受的能力,培养了他自己鉴赏、审美的能力。

我像你们这么大的时候,是在农村,那时候正是中国 1960 年代末、1970 年代初的时候。回家问问你们的家长,他们都会给你们讲那个时候的苦难岁月,吃得那么差,穿得那么单薄,当年社会物质生活是那么贫困,精神生活也是那么禁锢。我们当时读到书的数量,比你们现在少得多,我们所能够读到的文学作品的种类也是非常贫乏。因为在 1960 年代末、1970 年代初,我们中国的社会是不太正常的,无论是在思想方面还是文学方面,都有很多的禁忌。我读到的文学书,除了经典的古典作品之外,剩下的就是一些革命的小说。如果运气好,有可能借到一两本翻译过来的作品,像法国的批判现实主义作品,像俄国托尔斯泰这些伟大作家的一些作品。当然读的更多是高尔基的一些作品,因为他是无产阶级的。

我想即便这样,在有限阅读的情况下,阅读还是开拓了我作为一个农村儿童的眼界。因为我对阅读的痴迷和阅读量不断地累加,使我当时很多的思想超越了同年龄的农村儿童。去年我回我们村子,一个九十多岁的老人就说:你了不起。我说:怎么了大爷?1968年的时候,你就说将来有可能不要用锄头了,会发明一种药,一喷洒,各种野草就死掉,庄稼就长起来了,现在就变成现实了。我说:大爷那不是我的发明,那时候我看了一本苏联小说上这么写的,当时苏联已经有了除草剂。因为阅读,我对社会的一些认识,应该比同年龄的孩子要深刻一点。更重要的是,在阅读的过程当中,我渐渐对文学创作有了幻想。我在很多次演讲中讲到过,我的邻居里边有好几个是有文化的人,其中有一个是山东师范大学中文系的学生。他因为家庭出身,在学校里被划成右派,然后被遣返回家去劳动改造。那个时候他每天跟我在一起,他就经常给我讲述,也是灌输有关文学方面的一些知识。他讲他读过的一些小说,讲他看过的一些电影,讲他认识的一些作家。尤其给我留下很深印象的是,他讲他认识的一个济南的作家,因为写出了一部有名的小说,然后获得多少万的版税,过上了非常浮华的生活,浮华的标志之一就是一天三顿吃饺子。我想大家笑,就说明现在我们吃饺子不是一件稀罕的事情。只要你有时间你每天都可以吃;你如果不愿意自己包,你到超市里可以买回很多来,各种各样的馅儿。但是在1960年代那个时候,吃饺子对农村少年来讲,真是一件令人非常向往的大事,我们每年也就吃过几次饺子。所以我邻居给我灌输这样一个思想,告诉我一个人只要写出一部书来,就可以一天三顿吃饺子。我对写作、对当作家的梦想立刻膨胀得非常大。我当时就发誓,我长大以后一定要做一个作家,为的就是每天三顿吃饺子。

现在回头来看,这个理想也实在太低级了,确实是没有像很多作家讲的那样——我要用写作来改变社会,我要用写作来教育人民,我要用写作来改变人生;我当时没有这么多的想法。如果我现在说当时有这样的想法,那毫无疑问是在撒谎。因为那个时代农村的少年没有这么复杂的思想,就是很简单,起点很低。但是有这么一个作家的梦想,真的要把梦想付诸实践,确实要付出很大的努力。我因为有了这个梦想,对作文就格外地注意。这也离不开学校的培养。大家如果稍微了解我的话,也会知道我的学历很低,我比你们在座的所有同学学历都低。我小学五年级就辍学,你们现在都是中学生。我当时每天牵着牛、赶着羊,从我们农村中学的窗外路过的时候,心里边是无限的悲凉。我多么想能够到学校里去上学,但因为社会、因为我的家庭出身,也因为我个人的表现,我失去了这样一个机会。

后来我到部队后,也上了解放军艺术学院,也到了北师大的研究生班,但是我缺少了中学教育这一块。所以我一直认为我没有受过完整教育,我的知识是有缺陷的,跟你们在座的同学们相比,你们每个人都可以当我的老师。我真的不是谦虚。你们拿出一道数学题让我做,我能做出来吗?我做不出来。你们拿出一个化学方程式来,让我讲这个化学方程式代表什么?我也讲不清楚。你们在数理化方面,甚至在历史方面,在其他许多方面都可以当我的老师。这一点都不是谦虚。我比你们多的就是年龄,你们十多岁,我快六十了。因为我年龄比你们大,比你们阅历要丰富一点。我知道在 1960 年代中国老百姓吃的是什么食物，你们不知道；我知道在1970年代人们见面打招呼应该怎么说；我也知道在1980年代改革开放的初期，人们心里边最担心什么。到了1990年代，2000年以后，年轻人是怎么想的？我就要请教你们了。所以我现在一个最大的问题，如果我要反映当代，如果我要写当下的年轻人，我需要拜年轻人为师。你们年轻人跟我们完全不一样。我们认为很多很正常的事情，你们认为可能不正常；我们很习以为常的事情，你们认为很荒唐可笑的。所以一个作家要想与时俱进，要想不断进步，必须时刻向年轻人学习。

我想我的文学之路真正起步，还是应该在改革开放以后。1976年，我离开了农村，参加了人民解放军，对我的人生来说是一个重要的分界线。在此之前的二十多年，我一直在农村生活。那个时候我对农村确实是深恶痛绝，做梦都想要跳出来，要离开这个地方，要到天涯海角去，离开越远越好。因为这个地方我确实感觉看不到一点希望，感觉到就像郭沫若的诗歌写的一样："哪怕是一把金刚石的宝刀，在这个地方都会生锈。"后来我坐上了运兵的兵车，走了三个小时，有人告诉我已经到达了部队的营房，我心里感到非常失望，没想到折腾了半天，才离家不到三百里。单位紧靠着农村，我们住在当时村里的牛棚旁边，每天看着老百姓牵着牛在田地里耕耘，每天都能闻到牛粪的气味，所以跟农村也没有什么区别。

但是这样一个变化，还是对我的影响非常大，因为我穿上了军装，因为我终于能够吃饱了、穿暖了，因为我终于知道人竟然可以过星期天！农民认为星期天是很荒唐的。哪有说一天不劳动，不干活就可以吃饭的？刚到部队第一天就是星期六下午，当天连同星期天大家都在睡懒觉，什么事情都不做。我心里感觉非常愧疚，感觉好像是不真实的。但是因为有这样一个空闲时间，所以让我有更多的时间阅读。我刚才讲部队为什么是我人生的一个分界线,就是因为它提供了我整块的阅读时间。

我在村里的时候,用各种各样的方式,把我们周围十几个村庄里面所有的书都看遍了。张家庄有一部《三国演义》,我借来了;李家村有一部《水浒全传》,我也借来了;王家村可能有一部《封神榜》,我也看过了。把周围十几个村庄的书都看完了,我当时就感觉世界上的书已经被我读完了、读遍了,我自己感觉我的学问已经非常大。到了部队一看,我发现过去真是太鼠目寸光了。因为我有一个战友,他的未婚妻是当时山东黄县的图书馆管理员。有一次星期天,我到他未婚妻工作的图书馆去,进入了书库,我一进去后真是大吃一惊,想不到房子里满书架全是书,有数千本之多,而且全是我没有读过的小说。通过他的关系,我们每个星期都去借很多书回来。就是在这两三年的时间里面,我读了大概有几百部的小说,包括我刚才讲到的俄罗斯的、法国的、中国的,很多小说都是这个时期读的。

通过这样一段时间的集中阅读,我觉得我的鉴赏能力提高得很快。这个时候恰好是中国进入改革开放的时期。我1976年当兵,1977年、1978年读了两年书。这时候文学也像其他各个领域一样,开始拨乱反正,很多老专家被解放了,重新拿起笔写作,很多年轻作家脱颖而出,很多重要的刊物纷纷复刊,像《人民文学》《解放军文艺》。这时候我们津贴很低,每个月只有六块钱,但是我订了五种刊物,《人民文学》《解放军文艺》《十月》《当代》,就是我的津贴费基本都订了刊物。这个时候确实是文学的热潮。那是文学的黄金时代,因为当时的文学,承担了很多非文学的功能。一部长篇小说——别说一部长篇小说——即便是一个短篇小说,也能够在全国引起反应。洛阳纸贵的现象在那个时期确实不是一种文学形容,而是一种真实的写照。

在这个时候我看见很多年轻人，拿起笔来写他们自己的生活，写"文革"，写"文革"前的"大跃进"。我感觉到手痒，也看到对历史题材新的写法。我们过去读到了很多革命励志题材的小说，在1970年代末、1980年代初，一批作家写的跟抗日战争、跟解放战争有关的小说，跟我过去阅读的经验大体一样，但人们这时候已经有一些新的想法，文学已经突破了很多的禁区，作家表现的领域也越来越宽阔。这时候我开始拿起笔来写作。

至今我还记得我写的第一部作品，实际上不是小说，而是一部话剧。这个话剧现在想起来确实很幼稚，因为基本上是按照曹禺的话剧、郭沫若的话剧来套的，是模仿之作。费了我大概半年精力的话剧，寄往很多出版社和刊物。后来邮递员说：你怎么老是把一包东西寄来寄去，里边装的什么？我说是稿子。终于有一天《解放军文艺》社的一个编辑，在给我退稿的时候，附上一张用笔写的退稿信，告诉我：某某同志，你的作品我们看了，但是因为我们的刊物的容量有限，建议你投往大的出版社或者是剧院。当时我们教导员看到这个退稿信以后很高兴，说：行啊，小伙子你很了不得，已经让人家用钢笔给你写退稿信了。这对我当时鼓舞很大。

这个稿子后来我自己感觉很幼稚，一次调动的时候把它烧掉了。现在想起来很遗憾，如果留着这个稿子的话，没准还可以卖一些钱呢。我的文学起步应该说是从河北保定开始的。我不知道现在我们的语文课本有没有。过去语文课本里都有孙犁的小说，孙犁写的《荷花淀》；也有管桦的小说《小英雄雨来》。我估计现在我们的中学教材里可能没有了。有很多作家在河北保定这个土地上生活过，描写过这块土地上发生的故事，所以我在保定当兵确实是占了一个地利。

我的最早的小说处女作——现在有很多说法——最准确的是《春夜雨霏霏》，是1981年10月份发在河北保定市的刊物上的。这部小说写的也是我自己最熟悉的生活，我的太太在故乡，因为我是士兵，没有资格把家属带到部队去。这个小说描写了一个新婚的少妇，在一个春雨纷飞之夜，思念她的在海岛上当兵的丈夫。现在大家都知道我是一个讲故事的人，可这个小说的故事性是很弱的，没有完整的故事，就是一个年轻女性的——可以说是——胡思乱想。

但是这里面有大量关于海岛的描写。实际上我没有多少海岛生活的经验，但刊物的编辑也认为，对海岛的生活的描写很准确。后来他们就问我：你是不是在海岛上当过兵。我说我没有，一天都没有。那你怎么写海上的动物、植物，写海浪、海风这么准确？我说我家里有一本《辞海·海洋分卷》，我天天查这个。所以大家就不要说有的作家描述了哪一方面的生活，他就必定是哪方面的专家。作家在写作的过程中，很多技术性的问题，是可以通过阅读、采访来解决的。但是为什么这样一篇明显环境虚构的小说，还能获得发表？就是在于小说里的人物写得比较真实。因为小说里的人物，像农村刚刚结婚的少妇，这个我是比较了解的。再一个我自身也是当兵的，所以对士兵跟他的妻子之间的这种关系，也把握得比较准确。我的小说尽管背景是虚构的，环境是虚构的，但是小说里的人物写得还是比较真实，因此就获得了读者的认可，也获得了文学界的比较好的评价。

写完这个小说以后，一发而不可收，接连发表了十几个作品，基本上都以个人的生活经验作为故事的原型。我写《售棉大路》就是调动了我在当兵之前的一段生活经验。我在当兵之前曾经在县里棉花加工厂做过三年半的临时工，我对农民卖粮难、卖棉花的困难非常熟悉。这样一篇小说也获得了好评。接下来我又写了《民间音乐》。这个小说写1980年代初期农村的一些新的变化。这个时候人民公社已经解体，农民也获得了自由，农村这些人的思想也开始变化，出现了各种各样的专业户，比如说有的人专门养猪，有的专门养牛，也有一些民间艺人，可以四处演唱，他有用这样的方式赚钱谋生的权利。

我为什么要特别讲到《售棉大路》和《民间音乐》这两篇小说呢？这两篇小说，是我的模仿之作。这个小说发表在保定的杂志上之后，有一些保定的文友也说，这两篇小说都有模仿的痕迹。我当时也非常坦率地承认。我说确实有模仿的痕迹，像《售棉大路》实际上模仿拉美的一个作品——一篇叫《南方高速公路》的小说，就是描写一帮人周末去度假，然后在法国的高速公路上突然堵住了这么一个故事。而《民间音乐》这个小说，就是模仿了美国南方一个女作家写的一部小说，叫《伤心咖啡馆之歌》。我对外国作家的名字老记不住，你们可以查一下，但是小说的题目是准确无误的。后来我的编辑老师就告诉我：你做人不要这么老实，你明明是模仿也不要承认。你怎么这么老实？人家没说，你自己先把老底给兜出来了。我说这个有什么呀，我确实是借鉴了这两篇小说的构思。另外，更重要的是模仿了这两篇小说的语气。

我这里兜老底，是希望跟同学们交流写作当中的体会。我觉得作家写作的最大困难，是找不到语感。有时候人物也有了，故事也想好了，结构也想好了，但是老是难以下笔。写出一个开头来感觉不对，撕掉，再写一个开头，一读还是不对，又撕掉，满地都是撕掉的开头——当然也有人把几次的开头合成一部小说。为什么老是开不了头？就是找不到一个恰当的、让你感觉到能够滔滔不绝讲下去的语感。

我也认识一些中学的语文老师，我的大哥就是大学中文系毕业后当了几十年的中学语文老师。他在长期教学的实践中感受到，对中学生来讲，最重要的是培养一种语感，而且初中阶段培养语感至关重要。语感就是一个人对语言的感受。比如我读了一首唐诗，我立刻根据唐诗这种鲜明的结构和里面渲染的情绪、引导的氛围，可以写出类似的诗歌来；比如说我读了鲁迅的一篇沉痛的小说，我就能够模仿鲁迅的笔调，写出这么一篇文章来；如果我读出一篇欢快的文章，我就可以写出一段欢快的文字。这个就是语感的重要性。

但是语感怎么样建立？怎么样培养？我觉得没有别的诀窍，只有一个，就是模仿。我想成名的作家都模仿过，对学生来讲更没有必要怕模仿。我们今天模仿鲁迅，明天模仿张爱玲，后天模仿另外一个作家；我们在模仿了很多作家之后，在这个过程当中，自己的语感就会建立，自己的语言风格也就会慢慢确定，等需要用文字营造一种悲伤的情绪的时候，词汇自动从你脑海里涌现出来，那些句子的结构也会自然地产生。有了这个以后，我想对我们今后文学的创作，或者进行其他方面的写作，都非常重要。所以模拟是一个非常好的方式，就像我们在书法学习的过程当中，刚开始要临摹一下。小孩刚开始可能是要给他一张别人的字帖，让他用透明的纸覆上描绘，慢慢照着写。文学写作、写文章也有这样一个过程。所以我建议大家在中学阶段，为了培养语感，第一要多阅读，第二要多动笔。刚开始不妨有意识去模仿，这个过程当中慢慢把自己的生活经验融合进去，慢慢把自己生活的感受融合进去，这样的话文笔会变得越来越成熟。

我年前来过 101 学校，当时校长拿很多同学写的文章给我看。其中有同学们针对我获诺贝尔奖写了一些文章，一是思想都很敏锐，问题提得很尖锐，有的看法也很深刻。尤其让我感到高兴的是，他们的文笔都很老到，完全可以拿到刊物上发表，就是已经带上了一种非常成熟的文学批判的腔调，一个中学生能写出这样的批评文章来很不容易。因此我对现在的孩子，真是要刮目相看。以前老觉得你们只知道看一点漫画，看日本的画得眼睛特别大、脖子特别细的那种漫画，看来事实上并不是这样。我在网上经常看到很多很深刻的忧国忧民的一些小文章，以前我认为都是一些老革命家写的，现在才知道很可能都是十二三岁的孩子写的。当今的时代，孩子真是成熟得非常早，我觉得和你们完全是平等的交流。因此我说的不对，你们可以随时批评。

后来我在1984年的时候，考到了离我们学校不远的解放军艺术学院。当时我们三十多个从部队里边集合到一起的业余作者，得到这么一个集中学习的机会。在这里我们也听了很多北大、清华等各个大学的一些老师给我们授课，也听到了成名作家给我们介绍他们的创作经验。这个时间我觉得对我是重要的，实际上就是解放了我的思想。尽管在1980年代思想解放运动也进行了好几年，文学创作突破了很多禁区，但实际上很多作家——不仅老作家，即便我们当时这样年轻的作家——头脑中还是有很多禁锢。我们认为文学不应该这样写，不应该那样写，我们认为很多故事不能写到小说里。但是这两年，借助于八面来风，很多学校的老师给我们授课，很多作家给我们讲经验，让我们认识到了文学创作的个性化和多样性。另外就是大量的阅读。这个时候也恰好是翻译外国文学的一个高潮，许多二十世纪六十年代、七十年代在西方引起了反响的西方文学作品，八十年代初的时候也翻译到中国。对我们这一批当时刚刚三十多岁的作家来讲，这样一种阅读确实是产生了一种石破天惊的效果。我们过去没有想到，人家西方的作家用这样的方式来写作；我们也没有想到，我们过去认为的许多不可能、不能写到文学作品中的一些素材，实际上是宝贵的资源。

所以我想,我之所以成为今天这么一个作家,确实是跟在解放军艺术学院文学系两年的学习是分不开的。这一段时间很多中国作家,实际上深深地被西方的魔幻现实主义、意识流等文学创作方法俘虏。我们那个时候写作也带着明显的模仿痕迹,但是我很快觉悟了,我们意识到,跟在西方的作家后面,亦步亦趋地模仿肯定是没有出息的。中国作家如果要写出属于中国的、带着中国鲜明个性的文学作品来,必须摆脱西方的文学影响。一个作家想写出具有个性的作品来,要在文坛上站住脚,必须写出带着他自己的鲜明风格的东西来。

那么我们到哪个地方去寻找创作资源?我们向哪个方向来突破?我想来想去只能向民间学习。我们要向西方文学学习,但是我们更重要的是回头从我们民族文化传承里面寻找宝贵的资源。我们尤其要向老百姓学习,向沸腾的中国学习,从我们自己的生活经验里边,来寻找开发宝贵的创作资源。所以我在军队学习的两年,学到了什么理论呢?最重要的是找到了自我。

这个时候我就感觉到,我在农村生活的二十一年,对我的创作至关重要。我在农村,因为我还是一个孩子时就离开了学校,所以我比其他的孩子更早进入了成年人的世界。我跟成年人在一起,我放牛、放羊,跟大自然在一起。当别的孩子都在课堂上读书、打闹的时候,我跟一头牛在一起。在一片辽阔的原野上,每天接触的是一头牛,抬头看的是蓝天、白云,低头看的是绿草,周围全是鸟的叫声,蹦来蹦去全是蚂蚱、青蛙。那个时候我感觉到很痛苦,很孤独,特别想到学校里去。我又很害怕,经常担心会有鬼、妖精从旁边的树林里窜出来。我又经常怕从坟墓里钻出蛇,钻出狐狸。确实是非常地担心,非常地害怕。那个时候农村是比较落后的,农村的人也没现在这么多,农村那会儿也没开发,也没有电,一到夜晚一团漆黑。我们听老人讲各种各样的鬼怪故事,所以到了白天我依然感觉到处有巨大的危险,经常把自己吓得大叫一声。有人问我怕什么？我说也不知道怕什么,我就是感觉到怕。

在这样一种环境里面,这样一种童年时期的体验,到了 1980 年代后期,被我开掘出来了。所以刚才我们学校小记者告诉我,说我的《透明的红萝卜》这部作品,要选到中学生的课外阅读的读物里去。我说这个确实挺好,因为《透明的红萝卜》是我的成名之作,那里面描述了我个人的生活经历,也把我的童年的感受写了进去。我想如果真的小说编到了课外阅读的读物里去,那么同学们会看到的,看了之后,我想会产生很多的问题,我到时候再跟你们专门就这部小说的问题进行交流。这个小说写了一个从头到尾没说一句话的孩子；一部中篇小说三万多字,这个小黑孩一句话都没说,但是他有非常丰富的感受,他的想象力非常奇特,他忍受苦难的能力超出了一般的人。据说他可以用手抓住一个烧红的铁,他的手被这块烧红的铁烫得冒着黄烟,但是他脸上没有痛苦的表情。在初冬天气里,别人穿着棉衣还感觉寒冷的时候,他依然光着脊梁,就穿着个很大的大裤头。赤着脚他也不感觉冷。他好像能够用鼻子听到声音,用耳朵闻到气味,他的感受是跟别人不一样的。这个小说里边有很多类似于诗歌里的通感的东西,就是人的感官混乱,仿佛具有特异的功能。他可以听到在几百米外河里的鱼在水下吐水泡的声音,他可以听到遥远的地里面蚂蚱扇动翅膀的声音。

这个小说刚写出来的时候,我也感觉到拿不准,因为这种写法在我们中国过去的小说里很少出现。这样一部故事性很弱的小说,能不能获得通过,我确实也拿不准。后来我的老师看了说很好,并推荐到《中国作家》上去发表,发表以后又搞了作品的研讨会。所以从此我算在文坛上有了知名度,成为一个青年作家。

这个小说之所以成功,就是跟我刚才讲的很多话是一致的。首先它必须建立在一种个人体验的基础之上。尤其是初学写作,离开了个人经验,我觉得是寸步难行。尤其是想写出独特的个人经验,更要跟个人的生活密切相关。因为我是生活在那个年代,因为我也在桥梁工地上当过一段小工,因为我的家庭出身也不太好,因为我也是一个饱受孤独折磨的儿童,所以当我成年之后,回头写这段生活,写得比较准确。

现在来看,这个小说有一种所谓的天籁之音。因为当时我也不懂太多文学理论,如果懂得很多文学理论的话,也许不会是那样一种写法。所以我想跟同学们交流,假如将来你们有志于从事文学创作,还是先从自己出发,从自己身边的故事写起。个人的经验不可能永远写不完,写了两部、三部小说以后,个人的经历写完以后,这时候需要把别人的经历变成自己的经历,就是可以把我的故事写到别人身上去,当然也可以把别人的故事拿过来,通过我的视角把它表现出来。这样我们的素材就会取之不尽,用之不竭。这样的经验有一个过程,就是你怎么样能够知道别人的东西,你怎么可能把别人的故事挪到自己身上来。我们作为一个文学的写作者,或者说作为一个从事艺术创作的人,就是有一种推己度人的能力,就是个人的经历是有限的,但是可以不断把别人的故事变成自己的故事。因为一个作家一定是对生活有比较深刻的理解的人,一定是在社会的底层经过了摸爬滚打的人;他对人的观察、对人的认识应该是相对深刻的。所以我想他应该有一种理解别人、猜测别人的能力。这个猜测是正面的,不是负面的。他可以猜到别人的想法,或者说他应该善解人意。所以我想一个好的作家,必定是一个善解人意的人;一部好的文学作品,里边必定体现了善解人意的态度。我们想,《红楼梦》为什么是一部伟大的作品?就是因为曹雪芹太善解人意了。这里面的人物,每一个都栩栩如生,大部分很精明,仿佛能够通过外表看到别人的内心世界。农民说"仿佛你钻到别人心里来",所以作家应该具有钻到别人心里的能力。我想除了写自我以外,可以写其他的许多的人。

这种钻到别人的心里的能力,是建立在什么基础上?还是建立在个人经验的基础上,建立在作家对社会、对人的观察和了解的基础上。当然对我们在座的孩子来讲,现在让你们写一部特别大的文学作品,还是有难度的。因为你们毕竟年龄很小,你们的社会经验相对而言比较少,生活也比较单纯,在学校里边跟同学们、跟老师打交道,回家以后跟父母打交道,没有深入到广阔的社会里去。但是我想,假以时日,这些都是可以弥补的。另外我想作家的生活,来源也是多方面的。比如说,我直接跟人打交道,我直接参加了某一个社会活动,这是一种体验生活的方式。另外,我通过阅读,通过看电影,通过上网,也都可以间接对社会进行了解,因为我想现在孩子们的信息量很大,我们像你们这么大的时候,确实没有你们现在掌握的信息量多。但是我觉得这还是远远不够,通过网络、通过一些阅读的方法,获得的经验毕竟是第二手的经验,要获得亲切的、最真实的、最有价值的经验,还是要亲历。这就希望大家将来能够多创造这种跳出书本、进入社会、了解丰富社会的机会。

我想文学创作归根结底要创造典型人物。我们读一部小说,我们看一部电影,看一个话剧,最终给我们留下印象的,除了故事之外,最重要的还是人物形象。我们现在讲鲁迅先生,那鲁迅写了什么小说?写了《阿Q正传》《祝福》《孔乙己》,这些小说为什么让我们印象深刻？我想重要的一点，就是小说里塑造了"阿Q"，塑造了"祥林嫂"，塑造了"孔乙己"这样一些典型的人物形象。这样一些典型，我们在生活里面直接找是找不到的，但是也感觉到他们很熟悉，仿佛是我们身边某一个人，但又不完全是。所以正像鲁迅讲的一样，他的人物很多是拼起来的，凑起来的。可能这个人的耳朵在山西，嘴巴在河北；也可能是生活当中的多个人物，最后经过作家的想象，通过作家的艺术处理，最后变成了一个文学里的典型。所以作家的最高追求还是要塑造典型的人物形象。只有在文学史上，在世界文学的画廊里面，有了一个你塑造的典型的人物形象，我想作家的地位才可以真正地确定。如果我们仅仅写了几百本小说，讲了很多精彩的故事，但是我们的作品里面没有典型的人物，我想这个作家是不成功的。

　　怎么样塑造典型人物？这个我觉得也离不开生活，离不开人的交往。我现在也不敢肯定，说我的小说里的某个人物是典型人物形象，但还是有一些人物是比较有特点，比较有特性，看后还是能够留下印象的。这样一些人来自何处？这个就是跟生活有关。比如说我的《生死疲劳》里边，有一个叫蓝脸的人物。这个小说我想同学们读起来有点障碍，因为这个故事的时代背景，是二十世纪五十年代、六十年代、七十年代，那个时候你们没有出生，所以你们理解起来比较困难。但是我想你们如果认真看的话，也会明白，就是在当时的中国社会，我们农村全部实现了集体化，人民公社、生产大队所有的土地都归集体所有，所有的农民都被集合到一个生产队里边、一个劳动集体里边，统一派活，统一在一起工作，没有个人的自由。在这样一种情况下，一个叫蓝脸的农民，他就抗拒了这个集体化运动。当全县的农民都进入了人民公社、生产大队劳动集体之后，只有他单干。他把解放初期分给他的几分地,跟自己的命运紧紧捆绑在一起。你打死他,他也不加入人民公社。最后妻离子散,他的儿子、女儿跟他分道扬镳,他依然不投降,饱经了苦难。二十世纪八十年代,改革开放,人民公社解体了,生产队集体的土地重新分到了个人,又恢复到过去单干的状态。这个时候大家才意识到,我们当年瞧不起的人,我们当年把这个人看作是逆历史潮流而动的老顽固,像茅坑里的石头又臭又硬,可历史证明他是对的。

所以我在小说里写的,当重新分配土地的时候,只有他不用分了,他的地一直在那个地方。这样一个小说里的人物,应该带有某种典型性的。这样一种典型的人物,我想也不是我的想象能够塑造出来的,是因为生活当中有类似的人物,这个类似的人物我在很多文章里面也都提到过。我上小学二三年级的时候,每天上午做广播体操的时候,这个农民就会推着一辆木轮车,走起来吱吱咯咯。前头有一头瘸腿的毛驴拉着这个车,毛驴旁边就是老农民的太太——这个太太是一双小脚,像我们的祖母、外祖母被缠过的脚——老农民的脖子后面还留了一条像干豆角一样的小辫子。像这样的劳动组合,现在想一下都觉得确实是个怪物。当时人民公社生产大队用的都是胶皮轮的小车,而他的毛驴又是瘸腿的,毛驴有一个蹄子没有了,他把毛驴的前腿上绑上了一只破鞋,是穿着一只鞋的瘸毛驴,人的鞋子。所以每当他们夫妻两个推着木轮车,赶着瘸腿毛驴,从我们学校的广场旁边路过的时候,我们都会自发从路边捡起石头、瓦块来投掷他们——他们就是怪物,他们太该死了,他们太反潮流了,太跟社会格格不入了;大家看他是倒退的、落后的、保守的象征。真实生活当中,这个老农民在1966年"文化大革命"初期受到了很多迫害,被吊着打,他实在忍受不了苦难,悬梁自尽。

就是这样一个农民的形象,在我脑海里面一直萦绕不去。当我拿起笔写作的时候,我就想总有一天把这个人变成我小说里的重要人物,或者因为他,我要写一部小说。一直到了2005年,我才把这个小说写成。为什么拖了这么久?也就是我对这个人物的思考还不是太成熟,我对这个人物在中国近代社会里的意义还没有完全想明白。难道仅仅因为他的个性,而跟整个社会对抗,还是他有先知先觉,认识到人民公社将来总有一天要解散?这些问题我都没有想明白。

后来到了2005年,我渐渐想清楚。我认为要认识中国,首先要认识农村;要认识农村,首先要认识农民;要对中国的农村问题有一个深切的了解,必须了解中国农民跟土地的关系。所以只有了解了农民跟土地的关系,才可以对我们的"三农"问题发言。农民跟土地的关系是一种什么关系?就是一种血肉相连的关系。如果没有土地,农民无所依附;没有土地,农民就不存在。所以现在我觉得在1980年代以后,尤其到了2000年以后,农村发生的变化特别大。现在我们搞城镇化运动,我们所有的城市在快速膨胀、扩张;大量农村的土地被盖上了楼房,被水泥覆盖,可耕地面积越来越少;大多数的农民也离开了土地,年轻人都到城里打工,村里只有一些老人在耕种土地。在这个时候我想写一部农民跟土地关系的小说就有意义。无论我们的社会怎么发展,无论我们的GDP有多么高,无论我们在科技方面取得多么大的成绩,我觉得农业永远是这个社会最根本的生产方式,农业生产、粮食还是最宝贵的。

对我这么一个饱经饥饿的人来讲,我对粮食是非常有感情的。所以我进城之后,最喜欢逛的地方就是超市里头的粮食区域。我可以在大米、小米、豇豆、绿豆之间来回地徘徊,不断用手抓着各种各样的粮食放在嘴边来闻粮食的气味,就感觉手里抓着粮食心里特别地踏实。我经常幻想着应该建一个巨大的仓库,贮存大量的粮食。我觉得粮食是神奇的,它要没有,很快就没有。所以我现在经常怀疑在1960年、1961年粮食哪里去了,为什么同样的土地就不生产粮食了,为什么那么多人没有饭吃,而现在我们的粮食吃不完、吃不尽。一旦讲了粮食,我就可以专门开个讲座,讲我们要热爱粮食。当然现在讲这样的话显得很落伍。所以我看到浪费粮食的现象很痛苦。为什么我这么胖?就是因为粮食情结,因为这两年经常出去吃饭,一吃饭看到很多饭浪费觉得特可惜,就想尽我的所能多吃一点,结果来了北京没几年,就把自己吃成一个胖子。当我意识到这一点以后,已经晚了。现在我依然这样,一出去吃饭一看到粮食就要多吃,尽管我知道,靠我一个人吃是不可能解决什么问题。所以我在这里呼吁大家,一定要节约。在我们食堂里面,我就知道我们101的同学们,都有非常好的传承,101的同学都不剩饭,剩饭带回家去。建议大家围绕着粮食问题进行一些思考,思考我们1949年到2013年,这几十年来的粮食问题,中国社会这种认识的变化——怎么样从粮食最宝贵到对粮食很不重视,以及我们现在对粮食的感受,在课余时间也写一些跟粮食有关的小说。以前有部电影叫《粮食的故事》,我的小说里边也讲到过粮食问题。

  我也想到过在二十世纪六十年代的时候,农民是怎么样用生命来换取粮食。有的妇女为了自己家里边孩子不被饿死,把自己的胃变成了偷粮食的工具,这也是我母亲她们一代人真实的经历。这样的情节写到小说里,我想孩子们看到会感觉很吃惊——怎么会有这样的事?但是确实是历史上真实发生过的。她们在集体推磨的时候,临要下工了,就会大把大把把粮食咽到胃里去,出门的时候要搜查,不可能把肚子划来看看;回家以后她们找到一个盆子,把刚刚吞到肚子里的粮食呕吐出来,把粮食洗一洗,再捣碎,给自己的孩子吃。我写过一篇短篇叫《粮食》,我也用长篇里边的情节写过。

总而言之,我们进行文学创作,人物非常重要。我们的人物从生活中来,希望大家在日常生活多观察,观察左邻右舍,观察亲戚朋友,观察老师同学,看看他们每个人有哪些跟别人不一样的特点。除了外貌特征以外,也观察他们的性格,他们的性格通过哪样一些细节表现出来。他的笑声,他走路的步态,他某些习惯的动作,这都应该在我们观察的范围之内。当我们脑海里贮存了成百上千个人物形象的时候,一旦我们要开始自己的艺术文学创作,这样一些人物形象就会自动出现,组合出一些新的人物,变成典型。

有一个问题希望跟大家探讨一下,关于语言的问题。文学创作归根到底语言是最重要的。语言是载体,一部小说会体现出作家的风格来。作家的风格最重要的一个特征,还是通过他的语言来表现。那么怎么样使我们的语言更有个性?怎么样使我们的语言更加丰富,更加有艺术水平?我想除了我们多阅读,多模仿成名作家的语言,重要的是要向生活学习。我们日常生活当中,我们的口语当中,有很多非常生动、活泼、新鲜的语言的元素。从民间、从老百姓的口语当中,学习这种语言,就会使我们的语言变得生动、活泼。我们不仅仅要学习书面语,我们也要学习口头语言,就像我们学习、读书的时候,我们不仅仅要读有字的书,我们也要读无字的书。我个人也认为,我是受到了西方魔幻现实主义的影响,但我更认为我是受到了中国民间传说的影响。鲁迅是我的老师,蒲松龄更是我的老师;尤其是我们村里边会讲故事的叔叔、大爷、奶奶、婶婶、大娘们,他们口头给我传授的东西,使我受益终生。希望我们在课余时间,多跟老人聊一聊,多听他们讲故事,有意识地去注意语言的特点,看看同样一种情感,他们使用什么样的语言来表述;同样的一种情趣,看看他们是怎么样表达出来的。这样我们的写作就会有个性。

刚才我讲到我们要塑造人物。我们都读过《红楼梦》,我们都知道很多人物都是"未见其人,先闻其声"。就是说,人物的性格主要还是通过人物的语言表现出来,尤其是我们中国的小说。因为我们中国的小说不太注重,或者说中国的小说不太把心理刻画、心理描述直接地进行描写;我们中国的小说通过对人物的行为、对人物的语言的描写来表现人物的性格,这样我觉得是更高明的。西方很多分析小说直接说他怎么想,他是一个什么样什么样的人;中国小说,看看《红楼梦》,看看《水浒传》,往往不直接写人物心理活动,而是通过人物的语言,通过人物的行动,就把人物的内心的活动刻画得非常准确。所以我想我们在日常生活当中,就要注意观察,通过语言对一个人进行一种了解。

总而言之,我想文学创作是一个跟我们日常生活密切相关的活动,我们如果要写出好的作品来,必须把自己置身于生活当中。我们除了要阅读,我们还要去实践;我们除了要模仿,我们还要创新。我们阅读,我们模仿写作,都是为创新做准备。要成为一个作家,我想首先通过最基本的训练,最终实现写出一部,或者几部别人写不出来的作品。如果你写出一部语言有个性、人物是典型、故事有新意、思想有发现的作品,你就是一个非常优秀的作家。我期待在不久的将来,能够看到同学们当中产生优秀的作家。我就讲到这个地方,剩下的一点时间跟大家交流。

现场互动:

问:莫言老师好,我知道您1987年作为编剧拍的《红高粱》是当时的年度最佳华语片,我想问您关于名著改编的问题。您认为在名著改编的过程当中,怎样的创新是可以被允许的?您认为翻拍的剧本,比如说最近的舞台剧《贾宝玉》——我不知道您看过没看过,对他的创新您能接受吗?谢谢您。

答:谢谢这位同学,这位同学做了认真的准备,提出了一串问题。《红高粱》改编成电影是比较成功的,我也比较满意。刚才路上学校的电视台小记者也问过这样的问题,但是我想小说改编电影,确实是导演选择的一个过程。因为一部长篇小说,情节很多,人物也很多,而电影时间有限度。要在有限的时间长度里,把一部人物众多、情节繁多的小说全部东西都表现出来,那是不可能的,所以他只能选其中他认为最重要的部分。他可能会进行大规模的合并,就表现了几个人,他的情节也会选一些最重要的。《红高粱》这个小说是一个中篇,后来我又连续写了四个中篇,五个中篇合成了一部长篇,叫《红高粱家族》。这部小说时空是颠倒的,不是按照线性的时间往前发展,而是可能刚开始写了1939年,写着写着故事一下回到了一九二几年去了,写着写着一下子跳跃到了五十年代。整个时间被切割,是拼接的一个状态。电影用这样的方式去表现的话,就会显得很乱,观众可能看不明白,跳来跳去的;所以在电影里边让它按照时间线性的顺序往前发展是对的,这样也便于观众来欣赏。所以我想张艺谋导演还是很聪明的,我的小说里边他选得也比较精,因为这个小说表现的实际上就是一种个性解放的精神。在那个年代——就是在小说里

"我爷爷""我奶奶"那个时代,是一个封建的、人的自由压抑非常深重、非常恐怖的一个时代。在那个时候,像"爷爷""奶奶"他们的行为,就是离经叛道,当时的社会不能认同,是大逆不道的,甚至要被处死。这样的一种人物,我想把他写出来,实际上也是对那个年代的一种反叛。由于跟抗日战争这样一个关系到民族危亡的历史事件结合在一起,使这个故事有了更加广阔的社会意义。这个小说里的,或者说这个电影里面的人物,由于他们后来参加了抗日战斗,所以他们由过去反派的人物,土匪之类的,变成了英雄人物。这个小说或电影的贡献,就在这个地方。在二十世纪八十年代初的时候,为什么有这么大的影响?因为那个时候思想解放,因为中国的老百姓长期受到精神方面的压制,每个人感觉到自己很憋气。突然看了这么一个电影,大声地吼叫,大声地歌唱,大碗地喝酒,痛痛快快做人,大家感到很能够表达自己心里的想法,所以引起比较大的社会反响。

所以我一直讲,每一个作品都有自己的命运。如果把《红高粱》这么一个电影放到今天来放,很可能大家看了没什么感觉,但是在那个时候,就是因为符合了当时老百姓的普遍心理,因此变成了一个受欢迎的作品。

关于《贾宝玉》的舞台剧,我没有看过。电视剧倒是有好几个版本,我觉得还是第一个版本,我看的比较多也感觉比较好。《红楼梦》的戏曲、话剧很多,我想他们是在选取认为能够集中表现曹雪芹的思想的部分来表演的,但是这部分是不是曹雪芹能够认可,很难说。改编古人的作品有这个好处,你怎么改,作家都不说。你改编当代作家的作品,作家不满意,可以跳出来批评;你改编曹雪芹,曹雪芹跳不出来。所以只要大家认为好就是好。你有的时候可以进行穿越,可以颠覆。作家或者艺术家可以把自己的想法搞进去,甚至可以把里面的人物给漫画化。我看过青蛇、白蛇那种改编版,好像里边很多人都武功超群,将来也不排除出一个新的武侠版《红楼梦》,贾宝玉飞檐走壁,林黛玉身怀绝技,薛宝钗会一种绝门武功。这都是可能的,但那不是《红楼梦》,是别的梦,是白日梦。

问: "近日有作家提议,我国应该设立一个世界性的文学奖——李太白文学奖,要让它变成中国的诺贝尔文学奖,用我们的眼光和标准来评鉴世界文学,以争夺我们在世界文学界更多的话语权。我们的作品走向了世界,我们也要评点世界。这一提议引发了你怎样的思考?请你自选角度,自拟题目,写一篇不少于800字的文字,除了诗歌外,文体不限。"这个是海淀区前天"一模"的问题,想请莫言老师发表一下意见。

答: 这个问题倒是与时俱进。最近刚刚闭幕的"两会"上,有一个政协委员,上海的一个政协委员提出建议。我看网上有很多人在吐槽。这个话题怎么说?我想一个国家的文学的创作水准,一般来讲跟设立什么奖没有关系,就是瑞典有诺贝尔文学奖,也未必说瑞典的文学就是世界最高的水平。而实际上真正得过文学奖的瑞典作家并不太多。但是我想这种提法也有它的一些合理性。我们中国现在好多人把诺贝尔文学奖看得太高了,好像一得了诺贝尔文学奖就了不起,实际上根本不是那么回事。我开篇的时候也讲过,有很多作家写得比我好,他们更应得诺贝尔文学奖,但是还没有得。所以我对此一直是心怀歉疚,我觉得挺对不起那些写得比我好的作家的。

我想我们国家现在有钱了,我们富了,我们设立一个比诺贝尔文学奖奖金还高的文学奖,我们中国人来评点世界的作家,来评点世界的诗人,我们掌握主动权,也不是不可以。但是未必说有了这么一个奖,我们文学的水准就提高了。这是两码事。我相信我们很多同学,就这个问题肯定有很多精彩的见解,可惜我现在看不到。总而言之,文学创作和文学奖完全是两码事,就像王蒙先生曾经讲过的一样——文学是文学,文学奖是文学奖。那李太白文学奖设立以后,要不要设立屈原文学奖,要不要设立杜甫文学奖?当然我知道曹雪芹有些奖有了,鲁迅有一些奖也有了,茅盾文学奖也有了。所以文学奖太多也是一个麻烦,文学奖太多,就等于没有什么奖了,每个人都是获奖者。要是把这么多的文学奖整合起来,把全中国各种文学奖的奖金集中起来,设立一个文学奖,然后让一个作家得了奖以后,吃穿不愁,可盖别墅,可以买奔驰,或者说他可以把这个奖金捐献出来,建一所小学,这倒是一个很好的设想。

问:莫言老师您好,很欣赏您的写作,但是对文学界稍微有所了解的人都知道,您可能不是第一位获得诺贝尔文学奖的中国人,第一位应该是高行健。请问你怎么看待高行健?谢谢。

答:这位同学的问题还是挺敏感的。实际上在 2000 年,高行健先生获奖的时候,我们接受过类似的采访。你们到网上去看,我当时对这个问题回答了很长的一段话。首先高行健先生是用汉语写作的作家,尽管那时候他加入了法国国籍,我说他得了诺贝尔文学奖,应该是我们汉语的光荣。他在二十世纪八十年代初期的时候,在中国带来了一个新话剧的影响,或者说先锋话剧的影响。他的《车站》《绝对信号》《野人》这些话剧,在八十年代北京话剧舞台上形成了很大的影响。另外,他的短篇小说也写得很好。他有西方现代派小说的理论研究,因为他是学法语的,他写过一个小册子,《现代小说技巧初探》，也对中国年轻作家产生了积极的影响。所以我觉得他得奖是一件挺好的事情。

问：莫言老师，您的文章让我们有一种众人皆醉、唯我独醒的感觉。您怎么想到写故事的方法，让我们了解到真实的社会？寻常的生活当中，您又是怎么写一些好文章？在您的演讲中，您的母亲出现了两次，我们的理解肯定没有您理解深刻，希望您能解释一下。谢谢。

答：我刚才也反复说过，一个作家的创作，肯定是跟他个人经验，尤其跟他童年的经验密切相关。我的小说里面写了很多母亲的生活，但是有的也不完全是照搬；大部分以自己的母亲为基础，把很多母亲的经历融合到一起，塑造了一个母亲的形象。

我在瑞典的演讲《讲故事的人》里面提到的母亲，这个绝对是真实的经历。比如说我去卖白菜的经历，让我的母亲感觉受到了她一生最大的耻辱，因为她的儿子多算人家一毛钱；母亲因为饥饿去捡生产队地里的麦穗，被警卫扇一个耳光这么一段经验；也讲了我要去为我母亲报仇，而我母亲拉住了我，不让我去；也讲了在艰苦的岁月里边，一个家庭面临着许许多多似乎难以解决的难题的时候，母亲怎么样鼓舞我们，要坚定活下去，跟困难做斗争，要在最痛苦、最黑暗时看到光明，要有理想，这都是农村妇女最本能的反应。在农村不仅仅我的母亲是这样，有很多母亲都是这样。所以也有一些西方的评论家，认为我是一个女性崇拜者。我确实觉得我是一个母性崇拜者，因为我的小说写了很多女性人物，而且很多女性人物比男性坚强，这是我在生活当中的一个体会。我在日常生活当中，平常的、顺利的这种日子里面，还感觉不到。但当一个家庭遇到巨大的困难的时候，当一个社会陷入一场动乱,看不到理想、看不到希望的时候,这个时候女性表现得往往比男性更有理性、更加坚强。也正是因为有这么多伟大的母亲,有这么多坚强的女性,我们这个社会才能够发展。我记得我多年以前,读过一篇谢冰心老人的散文,就是讲她当年在云南的时候,有一天医生让她去医院,在医院看到她的丈夫在一张床上,身上蒙着白床单,满脸苍白,她的直感就是她的丈夫已经去世了,她没有哭,她也没有说什么话,她立刻回家去端起大碗,连喝了两大碗稀饭。她为什么要连喝两大碗稀饭?她就感觉到她丈夫已经死掉了,留下了好几个孩子,她的公公婆婆也还健在,这个家庭今后需要她来承担了;她要担当起家庭的重担,要养她的婆婆、公公,还要抚养孩子成人。这个时候对她来讲,身体不垮是最重要的,所以她一滴眼泪没掉,连喝了两大碗稀饭。后来人家说你丈夫醒过来了,她这个时候才放声大哭:我干吗要喝两大碗稀饭,吃一碗就行了。冰心老人的散文,让我联想到很多农村母亲的形象,我们确实应该热爱我们的母亲。因为离得比较远,刚才有一些话我也没完全听清楚,对不起。

问: 莫言老师,我这儿有一个我们同学的作文,他特别想给您看,是个短诗,待会请您留步一下。我有一个问题,这个问题有普世价值。您在诺贝尔文学奖获奖后做了一个《讲故事的人》的演讲,讲了三个故事,我们现在都在讨论第三个故事到底是什么意思,您能给一个简单的提示吗?我非常想了解。谢谢。

答: 第三个故事讲八个泥瓦匠在一个破庙里面,外面风雪交加,雷声大作,大家认为其中有个人犯了罪,就让每个人把自己的草帽一扔,说谁的草帽被风刮出去,这个人就是犯过罪,他应该出去接受天神的惩罚。结果在扔的过程中,确实有一个人草帽被刮出去了,大家认为他就是有罪,说你快出去,让雷公把你劈死。当然他不愿意出去,后来七个人把这个人抬着扔了出去。这个人一被扔出去,这个破庙就坍塌了,把七个人给压死了。

这样一个故事我看有很多的解读,我觉得每个人的解读都有他的道理。我的本意就是说,这八个人也许都没有犯罪,但是当这七个人根据一个草帽被刮出去这么一个现象,而武断地认为这个人就是罪人,而强行把这个人扔出去的时候,他们就变成了一种集体的犯罪,这是我的本意。

问:我想问一个社会性强一些的问题。您刚刚说到手抓着粮食心里才踏实,让我想到前些日子新一届政府也是推行节约、减少浪费。前些日子有一件事情,就是陈光标带了一批人,每人发了一双筷子,进餐厅去吃别人的剩饭。我想问一下您对这件事情有什么评价?谢谢。

答:我想厉行节约,是我们这些农村出身的经过艰苦岁月的人的内心深处强烈的愿望。当我们看到新一届政府,倡导节约,倡导勤俭、朴素,我确实感觉到非常高兴。但愿这能够变成一种常态,而不是一阵风就过去了。至于其他的人有一些类似这样的活动,大家吃剩饭,这个我觉得应该是一个正面的事情。尽管不排除某种表演、作秀的可能,但是我觉得这样的一种作秀,也还是正面的,不应该批评他。

主持人:为了表达对莫言老师的敬意和感谢,我讲一个微型小说,用一分钟。莫言老师,大家都知道,现在是请不到,请不动。很多朋友纳闷,问我说:你们怎么能请到莫言老师?其实很简单,就是源于郭涵校长跟莫言老师一段对话。郭校长有一次很认真、很严肃地给莫言老师讲：莫言先生，如果你不来我们101，我就要带着我们101中全体学生，包括学生电视台、学生广播站、学生社会文艺部到你老家去。莫言老师大惊失色，然后义正词严、斩钉截铁地用山东话说：校长同志，俺宁可到101来101次、202次，俺也不让你到俺老家去！

谢谢莫言老师。

文学创作漫谈

——在中央国家机关"强素质作表率"读书活动主题讲坛上的演讲

时间：2013 年 4 月 21 日
地点：北京国家图书馆

各位领导，各位朋友，非常高兴能够参加我们这个讲坛。我们大家现在非常关心昨天发生在四川的强烈地震。我想大家都对那么多的死亡、受伤的老百姓，感到沉痛，对奔赴灾区发生事故遇难的解放军指战员感到崇敬和惋惜。在今天这个讲座之前，我们心里面都在想这件事，让我们共同来为他们祈福。

今天我主要谈谈我对文学的看法。文学和政治看起来确实有扯不清的关系，没有一个文学家愿意标榜自己是政治家。文学确实离不开政治，但是我想文学一定是高于政治的。作家有国籍，但真正的文学肯定是没有国籍的，艺术也是如此。作家在社会生活中不碰触政治，政治也会与作家有关联，所以说让作家完全脱离政治，也并不现实。作家描写社会生活当中的人物，作品不可能没有政治的色彩。

我的观点是作家应该有这样一种信念，就是站在人的立场上为全人类写作。这样写出的作品，应该是含义比较丰富的。因为它超越了人的狭隘的社会属性，它即便描述了一个社会当中的尖锐的政治问题，但由于它是时刻盯着人在描写，所以绝不仅仅局限于政治的视野，而政治又涵盖在其中。

自从我得了诺奖以后，更深刻地感觉到一个人要摆脱掉政治有多难。本来我得的是诺贝尔文学奖，但似乎所有的政治问题都要我来解答，我的所有的行为都被政治化了，这真是太可怕了。

但是我想尘埃总要落定，尘埃落定之后，政治的归政治，文学的归文学。一个作家要获得读者的认可，是要靠作品，不是靠头衔，也不是靠奖项。诺贝尔奖影响再大，如果我写的作品是一团垃圾，读者买了这本书回家看后也会扔掉，更不要说再过去三十年、五十年、一百年、两百年。在历史的长河里面，作家的名声要继续保持，作品要能够传承下去，那么就是要靠作品内在的力量，就要靠作品的包容性和丰富性，就要超越当时的社会现实。只有作品写出了人的本质，才会让一代一代的读者在不同时期、不同的社会环境下，对这个作品有自己的一些新的认识和解读。《红楼梦》之所以能够不断地流传，就在于它里面没有那么多的政治观念，它是在写人；它没有批判封建阶级，它也没有骂皇上，它就是写了一群小儿小女，和几个大家族。但这里面什么都有了，历史在里面，宗教在里面，政治也在里面，爱情当然更在里面。它写出了人的丰富性，写出了人的复杂性。我觉得我们每一个作家、每一个艺术工作者，都应该把这个作为最高的追求目标。

作家生活在政治之中，固然离不开政治，但是作家写的时候还要尽量淡化政治意识。即便写一个非常复杂尖锐的政治,也应该淡化这种背景,还是要写事件过程当中的人。写战斗文学也是如此,如果一个作家不厌其烦地描写整个战斗的过程,那我想,他顶多写的是一个战斗的记录。真正要写军事文学,还是要写在战争过程当中的人,而且是人在战争的特殊的环境下的一些灵魂深处的变化。只有这样才能够深刻。因为他写了人的一种精神状态,这样才能够让读者从中得到精神的提升和洗礼。

所以我想好的读者实际上是能够把书当成自己的个人经历来读的,好的书也应该能够让读者从中发现自己。这都是一些很高的追求目标,我确实也远远没有做到,但是我会努力向这方面来发展。

上一次我在国图的讲座中讲到了对当下创作的一些考虑。现在看起来我要坐回书桌前确实很难,因为有一些非常重要的活动确实也应该参加。问题是一个诺贝尔文学奖的获得者到底该不该承担更多的社会责任?在前不久的一次论坛上我也发表了自己的看法,我觉得从法理上来讲,没有什么更多的责任。我得了诺贝尔文学奖,但我依然只是一个作家,这个奖并没有改变我的身份,无非就是一个奖而已。但是我作为一个作家,作为一个人,我觉得还是有很多的事情需要我做,比如说全民阅读这样的好事,我当然要站出来鼓掌加油,因为读书总归是一件好事。所以我想对这样一些事情,我非常愿意积极地配合,尽我自己的一点努力。

接下来的写作,我之所以有一些顾虑,是因为很多读者对我期待太高,也有一些人呼唤我赶快回归写作,希望我能够写出超过以前作品水平的作品。诺贝尔文学奖似乎是一个魔咒,很多作家得了奖之后往往创作就开始走下坡路。得了奖之后他会面对很多严峻的考验,这个考验有的来自外界——事务太多——但关键的还是他内心深处的变化。一个变化就是要有上乘的表现,下一部作品一定要写好,一定要比过去的作品更好。给自己设立了这么一个标杆,便会有心理障碍。后来我认真地思考了一下,还是要放松心态,写的时候要忘掉什么诺贝尔奖,甚至要忘掉读者,忘掉读者对我的期望。过去怎么写,下一部作品就应该怎么写。我在写作的过程中也是这样,我就是一个普通的作家。

我们去岳阳楼参观时候,看到岳阳楼的大匾上面写着三个大字,是郭沫若题的,后来当地的部长就围绕这个匾讲到发生的一些故事。在解放初,岳阳楼的匾额是湖南省原国民党政府主席何键题的。当地的政府认为,解放了,著名的名胜古迹上用军阀的题词,不太合适,后来就找到了陈赓大将,托他请毛主席重新给岳阳楼题写一个匾额。毛主席一想,这个岳阳楼是历史文化古迹,我的身份不合适,就亲点郭沫若同志来题。后来郭沫若写了很多张,从中选择出三张比较满意的,信封写上"寄往岳阳楼管理处",让毛主席从中选一张他认为好的。毛主席看了一遍,觉得都不算好,后来一看信封上写的"寄往岳阳楼管理处"中"岳阳楼"这三个字写得非常好,就用了信封上的这三个字。因为写这三个字的时候郭沫若完全放松了。他没有想到这三个字要做成匾,挂到岳阳楼上去,前面那些写得都太过认真,带着很大的压力,越想写好反而越写不好。最后忘了这码事了,随手写的,水平便出来了。写作的时候也会有这样的状况,越想写出水平,铆足了劲写经典、写传世之作,往往容易太做作,太用劲,结果反而不好,作家自身的水平也显不出来。还有种情况,写长篇的时候突然有一个小灵感,随手写了一个小短篇,结果长篇没写好,短篇反而成为了精品。这种情况在我个人的创作当中有好几次,铆着劲写一个长篇,结果大家都认为不是特别好;但在这个过程当中,用那么三两个小时写的小短篇反倒受到了很多好评。所以我想我今后能否写出好的作品来，关键还是内心深处能否放松。要忘掉外界的干扰和评价，像过去一样创作。自己认为怎么样写好，就怎么样写，哪怕写出来大家不接受，也没有关系，再继续写一篇。要从关于郭沫若题写"岳阳楼"这个小故事里面得到一点经验和教训。

我已经讲了一个小时，剩下的时间希望跟大家交流。

现场互动：

问：尊敬的莫言老乡，现在天南海北的山东人都在为您自豪，我也跟您套个近乎。我的老家是山东临朐，现在在国家粮食局工作。我想提一个与粮食有关的问题。我听说您小时候之所以走上文学创作的道路是因为饥饿，创作的动力和源泉也是饥饿。现在我们中国人挨饿的已经很少了，去年我们国家的粮食实现了九连增，但是现在保持粮食持续增产、保障国家粮食安全的压力很大，同时我们的粮食产后损失、餐桌的浪费也是巨大的。我觉得用文学艺术的形式来唤醒我们民族关于饥饿的记忆，自觉地节粮、爱粮，责任是巨大的。您以前创作了很多与粮食有关的文学作品，请问您以后还能不能继续创作一些与粮食饥饿有关的文学作品，特别是创作一些能够进课本、进课堂、进头脑，适合于中小学生阅读的一些短篇作品？因为爱粮、节粮要从娃娃抓起。

答：粮食确实是个大问题，像我这个年纪的人，尤其知道粮食是多么的珍贵。昨天我在飞机上看了一个刊物，上面说我们现在每年进口粮食是一千万公斤，我们每年在餐桌上浪费的粮食是七百万公斤，也就是说如果我们能够杜绝粮食浪费的现象，实际上只进口三百万公斤粮食就可以了。我从来都不浪费粮食,我之所以这么胖就是因为有这个粮食情结,每次出去赴宴,菜可以不吃,粮食就想多吃一点,尽量减少浪费。

我在去湖南之前读了政协文史资料的一篇文章,作者是粮食部的一个姓赵的老干部,他从解放初期就一直做粮食工作,后来做到了粮食部的副部长,一直在周总理和李先念的直接领导下工作。我看了他的回忆文章,真是产生了很大的创作热情,感觉到这是一个很大的题材。围绕着 1949 年之后中国的粮食问题,可以拍成一部巨片。其中有两件事情让我印象特别深。一件是 1960 年的时候,当时王任重是湖北省委书记,湖北省全省的存粮只够一天吃了,几百万市民和多少万的产业工人马上就要没米下锅了。这个时候长江里正好有一艘运粮船,运粮船是从重庆运往上海的,是给上海市民送粮食的,王任重带着人把这个船给劫了,一个省委书记竟然在长江里当了水贼。这个事后来报到周恩来那去,周总理是拍案而起,勃然大怒,说要立刻撤他的职。然后就派我们杨副部长立刻去处理湖北的粮食问题。那时王任重是中南局的书记,对粮食部一个位置不高的官员毕恭毕敬,央求他出主意。王任重说不劫这个粮的话,武汉就反了。我们知道劫粮确实是一种严重的犯罪行为,后来副部长就给他想办法,帮他们去江西借粮,解了他们的燃眉之急。所以我想如果拍成电影,一个省委书记带了一帮人劫了运粮船,惊动了中央,真是一个让人感觉到宏大的历史细节。也确实反映了 1960 年代初期的中国社会多么复杂,中华民族面临着多么艰难的考验。

这个人的回忆录里还提到了,在困难时期对中国的粮食贡献最大的是江西省,江西省每年都为国家多献出几亿斤粮。据说有一次江西省委书记给周恩来敬酒,周恩来说我可以喝,但是我喝一杯你要多拿一亿斤粮食。周恩来就连续干了三杯，江西省委书记是汗流浃背，说总理你千万别再喝了，再喝我们就活不下去了，我们的老百姓也没有粮食吃了。所以那个时候也看出来中国的国情：第一，我们确实是面临着空前的困难和考验；第二也看到了中国社会主义体制的优越性，明明自家也就是顶多吃三天的粮食，也要拿出一天的粮食来让给更困难的兄弟省份。

在"文革"期间、在抗美援朝期间，围绕着粮食确实发生了很多事情。粮食部的这位老领导，在1960年代初的时候突然发现，如果出口一吨大米可以大致换回两吨玉米的买卖，就向周总理建议出口大米换粗粮。周恩来非常赞赏这个观点，就出口了三百万吨大米，换回了六百万吨玉米，这也解决了一些问题。

到了1980年代的时候，粮食部门全面亏损，很多粮库里存放的粮食一捏都能捏出水来。当时的国家领导人就跟粮食部的领导说：你们如果三年之内能够扭亏为赢，我要奖励你们两千万元人民币，给你们放鞭炮。结果老领导就带队下去，先到黑龙江，很快就抓住了问题的根本，然后在一年之内全国粮食部门扭亏为赢。

所以我对粮食的话题非常感兴趣，因为我当过农民，知道什么叫"汗滴禾下土"，也知道农民为什么那么爱惜粮食，因为每一粒粮食都来之不易。而且我觉得粮食有一种很神奇的特性，它要没有的时候会突然都没有了，它要多起来的时候，很简单。

今天我们确实感觉到粮食不是问题，但这个时候我觉得还是存在着巨大隐患。别看大家现在都追求高消费，追求香车宝马、豪华住房、时髦服装，当三天不吃饭的时候，就会感觉到这些东西都没有什么用处；当五天不吃饭的时候，就感到什么样的东西都没有用处，只有粮食最珍贵。我们小时候就知道一个故事：洪水来了，一个地主跟一个长工躲到了两棵树上,长工背着一口袋玉米面窝窝头,地主背着一口袋金元宝。三天以后,地主握着金元宝说,我给你一个元宝,你给我一个窝窝头。这个老长工说可以,这是个好买卖。后来一想:不给你,我干吗要给你啊,你饿死以后元宝也是我的了。

我觉得这个故事还没有完,这个故事告诉我们在某种情况下粮食比金元宝还要重要。后来我就想,这个老长工等到洪水消退,背着老地主扔下的一袋金元宝回去以后,他不又变成了一个老地主吗?他在逃难的时候,会不会背着窝窝头,扔下金元宝呢?他很可能也背着金元宝走了,结果自己饿死,又被另外一个背着窝窝头的人把金元宝拿去了。

总之,围绕粮食问题真是可以有很多的思维,可以写出很多作品。我来到北京以后,每次逛超市,到了粮食市场我就不愿意走,什么绿豆、豇豆、黄豆、大米、小米、荞麦,各种各样的粮食,你用手抓着满满一把粮食用力,粮食颗粒从手里面流出来,那种满足感让人心里面非常幸福。所以我经常想,过两年我要回我们的老家建一个粮食仓库,当别人买黄金的时候,我就去存粮食。

问:我是来自证券市场的文学爱好者,我今天想问一个问题,就是我们的当代作家,特别是莫言老师这样的作家,怎么样看待作家的时代精神、忧患意识,或者说作家的侠义观。因为我感到很困惑的是,古往今来历史上有很多伟大的作家,都通过他的文字反映历史的精神、人性的价值,读这种文学作品实际上读的是对中国历史的反映。进入二十一世纪之后,中国社会在政治、经济、文化各方面都有很大的变革,可以说有很多伟大的时代精神,也存在一些社会矛盾。那么我们怎么才能读到一些比较有前瞻性、有侠义的引领性的伟大作品？

答：你讲到作家的侠义之心、作家的社会责任感、作家的忧患意识,我觉得中国作家这些东西是具备的。我想侠义之心这个概念本身就值得探讨,侠义之心和法制社会实际上是有矛盾冲突的。我们看过古代的武侠小说,也看过金庸的武侠小说,里边有很多的大侠,在封建社会人治代替法治的时候,大侠的出现可以给当地民间主持公道。但侠的精神本身也带着一些负面的、落后的东西,比如说结帮拉伙、江湖义气,这实际上也很可怕。

另外我想关于作家的忧患意识,刚才粮食部的我这位老乡就非常有忧患意识。忧患意识就是在大家兴高采烈的时候,他在一边忧心忡忡。现在我们到处都是粮食,粮食多得吃不完的时候,他开始考虑几年之后也许会出现新的粮荒,所以我们要提倡节约。我想作家也好,行政领导也好,普通百姓也好,都应该在顺境的时候考虑到逆境,在富贵的时候考虑到贫困。过日子的时候,第一不要忘记曾经过过的穷日子,第二我们要准备怎样应对穷日子的到来。

问：我是来自中国新闻出版传媒集团的听众,家乡离莫言老师恐怕更近一些,我是潍坊人。我就提一个问题,很简单,就是您的作品获得诺贝尔文学奖之后,您感觉到对中外的文化交流能起到什么样的更积极的作用？

答：必须承认我获诺奖这件事在短时间内吸引了国内外很多媒体的注意,也吸引了很多普通读者的目光。我想这不仅仅是对我个人的关注,实际上后来也扩大为对中国当代文学的关注,扩大为对中国很多当代作家作品的关注。我想接下来肯定会有更多的外国的出版社来出版中国的当代文学作品,文学的对外翻译也是我们对外文化交流很重要的构成部分。想要让国外的人更深入地了解中国，就得让我们的作品走出去，这是一个很重要的途径。不过我们的文学作品被翻译出去，在国外出版，这实际上仅仅是走了第一步，更重要的是我们的作品能让外国读者去读，而且能让人家读进去。如果我们仅仅是把书推出去了，但是没有人买，或者是看了以后根本产生不了共鸣，这样的对外推荐根本没有效果。这实际上就变成了对作家自身的激励。我们怎么样能够让自己的作品不仅仅感动中国的读者，而且能够打动国外的读者？就是需要这个作品具有普遍意义。第一我们要保留中国文学的特点，要从我们的民族文化中、社会生活中寻找灵感，寻找中国的特征和故事的素材；然后又要表现出文学所共有的普遍意义，要能够写人类都能够理解的共通的情感，这是对外翻译作品的核心。如果文学产生不了共鸣，也就没有意义，所以我想作家的创作必须坚持普遍与特殊性的统一，坚持"普世价值"与中华民族文化传统的统一，这样才能够被翻译出去，被阅读，才会真正产生交流的效果。

问：莫言老师您好，我来自最高人民检察院。我知道您在 1997 年到 2007 年曾经在《检察日报》社工作过，这十年也是您作品比较高产的时期。我想问一下，这十年的经历对您的文学创作有什么影响？这十年的作品跟您之前、之后的作品相比有什么特点？另外您刚才讲获得诺奖之后压力比较大，甚至引起一些争议，我想问下一步您有没有针对现实有争议的问题进行文学创作的打算？谢谢。

答：我在检察院工作这十年，确实是我人生当中的一个重要阶段，1997 年到 2007 年正好十年。这一段生活对我来讲就是让我了解了更广阔的社会生活。过去在部队里二十多年，因为军队是相对独立的一个集体,作为一名军人跟老百姓接触还是有一些很不方便的地方,而且军队本身有严格的纪律,不方便深入到社会生活的各个方面去。但是到了高检这个系统以后,我就发现,这里确实是一个适合作家生存的地方。我在高检的《检察日报》社获得了记者的身份,我深入到下面的检察院里去,深入到村庄、工厂里去,甚至去具体地了解一个案件的法律诉讼程序,这使我对社会生活的各个方面有了更深刻的理解。这样一种思想方面、眼界方面的开阔和准备,对创作肯定会产生积极的影响。

我到了检察院之后写过一部电视连续剧,叫《红树林》,后来把它改成了一部书,也叫《红树林》,写的是检察院生活,但实际上写的是更广阔的社会生活,写检察官在社会当中的一些普遍联系。我觉得这个小说确实跟我以前的小说不一样,因为检察系统是我比较陌生的一个系统,所以我是一边学习、一边创作。但是好在我觉得还是要塑造人物,希望写出一个很有个性的检察官形象,所以这个作品基本上还是及格的。接下来我的《檀香刑》《生死疲劳》《四十一炮》都是在这十年中完成的。我想《檀香刑》这样追求民族风格、力避西方文学影响的作品是我到了地方以后,眼界开阔了以后的产物。如果我那时候还在部队工作的话,可能这些作品是写不出来的。我想更重要的是在今后的创作中,《检察日报》社这十年的生活依然会发生作用。

你刚才讲所谓敏感的社会问题的题材、有争议的题材,我肯定还会写,而且会毫不犹豫地、毫无顾忌地去写。我讲过我要写一部描写贪官的话剧,我要写一个在过去的反腐败小说里面没有出现的贪官形象,这个贪官让大家看了以后会觉得跟每个人的自我都很接近,会让一些人想到如果我处在他那个环境里面,这个贪官可能就是我。

现在来说反腐败肯定最敏感,这个我在话剧里面肯定要有一个表现,在中国的话剧舞台上还从未出现过贪官形象,起码应该没有一个像我这样构思的贪官。他是个典型人物,非常丰富。他跟我们有很多地方相似,但在某一个地方他没有守住底线,他后来宁愿拿出所有的东西来换回当初的清贫,但是已经换不回来了。

问:莫言老师您好!我来自山西平顺县,平顺县是国家特困县,我们受新闻出版广电总局的资助来到了北京。对于我的学生来说,北京是我们的一个梦,莫言老师您也是我们的一个梦想。今天真的感到很荣幸,心里也非常激动,希望和您交流一下。听说莫言老师也是来自山区的,所以能不能给山区这些有文学梦的孩子提一些好的建议?同时也真诚地希望莫言老师有一天能来到平顺,我们会捧着一颗真诚的心欢迎您的到来,谢谢。

答:谢谢这位老师。刚才我跟总署派到你们那边去挂职的一位同志聊过,他在那边挂职副县长。平顺是中国最美丽的乡村,尽管经济相对落后,但是自然风光绮丽,老百姓纯朴善良,所以我现在担心将来一旦这个地方商业化,变成著名的旅游景点以后,会不会让商业的东西、金钱的东西把我们老百姓秉持的纯朴、善良的天性改变。这也是开发与继承的矛盾。

刚才你说很多孩子有文学梦,这与我们小时候一样。我觉得每一个人在少年时代都曾有过文学梦,文学确实让很多人都很向往,基本上每个人都是读者,但并不是每个读者都可以变成作者。文学创作没有什么神秘的地方,但它确实也需要一些禀赋。每个人都可以做文学梦,但不一定非要成为一个作家、成为一个诗人。再一个我想说我们家乡不是山区,而是平原,而平顺县有太行山,肯定是崇山峻岭。山区能够让人产生更多的文学想象,因为山区有茂林秀竹,有潺潺的清流,自然环境非常美。而平原一览无余,眼界之内别无长物。人在一个有层次、有遮挡的地方容易产生梦想,所以我希望我们山区的孩子们确实应该立足于山区、写自己的山区、热爱自己的山区,最后超越自己的山区。非常感谢你们跑这么远来听讲座。

问:大家好,我是来自工商银行总行的一个普通员工,平日喜爱写作,我想向莫言老师请教一个技术性的问题。就是您的很多作品非常写实,像《红高粱》《生死疲劳》《白狗秋千架》,这些作品中很多都涉及了您的家人,可能还有您的老乡、同事、朋友。我自己有时候也在构思一些小说之类的东西,会写到身边的同学、同事,在涉及他们身上一些不太美好的东西时,感到很难处理。所以我想问问,您在创作的时候,遇到这些情况有没有感到为难,怎样处理这些问题?

答:生活中的人物跟文学作品里的人物的关系实际上一直很复杂,一下子也说不清楚。任何一个作家在塑造一个人物的时候,必须从自己所熟悉的人物身上来寻找一些特征,就像鲁迅讲的一样,他刻画的一个人物可能有二十多个人的特征,这样的话就不太容易对号入座。当然有作家喜欢在一个真实人物的基础上展开他的文学塑造,这样就会更多地保留原始模特的特征,比较容易让人对号入座。其实这里是应该做一些技术处理的。

我在创作之初确实也犯过一些这样的错误。比如说我在《红高粱》里就写到一个人物,用的是这个人物的原名。在小说的阶段人家也没有注意到,后来拍成了电影,看了电影以后人家就不高兴了,确实也找过我父亲,说:咱两家一直关系不是挺好的吗,莫言怎么能把我写成那个样子呢?我活得好好的,但是在电影里我牺牲了。我父亲就说：莫言写的是小说，你不要相信，他的小说只是一个文学作品。他说：那也别用我的真名啊。后来我跟我父亲说：给他送瓶酒去表示歉意。我当时为什么要用真名呢？刚开始写的时候想姑且先用真名，写完了以后再来换一个名字。但小说写完以后，换成什么名字都不合适，就感觉这个人物跟这个名字必须联系到一起，本来叫王三，你非要换成张四，这个就不对了，这也是创作中很奇特的一个现象。

后来我写作的时候就不再犯这样的错误了，一开始我就不用真名，免得将来换不掉。再一个就是像小说里的人物，确实跟自己家里的人物最容易产生联系，就像作品里的主人公经常会跟作家自身产生联系一样。我的小说《蛙》里的那个"姑姑"，我一直在强调她是根据我的一个姑姑构思的，以她的经历、她的职业，包括她的性格的某些方面为基础。真实的姑姑跟小说里的"姑姑"有很多相似之处，她也是当了几十年的妇科医生，也是像小说里所描写的那样身材高大，性格也很爽朗，做事也是雷厉风行。当时这个小说写出来以后，我的姑姑还是很开通的。她认为小说是小说，人是人，也没有非要对号入座，说为什么要把我写成这样。我也跟我表弟说，这个小说千万别给我姑姑看，我姑姑也知道看了以后肯定会不愉快，所以她也没看。

后来我得奖以后，有很多人就问她，也问到了刚才你问的这样类似的问题。我姑姑很智慧，她说：那个小说里的人物跟我没有关系，小说里的人是八路军医院院长的女儿，我爹是地主，完全是两码事。我们在写作的时候确实刚开始还是要从写自己身边熟悉的人物开始。我想你了解得最准确、最深刻的还是自己身边的亲人，把他们写到小说里去，是每个作家都经历过的事实。像鲁迅、茅盾、巴金这些著名的作家,他们的作品里都有自己亲人的影子。这要认真分析起来还真是一个值得研究的课题,可以作为一个研究生的论文题目来深入研究。所以我的建议是:如果你写作写到认识的人的时候,第一要在名字上做处理,别使他们产生联想;第二要在人物的外貌上做处理,他们也就觉得无关紧要了。

主持人: 现在我手里还有几个意见条我念一下。

这是一位张女士的提问:莫言老师,我是位高校老师,请问您是否有打算写一些反映高校生活的小说。我不是作家,但是却有这个愿望看到这类作品,我愿意提供素材。有位叫张宁的听众问:我是一名即将毕业的中文专业大学生,曾经在电视节目中听到您讲"文学就像头发,没有一天离开过我"。对于热爱文学和文学创作的我来理解,文学创作的养分也像头发一样,来自于人的大脑。今天想借此机会请教莫言老师,如何保养文学的头发。

答: 高校题材确实有很多作家写过,但我不敢写,因为我对高校并不了解。尽管我也在解放军艺术学院和北京师范大学研究生班待过几年,但是我觉得这种半路出家,三十多岁后再迈入大学校门,跟一直在校园生活的学生不一样,对大学生活根本不了解,是无法写好的。我知道大学生活非常丰富,也知道大学并非世外桃源。社会上存在的很多现象,大学里都存在;大学里存在的很多现象,社会上都未必存在。大学确实值得写。作为一个农村少年,大学生活曾经也令我无比向往,但可惜此生无缘了,现在只能通过阅读别人的文字,来满足自己当年的这个愿望。所以希望你能自己写,把它写好。

关于头发和文学的关系,我也说过文学跟社会,就跟头发和人的关系一样。没有头发,人也可以活得活蹦乱跳;没有文学,社会照样可以运转。但是有了头发,自然是又健康又美丽。没有头发会影响美观,而且万一掉下一块砖头来,有头发可能伤口是一厘米,没有头发变成两厘米,它是有一个保护作用的。但是任何比喻都是相对的,所以脱离了特定的语境,把文学和社会的关系比作人和头发的关系也未必得当。现在的大学生,考大学之前很发愁,考上大学以后可能能够放松两年,到了第三年又开始发愁了,找一个理想的工作不容易,找一个又理想、赚钱又多的工作则更困难。所以这个东西要实事求是,不要好高骛远,慢慢在工作中谋求新发展。

问: 尊敬的莫言老师,首先感谢您今天的精彩演讲。我是首师大文学院的一名研究生,我想就文学问您一个问题。您在诺贝尔奖颁奖典礼的演讲中也说了,美国的意识流作家福克纳和拉美魔幻现实主义作家加西亚·马尔克斯是两座灼热的火炉,而我们是冰块,如果离他们太近,会被他们蒸发掉。通过阅读您的作品,我也知道您吸收了很多这两位作家的手法,我想问您一下:这两位外国作家使您获得的最大启发是什么?谢谢您。

答: 在二十世纪八十年代中期,马尔克斯和福克纳确实在中国有很多的读者,他们的作品和艺术风格对我们这个年龄的作家都产生了很深的影响。但是要特别警惕这些影响,要从那种简单的模仿中解脱出来,争取写出有自己个性、有中国特色的小说来。这就需要向我们的民间文学学习,向我们的传统文学学习,重要的是向老百姓的口头文学学习,然后从我们自己熟悉的生活当中寻找素材、寻找资源,最后形成中国文学的特色。这是我当时的一种考虑。毫无疑问学习和借鉴也起了积极的作用,最大的作用就是解放了我们的思想。

像马尔克斯的《百年孤独》、福克纳的《喧哗与骚动》这样的小说,这种超越了现实、打破了时间顺序的写法,这样一种意识的流动,实际上在过去的文学作品中,尤其是在中国现代文学作品里是比较少见的。所以我觉得最大的收获是看了以后感到思路开阔了,然后会别开生面,让我们开拓出一片自己的文学天地来。

阅 读 与 行 走

——在北京出版集团第九届读书日论坛上的演讲

时间：2011 年 4 月 23 日
地点：北京

各位朋友好：

最后一个演讲有利有弊。利就在于时间很少了，我可以少说两句，弊就在于该说的话都被前面的人说完了，但还要没话找话。

今天早上，翻了一下《北京青年报》，有整整一版关于阅读的照片，其中有一个云南某地少数民族的老太太在她的庭院里阅读；老太太坐在矮凳上，旁边有两只鸡在啄食。还有一群戴红领巾的孩子在台阶上阅读，很像是三联书店里的情景；还有一个年轻人躺在路边的长椅上阅读；还有一个人坐在沙发上阅读。这仅仅是日常阅读生活中的几个场景，在我们的生活中实际上存在着各种各样的阅读方式。

我印象很深的是，当年我们要学习的榜样雷锋同志晚上在被窝里蒙着头打着手电筒阅读毛主席的选集。旧时代的启蒙教材《三字经》也曾经给我们列举了很多古人阅读的榜样：有的人把邻居家的墙壁凿一个洞,偷光阅读;有的人趴在雪地上借着雪的光阅读;有的人骑在牛背上,把书挂在牛角上阅读;有的人捉了很多萤火虫用布包起来,借萤火虫的光阅读。但后来证明很多方式都是不可行的,有好事者捉了数百个萤火虫包起来,发现这集中起来的光不足以照亮书上的字。我亲自趴在雪上看过书,书上一片模糊。而把书挂在牛角上阅读更是不可行,那还不如骑在牛背上捧着书阅读。只有把邻居的墙壁凿开一个洞借光阅读比较可行。《三字经》上这样说,也无非是告诉我们不要怕贫困,不要怕艰难,只要有可能就要尽量读书,然后通过读书改变命运。

今年我们的读书日的主题是"阅读与行走",但我刚才列举的例子都跟行走无关。我看过一则逸闻:在塞万提斯的时代,西班牙国王在城楼上和他的大臣聊天,看到远方来了一个人手里捧着一本书,一边读一边哈哈大笑,国王和大臣两人打赌说看的什么书,大臣说一定是塞万提斯的《堂吉诃德》,国王不信,把这人抓上来一看果然是《堂吉诃德》。这才是一个真正的行走中阅读的故事。

在当今时代,行走和阅读的含义大大扩展。不仅仅用两脚丈量大地才叫行走,坐在飞机上也叫行走,坐在火车上、轮船上也叫行走。在这样的行走中的阅读很普遍,在飞机上读,在火车上读,在轮船上读。当今的阅读其实也不仅仅是指捧着一本书读。我们上网浏览是阅读,去观察社会、欣赏自然风光也是一种阅读。而读一本社会生活的大书,对于一个写作者,这样的阅读也许更为重要。

阅读跟我们人类的生活息息相关,写作的人更离不开阅读。上星期中央电视台和新闻出版总署共同主办的一个节目叫"书香中国",我与麦家、迟子建被邀请参加了这个节目。主持人在向观众介绍我们的时候说"请三位读者上场"。我被人家称为作者称习惯了,一时还反应不过来。上去之后我才意识到说我们是读者很准确,因为我们的写作是从阅读开始的。我们在阅读别人的书籍的过程中萌发了写作的兴趣,然后才开始了写作;我们在阅读别人的书籍的过程中得到了知识,提高了写作技巧。节目要求我们每个人举出一段自己印象最深刻的文字,然后当众阅读,而且让我们每人再选出一个最喜欢的汉字。我选的是《儒林外史》第一章里描写画家王冕给人家放牛学画画的一段文字,一场暴雨过后池塘里的荷花和天上的云霞的描写。我为什么选这一段呢?因为这段对大自然的描写,有非常强烈的画面感,给我留下了很深的印象,而且和童年阅读有关。骑在牛背上阅读确实是很美的回忆,我们这种农村出生的孩子大多都有这种体验。迟子建选择的是她的故乡的一个女作家——萧红的《呼兰河传》里面一段关于天上的云彩描写,这在过去的小学课本里叫《火烧云》。麦家选的是美国作家海明威的中篇小说《乞力马扎罗的雪》里面的一段,在海拔数千米的雪山之巅上有一只冻僵了的豹子的尸体。这肯定是一个象征。豹子为什么要爬到这么高的雪山上去,它去上面找什么?那上面并没有食物。所以我想那豹子实际上是在行走,豹子实际上是要到一个高的精神境界寻找一种精神追求,结果活活冻死了。这乞力马扎罗山上被冻死的豹子也是我们人类追求更高境界的一个象征。我选了一个"荷"字,"荷花"的"荷",有草字头,下面一个"人"一个"可",而且谐音是和平、和谐、和美。麦家选了一个"家",迟子建选了一个"福",合起来是"荷(合)家福"。我们各自选的一段话很有意思,我选的是古典文学,迟子建选的是现代文学,麦家选的是外国文学。这也恰好和我们三个人的创作比较合拍。这是事先没有商量的,是巧合,也是必然。

总之,关于阅读的话题是说不尽的,关于行走的话题也是说不尽的。"读万卷书,行万里路"是一句老话儿。用现代化的方式行走,十万里都不算困难,去一趟南极就是几万里,但是读一万卷书确实是非常不容易。就算一天读一本书,一年读三百六十五本,读一万卷书差不多要三十年,而我们从有阅读能力到失去阅读能力的时间也就五十年左右。而且谁能一天读一本书呢?谁能每天都读书呢?农民要种地,工人要做工,学生要上课。止庵先生有可能,因为他的职业就是读书。所以在座能读一万卷书的除了孙小宁和止庵,没别人了,我估计。而能用双脚丈量一万里土地的人确实也不太多。总之,我想行走不一定和阅读有关系,如果把阅读和写作、行走联系起来那是一种很贵族、很白领的行为。你跟农民说这个话题,他要用脚踹你了;跟工人说这个话题,他要骂你了;你跟房地产商说这个话题,他要跳楼了——人都行走露宿,不回来了,房价就落下来了。但是阅读和行走确实是我们人类两项最重要的活动。我们的社会能够进步,人类能够发展,我们的生活能更美好,离开了这两项行为是不可能的。所以我觉得这个话题是非常好的。在我们的财力、物力和时间允许的前提下,迈开我们的双腿多走一点,睁开我们的双眼多看一点,等将来我们走不动了也看不动了的时候,躺在床上回忆我们看过的书,回忆我们走过的路,也是一种幸福。

第三辑

佛 光 普 照
——在"二十一世纪亚洲文化发展展望"论坛上的演讲

时间：2008年4月

"二十一世纪将是亚洲崛起的世纪"的说法已经流传数十年了，现在，我们已经在二十一世纪里行进了八年，这说法还在盛行着。亚洲正在崛起，还是已经崛起了呢？就我们目前所看到的，说亚洲已经崛起，显然还是夸张之辞；但说亚洲正在崛起，则是不争的事实。

最近几十年来，中国、印度、越南、马来西亚，这些人口众多、经济落后的亚洲国家，先后进行了多方面的改革，呈现出巨大的活力，创造了令人惊讶的发展速度，引起世界瞩目。处处都在建设，商品堆积成山，市场潜力无穷，过去一直不把这些国家放在眼里的西方强国，不得不放下他们端了几百年的架子，来这里投资，来这里合作，来这里为自家的商品找销路，来这里往自家腰包里装钱。相对于中国、印度等发展滞后的国家，像日本、韩国等几十年前就富了起来的国家，经历了诸如金融危机的考验后，又重新振作起来，焕发出蓬勃的生机。总而言之，以我这个普通民众的眼光，也可以看出，在经济上、政治上,亚洲,尤其是东亚地区,确实已经成为决定世界天平沉浮的重要砝码;由西方强国决定世界命运的时代,一去不复返了。

但是,亚洲的真正崛起,不应该仅仅表现在经济的发展速度上,而是应该表现在亚洲文化的再度辉煌,并对世界文明施加越来越大的影响。近代以来,亚洲地区尤其是东亚地区各国,都接受了来自西方文化的巨大影响。西方的民主思想、科学精神、求实态度,都在东亚各国的维新和变革中产生过巨大的推动作用。但西方强势文化全面侵入后,东方文明的凋零和没落,也一直是东方各国知识分子和仁人志士为主忧虑重重的问题。因此,所谓的亚洲的崛起,应该是在经济振兴先导下,随之出现的东方文化的复兴。

我想,所谓的文化复兴,当然包含着恢复传统、继承传统的意义。老祖宗创造了那么多辉煌的东西,如果失传断代,那将是我们对后代的犯罪;但如果仅仅是复古,仅仅是保存古人创造的东西,那我们勉强可以说是无愧于先人,但我们则会有愧于后世。我想,亚洲文化的崛起,一个国家、一个民族的文化的复兴,除了保存、继承之外,更重要的是创新。或者说,恢复传统的本意是为创新做准备,继承传统的最好的方式,是在传统的基础上,加上我们自己的发明创造。

去年9月,我随中国作家代表团访问韩国首尔坡州,参观了在韩国文化界享有盛名的"创作与批评"出版社。该社的办公室醒目位置上放置着一个很大的磁盘,磁盘上铭刻着"法古创新"四个大字。"创"字用的是古体,左"井"右"刃";起初我还认为此系异体,回来后翻阅辞书,方知此才是创字的真体。法古并不是泥古不化,法古更不是照样克隆,而应该是在参照前人楷模的基础上创造出表现着我们的聪明智慧、反映出时代精神的新作品。

今年的3月13日,我与法国的建筑设计大师、中国国家大剧院的设计者保罗·安德鲁一起座谈。他说,他在北京八年,业余时间看过我很多小说的法文译本,他说他喜欢我的小说的重要原因就在于我的小说让他感受到了地地道道的中国风格,声音、颜色、气味,都是中国的,使他仿佛走进了中国的村庄和一个个中国家庭。这种他不熟悉的、但他完全可以理解的生活,给他一种新鲜的审美体验,并能刺激他的创造灵感。我无法想象这样一个以标新立异的设计风格引发一场又一场激烈争论的现代设计大师,竟然能从我那些土得掉渣的小说中得到创造的灵感。当然,事后我就明白了,正像我这个土得掉渣的中国作家,站在国家大剧院前,看到水里的倒影时所产生的震撼一样,艺术其实无所谓土,也无所谓洋,最土的也许就是最洋的。这也许就是哲学上所谓的"两极相通"吧。

保罗·安德鲁还与我讨论了传统与现代的关系。他说,许多被我们视为所谓的"民族传统"的东西,其实正是我们祖先反传统的创造,而且也很可能是从外边的文化那里借鉴过来的。血统纯正的民族传统其实是不存在的。我们今天所谓的"中华民族的传统""大韩民族的传统""大和民族的传统",其源头都是枝丫纵横的。今天看似离经叛道的创造,若干年后,很可能成为传统,被我们的后代所推崇。我们既是继承传统的后代,我们同时也是创造传统的祖先。而如果没有创造出新的传统,我们就是不合格的祖先。

我之所以不避自炫嫌疑地引述我与保罗·安德鲁先生的交谈,就是想说明:第一,从来就没有所谓的纯粹的文化传统;第二,法古的根本目的还是创新;第三,文化的繁荣,必须在交流的态势下才可能实现。

那么,在当前以及今后的若干年内,亚洲文化如何影响世界?亚洲各国之间的文化如何互相影响?亚洲各国人民如何在充分交流的基础上创造出既是我们各自国家和民族的,又具有鲜明的东方艺术情调的新的东西来呢?我们亚洲文化有没有共同的基因?如果有,那么这些基因是什么呢?——还可以罗列出更多的问题,但解答这些已经列出的问题,我已经感到理屈词穷。我只能就我们亚洲的文化基因问题,谈一点我粗浅的认识。

儒家的学说在东亚地区有悠久的传播历史和深厚的基础,应该算作我们东亚地区的文化基因。佛教从印度传入中国,又由中国传播到东亚各国。放眼亚洲,不仅仅是庙堂林立,香烟缭绕,而且,作为一种世界观和人生观,佛教的影响,可以说是早已深入千家万户,甚至像遗传因子一样渗透在人们的灵魂里。因此我想,亚洲的文化是与佛教分不开的。亚洲未来的文化建设,亚洲各国的文化交流,亚洲新人们的心灵铸造与成长,依然应该在安详和谐的佛光笼罩下进行。

启发我从这个角度考虑问题的原因是:一、去年9月、11月两次去韩国全州,我都对韩国的学生们讲述过我的一个高叔祖的故事。他大约出生于1870年,年轻时曾随大清国袁世凯的部队驻扎朝鲜。后来他脱离行伍,流落到全州金山寺做过和尚,上个世纪三十年代时辗转回国;虽然还俗,但"高丽和尚"的称号却一直伴随他到老。他曾在上世纪五十年代在我的故乡试种水稻;虽没成功,但却让我的那些祖祖辈辈耕种旱田的乡亲们大开了眼界。他回国返乡后一直过着独身生活,九十多岁时无疾而终。他的清奇、整洁都给我们留下了深刻印象。在韩国讲述他的故事时,我感到眼前不断闪现着他在金山寺修行的情景,并且想到,2005年5月我第一次到韩国首尔,晚上首尔大学的几位教授与他们的两个女弟子与我一起吃饭,饭毕,那两个女学生,一个敲鼓,一个高唱,演唱形式就是被韩国人民视为传统的"板索里";那激越的鼓声和高亢的唱腔,表现出一个民族的沧桑和沉痛。

这让我想起我的活到二十世纪六十年代的高叔祖,在河堤上一个人独自高唱的情景。与教授和女学生告别时,那个高唱的女生,赠给我一本画册与一幅画。画册内容是该生父亲蔡元植先生用金粉写成的经文图照和若干高僧用汉字写成的诗赋,那幅画是达摩老祖"一苇渡江"图。

我去过七次日本,曾经三次拜访过爱知县知立市的称念寺,与住持和尚结下了深厚的友谊,并通过和尚,结识了很多日本的普通百姓,感受到了日本民间的素朴生活。

我与韩国、日本的交往,与佛教有密切的关系,而我最新的长篇小说《生死疲劳》亦与佛教、与日本韩国有关。

我讲这些没有理论色彩的个人故事,本意是想说,在新的世纪里,我们亚洲的文化交流应该建立在我们共同的文化基因上,我们亚洲文化的发展和创新,也应该依靠我们的共同的文化基因。我们应该在佛的荣光普照下,去营造安详和谐的社会环境,去发明创造至真至美的人文奇观,去陶冶宽容博大的道德情怀,然后让我们亚洲的灿烂文化映照全球。

文学家的梦想

——在第二届星云人文世界论坛上的演讲

时间：2013 年 9 月 15 日

地点：台湾高雄佛光山佛陀纪念馆

主持人：2012 年诺贝尔文学奖宣布的那一刻，全球华人为之惊喜，因为我们等到了一位用中文写作的作家，让全世界看到了中国的文学。莫言先生用他的笔写出了文化历史的传承，写出了土地孕育的生命力。得到诺贝尔奖之后，莫言先生第一次访台，把第一次的公开演讲留给了星云人文世界论坛。下面我们就以最热烈的掌声欢迎莫言先生上台给我们演讲。

尊敬的星云大师、高希均先生、佛光山的各位法师、在座的来自四面八方的各位朋友们，上午好。

我非常荣幸能够站在这个神圣的讲台上，面对这么多的听众，讲讲我的心里话。我原本是想随便聊聊而已，也没有准备讲稿。昨天在佛光山一天的活动，让我感觉到这件事情很认真，不能随便讲讲。

所以我昨天夜里睡到十二点就爬了起来,开始写讲稿,写到两点半,写了五千字。所以等会儿就念我的讲稿。如果演讲之后能剩下多余的时间的话,我很希望和大家互动一下,大家有什么问题都可以问我,我都愿意回答。

佛光山确实是一个令人感觉到温暖的地方,当外面十分寒冷的时候,来到这里让人感到十分温暖。像昨天,外面红尘滚滚非常炎热的时候,来到这里让人感到非常清凉。刚才高先生说,让我们把这里当成我的第二个家,这里应该是我们的第一个家。因为我们原来的家,安置的是我们的肉体,在这个家里可以安置我们的精神。所以我想,一个人如果可以找到一个精神的安放之地,比找到一个安放身体的地方更为重要。一个人的精神假如有所寄托,那么这个人所有的行为都会有准则,这个人所有的行为都会符合人类最基本的道德。我想这一点是我这一天多来在佛光山的一个深深的感悟。我相信在座的各位朋友有很多跟我有共同的想法,否则的话,大家就不会远道而来,大家也不会在见到大师时是那样的毕恭毕敬,而且是发自内心的。所以我想,星云大师,除了他的修为内涵和他高贵的品格之外,我们还要感谢星云大师背后高高矗立着的佛陀的形象,佛陀的感召。所以我想,佛光山不仅仅是照亮了佛光山,佛光山的光芒早已照给了大陆,早已照给了世界的各个角落。我想,这样一种伟大的力量,是任何力量都不能战胜的,也是可以战胜任何邪恶的力量。我想,我们二十一世纪,佛陀的力量将是陪伴人民、鼓舞人民战胜困难,走上光明的一个最根本的力量,向前冲。

下面我就念我的稿子。

佛光山是万众向往之地,能来到这里祈福、拜佛,聆听星云大师和各位善使者的教诲,是我的福分。能来这里讲一讲我的梦想和我对佛教的粗浅的认识,也是我的荣耀。就像大家都知道,我只读过五年小学,星云大师好像学历也不高,所以有人拿我来跟星云大师类比,但我自己比喻是很不妥当的。星云大师读的那五年书,是五年私塾,那时候的教育效益是远远比我们现在的教育效益要好。我在大陆读的五年小学教育,实际上没有多少时间在读书。我们更多的时间是在开批判会,我们是在田野里割草、劳动,我们也没有读多少古典的传统的文学、文化。所以我说,尽管星云大师只读了五年书,但是他五年,等于乘以我的五年,所以呢,星云大师等于读了二十五年书。在佛光山这么庄重的地方对着大家演讲,我心里十分惶恐。不过还好,我有一件法宝,每当我参加重要的活动需要上台的时候,我会把这个法宝牢牢地攥在手里,由此会得到一份内心安静的力量。这件法宝就是前几年浙江宁波广德寺的一个长老送给我的木片。当然是一个沉香的木片。去年十二月在瑞典斯德哥尔摩公开领取诺贝尔文学奖的时候,我拿着这个木片,今天我还拿着这个木片。

每个人都有自己的梦想,每个人的梦都与他的生活经验和日常生活密切相关。我小时候梦想很多。比如说,记得我很小的时候听我奶奶讲过一个关于懂鸟语的一个人的故事。说有一个人懂鸟语,他的名叫公冶长。后来我查了一下经典,说这个公冶长,好像就是我们老家旁边诸城县的人,他是孔夫子的女婿。我奶奶就给我讲,说有一天,公冶长出去,天上一只鸟就跟他说:公冶长,公冶长,南山顶上有只羊,你吃肉,我吃肠。这个人跑到南山顶上,果然看到山顶上有只羊。他把羊拿回来,但他没履行鸟跟他的约定,他把肉和羊肠子全都一个人吃了。我想这只鸟一定很失望。下次这只鸟再碰到公冶长的时候,就又叫:公冶长,公冶长,南山顶上有只羊,你吃肉,我吃肠。这个人就急急忙忙跑到山顶上去看,看到山上没有羊,只有一个倒地的人的尸首,结果他知道自己违背了诺言。所以即便对鸟,也要讲诚信。我听我奶奶讲了这个故事以后,就特别梦想着自己有朝一日能够听懂鸟语,然后呢,去窃听鸟的谈话,通过鸟语去寻找别人找不到的东西,甚至可以跟鸟儿直接交流。又比如说我看了《三侠五义》这样的小说的时候,也经常梦想自己学到了一身超人的武功,然后到社会上行侠仗义,杀富济贫。不过杀人好像不太符合佛教的戒律,儿童时代也没有这种想法,只是感觉到一名侠客飞来飞去,手持宝剑,遇到不平,就拔剑相助。我想跟我有同样的梦想的儿童有很多很多,这种向恶势力挑战、决斗的愿望是每个儿童心中本来就存在的。但是这种东西得不到正确的指引,可能会走向反面,本来呢是想做一个侠客,结果成了一名强盗。

我童年时的梦想尽管很多,但现在回忆一下,大部分的梦想还是和食物、和读书有关。因为我童年的时期,大陆正处在经济非常困难的时候,物质极度贫乏,填饱肚子是我们这一代人所面临的最大的问题。所以在那个时候,无论是睡着还是醒着,我都会想到食物。我们在和老人一起说话的时候,老人们经常回忆的,唤起我们最美好的梦想的,就是他们年轻时所吃过的最美好的食物。我记得我爷爷曾经给我讲过一个故事,他说他年轻的时候,跟十几个人一起推着小车出去帮别人运送货物,因为迷失了路径,晚上无法回家来,到了一个寺庙,庙里很破败,庙里只住着一个老和尚。他们进去之后,老和尚就问:各位施主是不是饿了?他说:我们的确饿了。老和尚说:我去给你们熬粥。老和尚的梁头上吊着一根谷穗,老和尚就从谷穗上捻了几粒米,投进锅里,在锅里加了水,就开始熬粥。我爷爷说,他们这一行人心里都很不高兴:老和尚说是要招待我们吃饭,我们十几个人都是壮汉,你却只有几粒米给我们吃,这不是虚晃、不是骗我们嘛?

大家心里的疑问都没有说出来,随着火越来越旺,锅里发出沸腾的声音,而且慢慢地,锅里溢出了米粥的香气,粥熬好了,打开锅一看,满满一锅很黏稠的粥。这十余人都吃得很饱,而且还有剩余。我爷爷这样讲的时候,讲得非常真实。他说这是他的亲身经历,我们也从来没有对他的讲述产生过怀疑。我想他看到的就是一个圣迹,给他们熬粥吃的老和尚,也许就是一个真正的领悟了佛教精神的这么一个和尚,也许就是我们释迦牟尼佛的一次显身。所以,这样几粒米就可以熬出一锅粥。从那个时候,我就开始经常梦想,什么时候也能有像老和尚梁头上那样的一根谷穗,我从此就可以不再劳动,我不但可以用这个谷穗来满足我们全家人的吃饭需要,也可以让我们全村人民都不会挨饿,天天就吃这个粥。

当然这只是一个梦想,但是我想时至今日,这样一个梦想似乎已经实现了。无论是在大陆还是在台湾,最近几十年来,农业的发展非常快,农业的科学非常进步,粮食已经似乎不是问题,食物好像也变得严重过剩。我们经常可以听到这样的报道,某地牛奶因为销售不了倒到江里去,某地生产的大批量水果因为卖不掉就全部烂掉。这说明食物不再困难,粮食不再困难。尤其在我们大陆,各种各样的宴会上和许多单位里面的食堂里,食物的浪费触目惊心。像我这么一个出身于农村,经历过贫苦生活,有过饥饿体验的人来讲,看到粮食被这样大量地浪费,心里非常的难过。所以我年轻时进入北京之后,每次出去吃饭,就想用自己的肚子来减少一点浪费,尽量地多吃一点,结果不小心把自己吃成了一个胖子。现在出去吃饭,面对着大量浪费的食物,我心里还是很难过,还是想尽力地吃。后来我也慢慢地明白,即便把我一个人吃成五百公斤,也节约不了多少粮食。所以我想,节约粮食、节约食物、节约一切的物资,应该是我们每个人自觉的行动。当然大陆的极其性的浪费,也是很深层次的体制问题,无法展开深究。

最近几年来,我经常做一种噩梦,这些噩梦也跟粮食有关。因为二十世纪六十年代那种饥饿的体验太过深刻,我经常在梦里回到那个时代,看到许多跟我一样大的儿童,脑袋很大,脖子细长,四肢像麻秆一样瘦,腹部很大,就是一群饥饿儿童的形象。白茫茫的大地,没有一粒粮食,找不到食物。现在这样的景象,经常在我的梦里出现。我想这样的一种噩梦,是对我的一种提醒,提醒我们不要看到今天食物如此丰富,而忘掉曾经经历过的艰苦生活;就是提醒我们,一定要节约。我就感觉到,粮食是上帝赋予我们最慷慨的馈赠。粮食其实也是一种非常神秘的东西。我记得我在农村当农民的时候,我们为了提高粮食的产量,可以说费尽精力,挖空心思,就是希望粮食能够增产,但它就是不增产。最近几十年来,我们家乡的农民们,他们种地的技术水平、所付出的劳动,根本不如我们那个时候多,但是粮食的产量却翻了很多倍。我想粮食,说来,是源源不断地会来到;如果说没有了,也许它突然一天就没有了。在 2000 年的时候大陆有好几家媒体采访我,说:面对二十一世纪你最担忧的是什么?我说:我最担心的事,就是没有粮食。而如今我们一定要认真来考虑这些问题,我们要保护好老和尚梁头上的那几颗谷穗。

我这里又要插进一个故事。在二十世纪六十年代,小学语文课的课本里讲洪水来了,村庄被淹没了,大家纷纷出去逃难。有一个地主,背了他一辈子积攒的黄金,爬到了一棵树上;地主家的长工就背了一口袋窝窝头,爬到了另一棵树上。大水很多天也没有退去,结果地主背着黄金在树上饿死了,长工吃了窝窝头活得很好。洪水消退之后,长工把地主的黄金背走了。这篇课文到此就完结了,但是我们现在来想,这篇课文其实没有完。当下一次洪水来临时,这个长工现在已经变成了地主,他出去逃难的时候,是背着一口袋窝窝头还是一口袋黄金?如果他有觉悟,他就背窝窝头;如果没觉悟,他就背黄金,变成了前一个老地主的翻版。所以我想我们人类大多数都会像老地主那样背着黄金上路,而忘记了带上粮食上路。这个故事实际上也就是我们人类社会中经常可以看到的规律:当我们要千方百计地打倒的对象被打倒的那一刻,我们自身就自成为心中一个要被打倒的对象。这样一个恶性的循环,几千年来,屡屡不止。所以我们就需要觉悟,所以就需要星云大师这样的高僧大德,对我们当头棒喝,让我们清醒。

我十一岁辍学,因为干不了重活,只好放放牛羊。当我赶着牛羊从学校的窗口路过的时候,看到我过去的那些同学们都在教室里或者读书,或者打闹,我的心里感到十分的卑微。当时我的梦想就是能够回到学校读书,但是我睁开眼睛却发现这确实已经不可能实现了。无缘上学,但读书还是可以的。就像昨天上午高希均先生在读书节开幕式上讲到的:上学可以少,但读书不能少。被剥夺了上学的机会,但是我还有读书的机会。所以我想,我今天之所以还能站在这里跟大家讲话,我之所以还写了一些小说,就是因为在我辍学之后,还坚持读书。我先是在家里把我大哥和我二哥留下的中学课本全部读完,然后把我们村子里能够借来的书全部借来,然后再从周围的村庄里搜罗图书。那时候农村的生活艰苦,藏书的人家很少,谁家有一本书都被视为珍宝一样珍藏着,一般不外借。为了借别人家的书,我也付出了很大的辛苦。首先要跟人家花言巧语,保证有借有还,保证读的时候一定爱护书籍,不损伤别人的书。但是光有花言巧语有时候也不行,我记得当初我的一个邻村的同学,他们家有一本当时线装本的《封神演义》，我为了借这本书，给他们家推磨。那个时候农村没有机器粉碎粮食，只能用石磨把粮食做成面粉。所以当时对我们这群孩子而言，大人们在田里劳动，推磨把粮食粉碎就是我们这帮孩子们的事。所以我是帮人家推了很多的磨，才换来了读书的机会。因为得来不易，所以格外珍惜；因为付出了劳动，所以刻骨铭心。后来，我有很多的书可以读，我的书架上不断有新书在更换，新书未读，更新的书又来到了。所以书越多，越不读书，因为得来得太容易了。所以当看到了书展上铺天盖地、琳琅满目的书的时候，我也在提醒自己，少写点，写好点，写精一点……否则，就是在浪费纸张、浪费资源，尤其是浪费别人的宝贵时间。

大概在我十五六岁的时候，我们家的一个邻居，他读过大学的中文系，被划成了右派，遭返回乡，进行劳动改造。在座的有很多读过大陆文学历史的朋友应该知道右派是怎么回事，就是所谓坏人，但也有好人。在劳动的间隙，他经常给我讲一些文坛的故事。他说山东济南有一个作家，写了一部小说，得了好几万元稿费。那时候的好几万元，等于现在的好几千万元。这个人稿费太多没法花，就不断地改善自己的生活，改善到最后就是一天三顿吃饺子。饺子在我们北方，是最好的食物，招待最尊贵的客人。我想在当时一个人能奢侈到一天三顿吃饺子，这不是比上帝的生活还要好吗。所以我说，如果我以后成了一个作家，写了小说，是不是也可以像他一样一天三顿吃饺子？他说当然是。所以从那个时候，关于文学，关于梦想，就在我心里埋下了种子。所以，我最早的文学梦想一点都不高深，还是和吃有关。当然后来慢慢地，梦想也在升级，梦想的质量在提升，梦想的内容也越来越奢华，越来越不朴素。

到了十七八岁的时候，发现当作家这个梦想实现起来太困难，首先就是没有时间。那时候我们农村都是人民公社,半军事化的管制。每个人的劳动更是集体所有,生产队的队长一敲铁钟,你必须出来,他分配给你活,然后你去干。只有到了春节的两三天,才是放假的时间。春节一过,大家又立刻像士兵那样,一听到队长敲钟,立刻过去集合,然后下地干活。哪怕去地里磨洋工,去偷懒、去熬时间,也得去。如果你不去,就得不到工分;如果得不到工分,年底你就得不到粮食,就没饭吃。所以在这样的环境里面,如果想要拿起笔来写小说,写诗歌,只能是一个梦想。当时我就是及时地调整我的梦想,想了一个比较容易的梦想,就是去当兵。大家都知道在战乱年代,谁都不愿意当兵。因为在那个时候,今天当兵,明天就可能上战场,上战场可能就牺牲了。你不想当兵都不行,他们会抓壮丁,把你捆绑着送到军队里去。当然在二十世纪七十年代,当兵是我这样的农村青年改变自己命运的唯一出路,因为当兵到了部队,首先可以吃饱,可以穿暖;然后业余的时间可以去读书,甚至可以在部队里好好表现,去当工农兵大学生;如果表现得更好的话,还可以提拔成为军官。一旦提拔成军官,就等于改变了自己的命运,就可以不回农村了。即便是回农村,也起码被分配到机关单位工作,拿工资,那命运就不一样了。我想在台湾的朋友可能对我所讲述的这样一种历史现象比较陌生,但那确实是很长很长时间以来,我们大陆的真实的状况。

农村,在现在很多的作品里头,在很多城里人的梦想里面,是非常美好的。但是在我的童年和青年的记忆里,农村是非常可怕的地方。我曾经写过一篇小说叫作《欢乐》,里面写道:在这样污浊的环境里,即便是一把金刚石的刀,也会生锈。一个青年人在这样一个环境里,毫无出路,没有任何前途,看不到希望。因为大家都是在一个极度封闭的环境下,没有文化,没有外部的信息,当然也没有进步的前提。所以千方百计地离开农村,逃出农村,是当时青年人一个共同的梦想。当然这样的情况,也不仅仅是我们中国的农村青年。我在十几年前,结识了日本的作家大江健三郎先生,他也说过,上个世纪,他年轻的时候,逃出农村,到城里去,到东京去,也是他们那一代日本农村青年的梦想。为什么会有这样的梦想?理由和我们一样,就是要到外面去看世界,闯世界,改变自己的命运,改变自己的生活。

1976年2月,我终于实现了我人生中第一个梦想,穿上了军装,当了兵。在座的朋友不要觉得莫言当过兵,就感到那么的可怕。因为我记得我1988年来台湾,台湾的朋友一见面就叫我"共匪",那时我已经不是"共匪"了,我已经转业了,到地方报社当记者了。当然我也毫不客气对台湾的当过兵的作家叫"蒋匪"。所以,当我们把台湾当国军的士兵叫作"蒋匪"的时候,那么台湾人也把这些曾经在大陆解放军部队里的人叫作"共匪"。其实,当大家忘掉这两个"匪"字之后,发现都是一样的。很多台湾的作家都会唱我们军队的歌曲,我发现歌词里所要表达的意思、所要追求的东西完全是一样的。只要把"蒋匪"换成"共匪"就是他们的军队歌曲。只要把歌词的名称调换一下,双方的歌就是可以互相唱的。我们说:"拿起手榴弹,拿起刺刀,然后再缴获几支枪……"他们也是一样的,要"杀共,要把共匪消灭干净";都是咬牙切齿、恶狠狠的、血淋淋的,非常可怕。

所以我想我们这些有过这样当兵经历的人,来到佛光山,在庄严的佛像面前,反思一下当年我们唱过的歌曲,就会发现我们当时的行为,与佛陀的境界是大相径庭的,甚至是背道而驰。当然这也不能怨我们,这是人类社会本身的缺陷。我们现在有所觉悟,我们不再唱那样的歌曲了,我们也不会再让那样的歌曲去指导我们的行为。但是那样的歌曲还有人在继续唱,还有人在继续创作,因为战争在这个地球上并没有绝迹。我们一面高喊着和平,一面发动着战争;我们一面在救治伤员,一面在发明让人死了以后连骨灰都找不到的最先进的武器。我也一直都想不明白,人类为什么会这么样的卑鄙,为什么会有这样的悖逆,为什么会这样的虚伪。为什么大家把道理都看明白了,却不去实践?所以我们下午的时候,一定会把很多的疑问提给星云大师,希望他来帮助我们解答。

到了军队后,我必须实事求是地说,我的文学梦开始发芽。在农村的时候我吃不饱。这一点孔夫子说得很明白:人,如果吃不饱,穿不暖,就没有什么文化活动,也没有什么精神创造;只有当人吃饱了,穿暖了,艺术创造才成为可能。所以在部队里面,我吃饱了,穿暖了,而且到了星期六、星期天,可以不干活。这一开始我都不适应。我觉得一个人吃饱了竟然可以不下地,不干活,这不是犯罪吗?后来慢慢有了这个习惯,现在每周休息两天,还觉得太少,春节放假七天,依然觉得太短。所以我想将来大家一年干十天活,剩下时间全放假好了。

最初的文学梦想很简单,无非就是想把稿纸上的文字变成铅字,印到报纸刊物上去。我像当时的许多文学青年一样,不停地写作,不停地投稿,而且专门捡地区以下的县区级的小刊物上投稿,我觉得这样的门槛低一些,容易发表我这样的不知名的文学爱好者的作品。所以我看到报纸,先翻广告版,因为报纸上的广告版上,转载了很多地方级小刊物的通信地址和联络方式,然后投稿。那时候的邮政系统有一条规定:信封上可以不贴邮票,只要在信封上剪掉一个角,写上"稿件"两个字,就可以免费邮寄。但是我总感觉这样不保险,所以我宁可花钱贴上邮票,也不去省这个钱。所以想象一下,在二十世纪八十年代,中国的很多邮递员的邮包里,都装着一大批我这样的文学青年写的、装在大的牛皮纸袋里的稿件。每当听到往单位送报纸、送稿件的邮递员的摩托车的声音,我的心就开始怦怦乱跳。我希望能收到一封来自编辑部的信,但是我经常收到的,是我寄出去的用大信封装着的原封不动邮回来的包。一看到这样的大信封,我心里就凉了半截,我知道这次投稿又失败了。回来以后,不死心,重新封好,又寄往另一家编辑部。又过来几天,又回来了,然后再继续……

终于有一天,我收到了一封薄薄的信,这封信就是河北保定一家刊物《莲池》编辑部寄给我的,告诉我说这篇小说,很有文学基础,请我到编辑部谈一谈。我兴奋得一夜没睡着,我感觉到,终于要看到希望了。第二天就坐上公交车,到那家刊物的编辑部。一进那个编辑部,就发现里面生着煤球的炉子,每个编辑员的办公桌都积了厚厚的一层灰尘,和一大摞比人头还要高的稿件。当时我就很感慨,我想这么多的稿件里,编辑发现了我的文章,并且要给我发表,多么不容易。后来,终于在 1981 年 10 月份,我的第一篇小说,也是我所谓的"处女作"《初夜雨霏霏》变成了铅字。我想这样一个事件,对于一个热爱文学的青年来说,那种欢喜的程度,真是难以形容。后来我也看到很多人写文章,回忆当初自己的处女作发表的时候自己那种狂喜的状况。我觉得,比较一下,当我看到自己的第一篇小说被发表的时候,那种喜悦的心情,确实不亚于我听说自己得到了诺贝尔文学奖时候的心情。那时我还是一个不到三十岁的青年,但是我获得诺奖的时候已经五十七岁了。

从发表处女作,到获得诺贝尔文学奖,这期间有三十一年。这段时间看起来很漫长,但是又仿佛非常短暂。坦率地说,在我写作的前二十五年里,我从没有把诺贝尔文学奖跟我个人的创作联系在一起,连做梦都没有想过。写作之初,只要能发表就非常高兴了。为了发表文章,我甚至去模仿当时流行的、走红的一些故事和写法。发表了一些作品之后,渐渐地有了文体的自觉,有了自己的创作个性的追求。从一个无个性的作者向一个有个性的作家转变的过程中,梦,也发生了重要的作用。很多人都知道我的成名作,《透明的红萝卜》,就来源于梦境。那是 1984 年冬天里的一个凌晨,我梦见了一片萝卜地,梦到一轮初升的太阳,梦到一个身穿红衣的少女,手里举着一个渔叉,渔叉的尖上,挑着一个红色的萝卜。这个红衣的少女,对着我走来。这个梦境非常辉煌。我醒来以后,心里面十分地感动,然后就把这个梦境给我留下的印象,跟我的一段童年经历结合在一起。童年的时候,我曾经在桥梁工地上给一个铁匠师傅做过小工。我就把这一段经历和这个梦境结合起来,写成了小说。写得很快,一个星期就写完了。这篇小说发表以后,获得了很高的赞誉,被认为是 1985 年,令大陆文学改变面貌的几部重要的作品之一。我感觉到有点吃惊,难道这样一个奇葩,可以得到文坛的承认吗?难道这样一部小说,就是好小说吗?如果你们认为这样好的话,类似的故事,类似的经历,我还有很多很多。所以我想,我的写作,从《透明的红萝卜》以后,就像打开闸门的洪水,滚滚向前,湍流不止。很多故事就是一个接着一个,排队而来。在此之前,确实是到处挖空心思地去寻找故事来写。这样,就彻底改变了局面。从此之后,在我写一部小说的时候,同时有好几部小说的构思,在排着队,等待我去写。成名之后,有很多媒体来问我,你的灵感出在哪里?我回答说,出自梦境。我梦到过自己在离地四五米高的地方滑翔、飞行。那种感觉,非常美妙,让人觉得不可思议:我怎么会克服了地球引力飞起来呢?而且这个梦反复出现,后来,借这个梦,我就写了一篇小说,叫《翱翔》,写的就是一个农村的年轻姑娘为了反抗包办婚姻,具备了飞翔的能力,结果飞到一棵树上,然后被一箭射伤。在写到《生死疲劳》这部跟佛教有点关系的小说的时候,我也多次得到过梦境的暗示。所以我想,"日有所思,夜有所梦",梦与艺术创作之间,确实有一些神秘的、难以说清楚的联系。

1991年夏天我去了新加坡,参加华文夏令营活动。活动结束之后,我顺便去了马来西亚。在跟当地作家座谈的时候,有一个作家说,莫言这本小说《红高粱家族》,已经完全达到了获得诺贝尔文学奖的水准。这是我第一次听到自己的作品能与诺奖挂钩。受到这样的赞誉,我当然很高兴,但仔细一想,觉得不可能。因为获得诺贝尔文学奖的作家,都是有独特的风格的、著作等身的大师,而我只不过才写作了十几年,创作成绩很少。如果我这样的作者能够获得诺贝尔文学奖,那么全世界的作家都可以获得诺贝尔文学奖。1994年,刚才我提到的诺贝尔文学奖获得者,日本的作家大江健三郎先生,在瑞典的演讲中提到我的名字,他认为他的文学作品和我的作品在内在的本质上有相同之处;他认为,中国作家、韩国作家以及亚洲诸多国家和地区的作家正在共同创造一个与世界文学同时,但又区别于世界文学的亚洲文学。他的演讲让我很振奋,但冷静一想,我觉得这件事几乎不可能,即使可能我觉得也很遥远。因为我清楚地知道,在世界范围内,有很多作家,在排队等着获得诺贝尔文学奖,所以我不可能做到那样。但是我必须坦率地承认,大江先生的话,在我心里埋下了一个梦想的种子,让我有了这个希望。

去年我获得了诺贝尔文学奖。围绕着我获奖,出现了很多争议,大家都已经听说过,我的观点大家也都知道,我在这里也不必多费口舌。但我还是要再次强调一下,别说在世界范围内,即便是华人写作的圈子里,有很多同行都比我更有资格获得诺贝尔文学奖。我期待着不久的将来,或者是大陆作家,或者是台湾的作家,或者是香港的作家,或者是世界其他地方用华文写作的作家,能够再一次站在诺贝尔文学奖的讲台上。我们期待那一天。

我想,获得诺贝尔文学奖,是一个作家的梦想;但这不是梦的终极之梦。文学奖很好,但比文学奖更好的是文学。诺贝尔文学奖是对作家的很高奖赏,但对一个作家来说,更高的奖赏是一代又一代的读者去阅读自己的作品。我甚至可以说,把目标锁定在诺贝尔文学奖上,是写不出好作品的,也是获得不了诺贝尔文学奖的。许多事物都是你几乎要忘记它的时候,才会来临。有时就是会出现"有心栽花花不开,无心栽柳柳成荫"的状况。我在台湾版《盛典》的序言里讲过这样一个故事:当天梯降落的时候,那个为自己烧香念佛的女主人拽住上天梯的丫鬟,丫鬟无意中升到天上去了,而似乎更应该成仙的太太,却被遗留在了地下。人非圣贤,孰能无过?没有一个人能说自己没有一点点功利心,但是过分明确的目的性和过分强烈的功利心会对艺术创作造成伤害,也会对很多事情造成伤害。

我来过台湾六次,到佛光山,却是第一次。虽然是第一次来,但星云大师提倡的"人间佛教"早就如雷贯耳。我虽然在文学创作中受到过佛学经典的启发,对佛教也是心向往之,但对佛教的理解却是非常肤浅的。人类社会中的许多问题让我感到困惑,人类社会的现状也经常让我感到绝望。我在想,尽管我们现在已经飞得越来越高,尽管我们可以在很短的时间内,到达地球上任何一个很遥远的地方,尽管我们可以在遥远的太空来俯瞰地球——这个小小的星球,尽管大家都非常清楚地球是人类共同的家园,但是争端依然存在,战火依然在不断地燃烧,对环境的破坏和掠夺越发激烈。人类病态的欲望是灾难的源头,国家扩张的欲望和对财富的欲望更是地球的动乱之源。

大家很明白，但似乎也没有人克制自己。我们经常可以看到一个国家去指责另一个国家，看到一个人去批评另一个人或另一群人，但是我们很少看到一个国家批评自己，也很少看到一个人在自我反省，很少看到一个人在要求别人做到的时候，自己首先做到。面对这样的现实和困境，我梦想佛教能发挥更大的作用，去构建和平和谐公正的社会，使众生能够很平和地相处。

我来到佛光山的第一个晚上，就看到了善的力量，制止了一场小小的杀戮。13号晚上，我们在下榻的紫竹林别墅外面的亭子里喝茶，一只萤火虫飞过来，落在亭子的内顶上。立刻两只壁虎就爬了过来，慢慢向萤火虫靠拢，杀戮即将发生。这个时候，在座的如常法师、满谦法师、满益法师和其他的好几位法师都说："不可以啊，不可以啊。不要这样呀，不要这样呀！"先是那只大壁虎离开了，之后那只小壁虎离开了，当时小壁虎的嘴巴都已经接近那个萤火虫了。我想除了这几位善仁志士的劝诫，没有别的原因能让这两只壁虎放弃了即将到口的晚餐。这是我亲眼目睹的一个小小的圣迹。我相信每个人的一生都会遇到，或者将会遇到这样的圣迹。我相信善念能够感天动地，使奇迹发生。当然在感叹圣迹的时候，我也产生了疑惑，那就是：壁虎是不吃青草的，也不吃树叶，如果它要活下去，它不吃萤火虫，就得吃别的虫，吃别的虫也是一种杀戮，也就是说这场小小杀戮迟早会发生，只是早晚的问题。那么哪怕这两只壁虎善心发作，它什么都不吃了，把自己活活地饿死，是不是也会让人产生怜悯之心呢？我想这就是我在见到了这个小小的圣迹之后产生的困惑。我希望在下午的论坛当中，敬爱的星云大师能够为我解惑。

下面，我用十五分钟的时间和现场观众互动一下，看还有什么问题没有。

现场互动：

问：非常感谢刚才莫言先生的精彩演讲,他也提了精彩的问题,希望下午的时候星云大师能够给他解惑。刚才莫言先生讲他从梦境里都能跟写作联系起来,我们也做过梦,但很少能跟文学创作联系在一起。我记得,台湾有一个脑神经行为的老师,他说其实我们大脑里的知识就像框架,我们读的书就像框架里面的书,读的书多了,就放进了框框里面;终有一天你碰到一件事情的时候,你就会发现你的大脑里会有很多知识,把它们串联起来了。这就是中文讲的"融会贯通"。有这么一个科学角度上的依据。你觉得这种科学的依据,符合不符合你的经验?

答:每个作家构思的方法不一样,灵感产生的时机也不一样。我经常在梦里受到一些启示,或者得到灵感,然后把它整理成为了一部小说。当写作遇到困境的时候,在梦境中得到一些启示,奇迹就会产生。这几十年以来,我经常半夜起来,匆匆忙忙跑到书房,用笔把梦境记录下来,这个我太太很了解。有的梦忘记了,有的却是记了下来。梦也不是凭空产生的,还是你不断在思索这件事情,才做了梦。再有就是我们平常很多事情没有特别去刻意记忆,但是它在我们脑海里留下了印象。就像你刚才说的脑子里有很多的框架,我们大脑中有很多神经元,储存了大量信息。当我们不去用它们的时候,它们是休眠的状态;一旦我们需要它们的时候,它们就成为素材。所以写作确实需要训练,但的确也需要灵感;写作确实需要技术,也确实更需要天分。应该是天分啊,灵感啊,勤奋训练的一个过程。

问：刚才莫言先生讲了自己从小的梦想和拿到诺贝尔奖，早期的一些梦想是改变命运改变生活，这都实现了。所以面对未来，你要做的是什么？

答：我想我还得从我最擅长的事做起。我觉得读者对我最大的期待，是我的下一部作品。我想我对社会能做的最大的贡献就是写好下一部作品。当然我也可以做一些其他的事情，比如来佛光山做义工，也可以到别的地方做一些为社会服务的事情，但我觉得我做未必比其他人做得好，但写小说可能也比某些人写得好。所以我觉得还是应该把自己的大部分时间都用在创作新作上，在新作中表现我刚才的演讲提到的，一些对世界上很多重要问题的思考和困惑。我找不到答案，但我可以把它们写出来，让读者，让那些比我高明的读者，来从中悟到解决这些问题的办法。

问：你从小的梦想一一实现了，对于一般人来讲，得到诺贝尔文学奖是一件很大、很光荣的事。那么您在获奖之后，有没有一点点失落啊？

答：我觉得我得了诺贝尔文学奖之后，好像放下了一个很沉重的包袱。因为得奖之前，这个东西就像一个摆脱不了的东西一样，一直在纠缠我。如果我在没得这个奖的时候，来这里和大家座谈，他们的第一个问题就是：您觉得您会不会得诺贝尔奖？或者，您认为谁会得诺贝尔奖呢？或者说，听说您一直没得诺贝尔奖，但您跟那些评委有什么交往呀？所以我想得了这个奖后，我把这些包袱放下了。这个奖也没有大家想象中那么重要，它就是一个奖项。它也不是对一个作家的终极评价，也有很多作家得了诺贝尔奖之后，他的作品也一样被人遗忘；也有很多没有得奖的作家，它们的名字也像高山一样，永远矗立在那里。所以我觉得这对我来讲，是第一个新的起点，是一种激励，当然也是一种压力。以前，我的一部作品写得很慢，大家也不会说什么；但是假如我的下一部作品写得很慢，有的人就会说，什么水平啊，得诺贝尔文学奖还写得这么慢。所以压力确实还是有的。但是后来我也想到，如果真的想要写好的话，对于这些事，还真不能太认真。我就想到书法创作。记得上半年我去湖南岳阳楼，楼上有一幅大字，郭沫若写的。郭沫若是一个文学家，也是历史学家，台湾的民众也都很熟悉。为什么让他题呢？因为当时的岳阳市市政府觉得，我们应该给岳阳楼换一个新的牌匾，让毛泽东来题，毛泽东说这个地方不敢题啊，应该是让一个历史学家来题。郭沫若收到了毛主席的命令之后，特别认真，写了好多张，越认真越写不好。最后，在一大堆的作品中精挑细选了几张他自己比较满意的，装到一个大信封袋里，信封上写着：寄岳阳楼风景管理区。当时岳阳楼政府交给毛泽东，毛泽东看了这些作品之后，觉得不太好，后来一看信封上的"寄岳阳楼风景管理区"——哎呀这个好！结果现在湖南岳阳楼上的三个字，就是当时郭沫若写在信封上的。无意写的，结果是最好的。就像我们的文学创作，有时候也有这样的情况，特别认真特别用力的时候，也许写出来不是很好；在精神放松的情况下，反而能写出好作品。

问：感谢莫言先生。其实莫言所说的有些作品都出版得很早。像《生死疲劳》，四十三天就写完了。四十三天写了几十万字，有时候一天可以写一万多字。您的速度为什么会那么快啊？

答：这要感谢钢笔和稿纸。因为我在大概 1995 年的时候开始学习使用电脑，我总感觉用电脑写作，好像不是在写作，好像是在玩游戏。一关电脑,我就觉得很失落,看不到成功。另外用拼音,感觉也不像是在写字。另外我也很喜欢玩,一旦电脑一打开,我首先是先上网,一玩起来,几个小时就过去了,结果大部分时间都浪费在网上了。后来我写新作的时候就把电脑关上,重新找出钢笔和墨水,还有稿纸,还在稿纸上写作,这样能够集中精力;还有就是找一个很少有人知道的郊区,把电话关上,然后就是一天三顿饭、睡觉、写作,集中精力;再有就是构思的时间非常长,非常成熟。因为《生死疲劳》这部小说的主人公们都是我少年时期曾经认识的、生活当中确实存在的人,他们的故事都是确有其事。我在写的时候,他们都栩栩如生地在我的脑子里,我感觉他们就是我的亲人,就是我的左邻右舍,我感到非常熟悉,构思都非常成熟,让我写得非常快。再有就是,感谢佛教,帮我解决了一个最大的问题。这部小说我构思了很多年,迟迟没有下笔就是因为没有想好结构的问题。后来在去河北承德一个寺庙的时候,我忘记了是什么寺庙,就是记得在这个寺庙里,看到有一个很大的壁画,描述了佛教里六道轮回的场面,令我茅塞顿开。所以这部小说就是说一个人在死后,不断地轮回成各种动物,用动物的眼睛来看整个社会的变迁。所以写得这么快,也要感谢我们的佛祖的帮助。

  问:有佛法,就有写法。我们都知道莫言先生很擅长说故事,有人,才有故事。我记得意大利女作家,奥里亚娜·法拉奇,非常喜欢访问人。后来有人问她:你这一辈子访问了那么多的人,还有谁是你想访问而没访问到的?她说:我最想访问上帝,我想问上帝一个问题,你既然创造了人类,为什么有好人也有坏人?我记得您在回答一些记者的问题的时候,您也会说为什么人有好有坏,让人很难理解,你很想通过写作去找答案。那么现在你还在找答案吗,还是你有什么方法能够比较容易找到答案呢？

答：这个问题我确实思考了很久。好人和坏人势不两立，我的第一个觉悟就是，其实好人和坏人都不是绝对的。好人在坏的环境里，也会变成坏人；在一个很好的环境下，坏人也可能慢慢地变好。我想把一个坏人放到我们佛光山这个环境里，他也有可能变为一个好人。如果把一个好人放到一个小偷盗贼的群体里，他很可能也会变为一个盗贼。环境对一个人的影响很大，所以这就是佛教存在的重要的理由。再有就是一种坏人，他确实就是天生就坏，从小就坏，从小就和别人不一样。我们常人都有恻隐之心，对小动物很爱护，但我在农村看到有一些儿童下手特别狠，对小动物毫不留情，去虐杀小动物。这是一种歹毒的心，这是从基因里种子里就坏了。那么我想，上帝造人的时候造就坏人，为什么不造就得很圆满呢？就像我们刚才讲的壁虎为什么要吃萤火虫呢？这个问题我也想不明白，确实需要大师下午帮我们做解答。

问：除了好人、坏人，您还想写什么人？

答：我还想写自己。我早期的作品批评社会，揭示邪恶，我拿着放大镜在寻找社会中的缺陷、错误。过了五十岁以后，我也转为向内看，看内心、看自己，并且自我反省。我想一个人只有正确地理解自己、认识自己，才能去了解别人、宽容别人。

问：下面还有几个现场的朋友有一些问题，其中一个朋友对文学和佛学的关系很感兴趣。他问，文学和佛学对人类心理的启发和提升，有没有不同？如果有不同，是什么？

答：当然有不同。文学只是一种形式。文学是一种很繁杂的东西,有很多文类,有很多人在写。一位作家本身境界的高低,也决定文学的品质。文学大多教人向善,也有一些不太好的作品看了以后产生了不小的副作用。从这点而讲,文学与佛学不能相提并论。佛学毫无疑问,是解释世界的一种最终极的答案。我们现实生活中面对很多难题、很多困惑,相信都可以从佛教经典里得到解释。所以我觉得如果一个文学家,能够非常熟练地了解佛典,准确领受佛教的精髓,那么也为他理解现实世界,提供了一把有利的钥匙。我想如果有这么一个居高临下的人,来写作,那么他的作品就会超越现实。我看过咱们台湾五六十年代作家写的小说,那个时候,都是站在阶级利益上写的小说,为阶级利益说话。我们大陆的文学作品也是有过之而无不及。我想这就是作家本身的问题,作家没有把对方看成人。作家应该站在一个人类的角度,站在一个全人类的角度上来写作。好人和坏人都是人类的共同分子,好人和坏人没有明显的界限。只有把人当成人来写,才能符合真正的文学的精神。我想如果佛祖真的睁开眼睛来看大千世界,那么我觉得他远远比宇航员看到的东西要多,世间一切都在他的视野之下。

问: 最后一个问题,是一个中学生的问题。因为你童年和青年时代有着丰富的经历,所以你能写出很好的故事,但不是每一个人都有你那么丰富的经历和想象力,没有那么多的写作素材。那我们该如何去写作,或怎么样去找到写作的素材?

答: 我觉得大陆很多青年作家,很多文学写作者都有这样的困惑。我们这些二十世纪五十年代出生的人,经历过饥饿和社会动乱,经历过很多悲剧,产生了一些很强的深邃的思想。但我觉得每个时代都有每个时代的文学,每个时代都有每个时代的作家,每个时代有每个时代的故事。我觉得不能以外部的事件去衡量一个作家的深浅。在我们眼里很痛苦的事,或许在我们后辈的眼里或许都是很浪漫的事。比如我以前去放牛、上不了学,现在后辈的人、被学习压得喘不过气来的孩子,说:啊呀,你们好幸福啊,我也想去放牛。我们小的时候只能吃红薯,我们那个时候都没有好的东西吃,现在的孩子来说,红薯多好吃啊,馒头多难吃啊。再就是精神上的痛苦。当今这个社会,对孩子的精神痛苦和压力一点不比我们那个时代差;我们那时思想比较单纯,那时我们的梦想容易满足,现在的年轻人的精神上的梦想,难以满足。现在的年轻人精神复杂丰富,所以我觉得他们完全可以写出比我们更加丰富、更加深刻、更加触及到人类情感秘密的作品。他们没有必要跟我们相比较,他们只要写出自己,写出自己内心的真实感受,写他们熟悉的那个时代就可以了。

儒学与佛教

——在扬州讲坛上的演讲

时间：2014年3月22日
地点：江苏扬州鉴真图书馆

各位因为佛光山而成为朋友的朋友们，非常高兴在这里与大家见面。刚才主持人的话讲得很好，我也很爱听，因为她用她那么优美的嗓音对我进行了高度的赞美。但是她引用的这些赞美之辞，有一些我确实是担当不上，吹得太大了。我们都知道这气球吹得太大了，可能就要爆炸。一个人被吹得太大了，那很危险。如果没有足够的定力的话，他也要像气球一样爆炸。因为我非常清楚地知道，在我们中国，在这个地球上，有许多非常优秀的作家，甚至是伟大的作家，他们虽然还没有获得诺贝尔文学奖这个奖项，但丝毫不能说明他们的作品没有达到诺贝尔文学奖的水准。也就是说，有很多作家他们只是暂时还没有得到这个奖。

我知道扬州是一个非常有文化的城市。我们看看唐诗宋词里面有许多脍炙人口的诗句，在座的每个人都能背出很多，我就没必要在这里显摆了。而且扬州也是一个非常富庶的地方。我们当年读那些小说，就知道扬州的人很有钱。扬州人里最有钱的应该是盐商，所以，扬州这个城市跟盐是密切相关的。

我第一次来扬州是 1990 年，当时南方闹水灾，那个时候我还在军队工作，我们的上级派我来采访水灾。等我来了以后，洪水已经退下去了。我从南京到了宜兴，到了苏州，到了无锡，到了扬州，这一路上也没看到水灾。但是过了许多年以后，战友写文章说我当年冒着生命危险，驾着冲锋舟，深更半夜深入到村庄里去营救被洪水困住的群众。这是在报纸上发表过的文章。后来我就批评我这战友。我说，你怎么能瞎编呢？他说我这是在表扬你呢。我说批评要实事求是，表扬也要实事求是。捏造的表扬跟捏造的批评同样可怕，因为时间长了，你也信以为真了。所以谎言被重复许多遍之后，造谣的人也会信以为真。其实我知道在当今世界上，充斥了很多谎言、很多谣言，所以我们必须具备一双慧眼，同时我们要具备一双慧耳。

扬州让我向往已久的当然还是因为有鉴真大师。很早以前，我从唐诗里面也读到过李白怀念阿倍仲麻吕的诗句。2010 年，我受日本奈良方面的邀请，去日本奈良参加庆祝建都 1300 周年的纪念活动。他们搞了很多大型的展览，展览里面有很大一部分就是与鉴真大师有关的。他们甚至特辟了一个展区，模拟了当年日本遣唐使乘坐的木船，在惊涛骇浪中颠簸前进的局面。人坐到船上去，不停地晃动，耳边响着风声、雨声、波涛的声音，让你身临其境回到一千多年前。

那么在这样艰苦的条件下，鉴真大师立下了到日本去传道的宏愿。真正的不屈不挠，一次一次的失败，真的冒着生命的危险，官方拦截他，海匪打劫他，大自然折磨他，疾病也来折磨他，到了最后终于东渡成功。尽管他的双目已经失明，但他的心没有失明，他靠他渊博的知识在日本进行了为期很长时间的佛教传播活动。

有一年我去浙江的一个寺庙，看到了他们的庙宇和宝塔，我说这个很像日本的风格，主持庙宇的年轻长老跟我说：不对不对，莫言老师，不是我们的庙宇像日本的庙宇，而是日本的庙宇根本就是从我们中国学过去的。现在我们如果要见一座唐代风格的庙宇，在西安应该很难找到，在中国的其他地方也是很难见到，但是到日本去可以处处见到。他这个话让我感觉文化实际上是人类共享的一种财富。当年确实是中国的庙宇建筑风格影响了日本，然后在日本建起了千万座的庙宇。那么过了千百年后，这样的一种文化又回到中国来，一来一回就增加了很多的文化含量。这一来一回，就保存了中国传统的精髓，又添加了日本人民丰富的想象力和创造力。文化交流实际上是一个来来回回不断添加的过程，看起来是照搬模仿，实际上是创造的过程。

尽管去年说好了要来"扬州讲坛"做一个讲座，但是一直不知道该说什么。因为我想我的长项是文学，但来到"扬州讲坛"，在鉴真图书馆不谈一点与佛教文化相关的事情好像有点文不对题。去年我去佛光山与星云大师有过起码五次以上的交流，星云大师也给我开了很多的悟。可惜我没有慧根啊！如果有慧根的话，我现在也差不多快立地成佛了。所以我来到这里说什么，一直是我比较纠结的问题。

就在今天上午我还在电脑上找话题，没有找到要讲的话题，却看到一条我很感兴趣的消息。美国的天体物理学家在南极架设了一个特大功率的天文射电望远镜，用这个望远镜探测太空，研究宇宙大爆炸留下的微波背景。在探测这个微波背景的时候，有一个特别意外的发现。他们在光子身上发现了137亿年前，宇宙大爆炸万分之一秒那一瞬间的原始引力波的痕迹,由此证明了宇宙大爆炸是确实存在的。这绝对是可以获得诺贝尔物理学奖的重大发现。这就是说我们的科技发展真是到了令人惊讶的程度。我们能够发现137亿年前留下的痕迹,但是我同时又感到一种更大的困惑,这正像爱因斯坦当年说的那样,人类的知识就像一个圆周,圆周扩展得越大,圆周外面的面积也就越大。

另外我还看到一条令人震惊的信息。在南方某一城市有一个数千人的丐帮,里面有很多乞讨的儿童,残疾的儿童。他们有的曲着背,有的断了腿。据了解内情的人讲,这些儿童当年都是被拐骗的儿童,犯罪分子让这些儿童服下强力的安眠药,等他们一觉醒来时,他们就变成了残疾人。为什么科学在一日千里地发展,物质在极大丰富,老百姓的生活质量日渐提高,坏人却没有减少,坏起来令人发指?面对这样的现象,我看到很多老百姓都在猛烈地批评和抨击。像前段时间反复讨论的老人摔倒该不该扶,展开了一波又一波的讨论,结论却是莫衷一是,模棱两可。扶吗?当然应该扶。但是如果被扶的人是一些道德水平不高的人怎么办呢?就要被讹诈。如果不扶,就要"被道德"。所以大家经常处于一种两难的选择当中。面对这种现实,大家怀有不满,急于改变。那么怎样改变才能让大家不满的现象从我们的生活当中消失?从上到下都在想办法。

前不久,中央颁布了社会主义核心价值观的内涵。虽然社会主义核心价值观已经提了起码十年的时间,但是其内涵最近才有一个准确的定义。前面两个层面是从执政和政府的层面提的要求,最后是从公民的层面,对每一个老百姓提出的要求,我们要爱国、诚信、敬业、友善。最近我也就这个问题接受过中央电视台的采访。爱国是与生俱有的一种情感,每个人都热爱他的乡土,乡土向上扩展就是国家、祖国。敬业对每一个从业者来说，是必须恪守的道德。诚信更是中国人特别强调的一种宝贵的品格，诚信者才能得天下、得朋友、得成功。友善应该是每个人从小在家接受的传统教育。要对别人好，别人才能对你好，这是一个非常朴素的道理。

每个人都是一个媒体终端，都可以对外广播、发信息，发出我们对社会的看法。但是很多时候，我们只是在批评别人，很少触及自我。有一次，我与太太散步遇到一位摔倒的老人，无人搭理，太太看到后要上前去扶，我一把拉住她。太太说这位老人是认识的人，是一位战士的家属。但是我还是要求等到一辆军车经过，用军车将老人送去医院。后来这位战士提着水果登门感谢。我感到很惭愧，我觉得我应该向太太学习。但是这种人还是少数，即便是遇到，还是要扶，因为到处都有摄像头，可以还自己清白。即便没有摄像头，也没有关系，因为前不久我也讲过，善念是会感天动地的。千百万人的善念会形成一个巨大的道德力量，看起来是无形的，但实际上是可以触摸的，所谓的天理良心，就是千百万人的善念构成的。

一位名人说自己的母亲已经八十多岁，曾经是一位高知，但是最近有老年痴呆的迹象，忘性特别大，已经气跑了几位保姆；他觉得如果路上摔倒的是这样的老人，应该可以理解。

做任何事，都要做到己所不欲，勿施于人；己之所欲，也不要强加于人。这样人与人之间的关系可以更加和谐。因为每个人都是在以己之心，推己及人，所以只有从我做起，才能终止这种恶性循环。现在的一些艺术作品中，过多地强调以恶治恶，以其人之道还治其人之身，这样势必造成一种冤冤相报、永远没有终结的局面。现在很多重大的国际问题实际上已经难辨是非。这就让我想起二十世纪五十年代的小学课本里面有一篇课文，说的是两只山羊过独木桥，互不相让,都掉到了河里。后来老师把这个问题推给我们,我想到一个方法就是抓阄。老师,说羊怎么能抓阄呢?我说,寓言里面的动物都可以说话,为什么不能抓阄呢?所以,我觉得现在有些国际问题其实也可以试着抓阄。

我们经常看到在人家的客厅里挂着一些书法作品,写着"吃亏是福,难得糊涂"。第一次看见确实感到一惊,但是老是看也觉得很俗。虽然挂着这些书法,其实一点亏都不想吃,挂着"糊涂"的人最精明。"吃亏是福"是一种很高的道德修行。一个人能够吃亏并且认为是福,这个人一定是有远大理想的人,这个人是有梦想的人,是有追求的人。只有有理想、有追求的人,才能不顾眼前的一得一失,才能不顾及眼前的点滴小利,因为他要实现他的目标。

另外还有一个字:"忍"。佛教里面特别讲究"忍"字。我们说"忍字心头一把刀",看起来是忍,其实是报仇;还有一种江湖理解就是:君子报仇十年不晚。说到忍,做得最好的就是韩信,能忍胯下之辱;宁跟英雄争高下,不与小人论短长。真正的勇者,不斤斤计较。

以自己的努力,为世界做一点贡献。面对现在北京的雾霾,大家都不愿骑自行车出门。我就会每天骑自行车出门,因为我不会开车。污染的河水、土地退化等,我们都有责任。人人尽力,认识、改正错误,从自我做起,每个人努力,我们的空气会变得清新、阳光会变得灿烂的。

谢谢大家!

文化遗产与创新

——在第十三届亚洲艺术节暨第二届亚洲文化论坛上的主题演讲

时间：2013 年 11 月 19 日

地点：云南昆明滇池温泉花园国际大酒店

各位朋友，各位嘉宾：

大家好！我非常荣幸来参加第十三届亚洲艺术节和第二届亚洲文化论坛。每到一个地方都要发布几声赞美，但有的赞美是发自内心，有的赞美是出于礼貌。我想我们来到云南的人，对云南发出赞美肯定是发自内心。因为云南这个地方最大的特点是多样性——民族多样性，自然的风光、地理也是多样性，因此形成云南的独具特色的文化和自然风光。我想这是云南吸引全世界的人来这里观光、学习、交流最重要的原因。我想这次第十三届亚洲艺术节和第二届亚洲文化论坛选在云南昆明召开，确实是非常恰当。当然也不是不到其他的地方就不恰当，但在云南更加恰当。

最近这十几年来我参加了很多论坛，有文学的论坛、文化的论坛、艺术的论坛，在每一个论坛上，多样化、多样性、保护多样性、保护多样化都是一个重要的课题。这充分说明文化多样性正在受到挑战，这种挑战有的能够看得见，有的看不见。文化的多样性肯定是源自于人民的多样性，它是人民在长期的生活当中创造出来的瑰宝。在当年交通不发达、文化交流很困难的情况下，人民创造的艺术只能关起门来自我欣赏。随着社会的日益进步，随着科学的快速发展，文化的交流、艺术的交流也越来越频繁，越来越方便，过去关门自赏的东西变成现在大家共赏。亚洲艺术节、亚洲文化节就是大家共同欣赏彼此的好东西。这样一种欣赏过程也是一个学习的过程，也是一个交流的过程。这是当今社会的重要内容，也是社会进步和发展的重要标志。而社会要继续更好、更健康地发展，也有赖于这样的交流的经常性、普遍性。

我在前几年看过一条消息，说世界上存在着大约六千种语言，当然有的语言有文字，有的没有文字；有的语言有很多的人在讲，有的语言只有极少数的人在讲。但这样六千多种语言正在逐日减少，而且速度非常惊人；消息说每年以三百种的速度消亡。也就是说，用不了多少年，目前世界上尚存的六千多种语言大多将会渐渐消亡干净。我想再下去几十年，或者更长的一段时间，世界上可能就只剩下什么英语、汉语、德语等比较大的语言；使用小的部落语言、小的民族语言的人越来越少，最后那些语言就变成语言的化石，就像印度的梵文一样，没有多少人认识，只有极少数专家认识。

在语言的现象上也可以看到文化其他方面的现象。很多属于民族、能够充分表现和体现民族特征和民族个性的艺术，由于经济的一体化、信息的公开化，也会面临严峻的挑战。很多过去的东西现在找不到了，很多东西正在渐渐地消亡。那怎么样改变这种现状？怎样使我们的祖先创造出来的人类文化艺术瑰宝能够更加长久地传承下去？我想这就是最近几十年来全世界文化界、艺术界所面临的共同的课题。

不仅仅是在语言学、艺术学、文学方面，其他人类生活的方面都存在着这种现象，我们过去很多少数民族的服饰、语言、生活方式，也都正在受到城市化、现代化的挑战。怎样使这些东西保存下来？我想这恐怕也需要专家来想办法，有的办法是有用的，有的办法没有用，因为全球经济的一体化必然导致文化的趋同化。还是拿语言做例子，如果你现在要想走出国门，讲的是很少人能懂的语言，那连翻译都找不到。你要跟别人进行交流，你就要学大多数人能够理解、听得懂的语言，学英语、法语、汉语。这就面临一个严峻的矛盾。一方面跟其他国家民族进行交流，是人类普遍的、合理的愿望，势不可当。要走出去，要做生意，要发展本地区的经济，要发展本地区的文化，艺术家要自己的作品具有新的特质，必然向外部学习。如果要向外部学习，必须通过语言作为媒介。通过语言作为媒介，要么你自己学习别人的语言，要么你请翻译。你请翻译的话，如果本人所讲的语言是非常少的人能够理解、能够懂的话，困难就非常大。所以怎样更加便利？也就是说世界上比较通用的话。这样一种矛盾，日益尖锐地摆在我们面前。我想这是亚洲论坛上必须讨论的一个问题。

任何一个特定艺术的产生，都离不开特定的生活环境。有时候环境改变了，当年非常红火、当年被很多人所喜欢的艺术，自然就会消亡。我觉得这个也是无可奈何花落去。我的家乡是山东高密，我们那个地方在过去几百年以来，老百姓也创造出很多民间艺术，其中有四项列入国家非物质文化遗产，有一种是剪纸，有一种叫泥塑。就拿剪纸为例，我想最早产生是在老百姓自家的窗户上。逢年过节的时候,老太太们、小姑娘们把红纸剪了贴到白色的窗户上,晚上点上煤油灯,显得非常美丽、非常喜庆。现在我想到农村去已经找不到这样木格子的窗户。木格是窗户存在的基础,木格都找不到了,还装到什么地方去呢？家里装了四扇玻璃窗,或者很大的落地窗,在上面贴上几个剪纸就显得不伦不类,剪纸贴到墙上也没有那个味道。所以我想依赖于民间木格窗户的剪纸必然要衰亡。怎么办呢？被评为国家的非物质文化遗产,说明它非常有价值,说明它是劳动人民一手创造出来的瑰宝,确实有它存在的价值。我们就培养一些年轻人向老人去学习这种艺术,也要吸收其他艺术品种的艺术,使剪纸更加丰富多彩,更加适应当下的生活。所以我看到现在高密很多剪纸艺人,题材已经非常多样化,不仅仅局限于小小的窗户,也可以做成非常精美的剪纸画册,也可以把剪纸跟年画相结合,另外也可以把剪纸印在书籍的装帧上。在新的形势下,老百姓的生活发生巨大变化,剪纸一方面要学习前辈艺术家所创造的东西,另一方面要跟当下的生活结合才有可能在新的生活环境里继续发展,继续赢得它的喜爱者。

另外像泥塑,在我的少年时期,我们赶集的时候,最盼望家里的老人能够给我买一个用手做的小摇猴,或者买一个双手挤压的泥老虎。我想这是二十世纪六十年代还普遍存在的现象。现在我的故乡的儿童们,他们已经不要这样的玩具了,他们有很多更加高档的玩具,毛绒玩具、电子玩具。这样的玩具有的会坐、有的会跑,有的甚至能够唱歌、跟你对话,确实比我们当年玩过的泥塑要好玩得多。所以在这种情况下,尽管泥塑被评为非物质文化遗产,但要引得儿童的欢呼是不可能了。但是它有很多宝贵的艺术元素。我看到很多画家,就从高密泥塑里汲取了营养,当然也不会把泥塑原封不动地表现一遍。它的夸张、幽默的元素,吸收之后变成自己艺术作品的重要构成部分。高密的泥塑跟陕北的泥塑不一样。你想泥老虎——老虎应该是很凶猛的动物,在很多画家的笔下,老虎是非常威严,甚至有点可怕、恐怖的,但在高密的泥塑老虎非常质朴、非常憨厚。把这样一种凶猛的动物之王变成很憨厚、很可爱的形象,这应该就是农民的、老百姓的艺术创造。这样一种元素,不仅仅是影响了很多画家、雕塑家的创作,对文学创作也产生了积极的影响。我早期的小说《红高粱》里面有大量关于色彩的描写。我想这就是来自于高密民间泥塑的影响。民间的色彩一般比较单调,比较热烈,对比非常强烈。所以有的评论家说:你的小说里为什么会出现大量大红大绿的色彩呢?我说,我在写的时候是一种下意识,没有想到刻意在我的作品里表现这种色彩,或者用这样的色彩来烘托作品的氛围。这就是一种融化在我的血液里,童年时期、少年时期就形成的一种艺术的素养,也可以说是民间文化的滋养。

在当今这样的环境、生活状态下,高密的民间泥塑怎么发展,也确实面临巨大的难题。一方面这个东西运输不方便,非常笨重。外地人很喜欢,可以买回去,但过于笨重必须要包装,需要包装就要用一个非常漂亮的外壳。外壳材料要比泥塑贵得多,我想现在外壳包装原材料价值远远超过泥老虎本身。所以仅仅做泥老虎还不行,他们现在也在想创新。前几年我看到他们用高密的泥巴捏出断臂维纳斯,我想这肯定是不对的。我说再怎么做也不如大理石、石膏漂亮,所以你们必须想别的办法,拓展艺术的素材。我们既然能够把老虎创造得那么好,完全可以把公鸡、毛驴、牛、猪也表现得非常有特色,而且现在有一些年轻人受过基本的艺术训练,可以把很多东西非常写实地表现出来。如果用泥巴捏出一个跟猪一模一样的泥巴猪,我说这没有什么价值。在这点上我们还是应该学习前人,他们把老虎夸张成现在的样子,你们也可以把别的动物夸张成一种非常有意思的样式。所以这种创新也应该是根据艺术原来的传统来创新,不应该漫无边际。创新当然要向外部学习,当然这个学习也应该是有所选择的学习。就像我刚才讲的一样,你非要用高密泥巴捏一个裸体的西方女性,这肯定是不对的。

再一个像高密的茂腔。前几年我在高密住的时间比较长,也跟当地领导反复呼吁,希望他们不要让高密茂腔在我们这一代手里断掉。高密领导也非常开放,也接受了我的建议。就是说,不仅仅是保留艺术的院团,而且为了后继有人,还选拔了五十名少年去潍坊艺校办了一个班,让他们专门学习,并且承诺他们毕业以后给他们事业编制。没想到来报名的人很多。不仅是高密本地的人来报名,周边很多县市也来了很多人报名。我们只招五十个学生,最后报名的多达五百多人,最后选拔是优里拔优。这批学生即将毕业,当时是十二三岁,现在已经是十六七岁,现在进入茂腔剧院,怎么演又是一个巨大的考验。所有的艺术院团都在进行改革,高密艺术院团现在还是依靠部分的财政补贴,一旦这帮孩子列入事业编制以后,还要给他们发工资。将来改革的方向肯定是依靠演出、门票来养活他们自己。但我想这在高密地区困难肯定非常大。观众应该是演员的衣食父母,就像读者是我们的衣食父母。你这个戏要好看人家才会来看,戏不好看人家不来买票。仅仅依靠去北京表演,获得一个什么奖项,这会带来荣誉,但带不来经济收益。带不来经济收益,还是无法让这个剧团长期地活下去。所以怎样让民间的小戏活下去,现在也是高密当地政府感到头疼的一个问题。他们现在演的戏还是老戏,还是几十年前我少年时看过的一些剧种。新的戏也有,用新的茂腔演一个反腐倡廉的戏,别说一般的观众,即便我来看我也感觉到不伦不类。用高密茂腔来歌颂一个市委书记、党支部书记,也是感觉到非牛非马,感觉非常不合适。你让他唱一个老戏,穿着古代的服装,穿着长袍玉带,女性用水袖甩来甩去,很好。但上来一个农村妇女主任,手里拿着一把铁锹,一开口还是茂腔,就觉得非常荒唐,非常滑稽。所以怎样改变这样的局面,我也在帮他们想办法。我曾经承诺给他们写一个茂腔戏。我说有可能让你们参加国家文化戏剧表演,获得某一个奖项,但我不知道能不能让高密的老百姓来看这个戏。现在这个戏剧的观众确实是后继乏人。年轻人有这么多的选择,可以看电影、可以看电视、可以上网。网上有那么多好玩的东西,有那么多的游戏,可以把业余时间打发掉。你再让他花钱跑到剧院里,用睡着的节奏来演一个古老掉牙的故事,我觉得很难,有时候白给他们票他们都不去。我知道高密茂腔的观众基本上还是老观众,像我这种,一听到旋律就感觉到浑身颤抖的人,不管演什么戏我都可以进去看,但我们这批观众也要被自然规律淘汰掉。如果这个戏要长期传承下去,只有演出才能传承,只有演出才有生命。所以演什么、怎么演、怎么让年轻的观众喜欢它,不仅仅是茂腔面临的问题,也是全国剧种,包括最大的剧种——京剧所面临的巨大问题。京剧——我想国家为京剧的继承花费了多少钱,费了多大精力,让京剧进入到学校里去,但我觉得现在还很难说收到多么大的效果。像我们祖先创造的这样一类东西,曾经非常辉煌的非物质文化遗产,怎么继承、怎么传承,确实是我们戏剧界的人,也是各个艺术行当里的人都要认真思考的问题。

所以这就带来了一个话题:继承祖先留给我们的宝贵的非物质文化遗产,继承不是目的——学习和继承不是根本的目的,根本的目的应该是创新。一方面本行当的人要学习,比如说戏剧行当的人要学习我们过去祖先所创造的流派,把它演绎、学习、模仿得惟妙惟肖。

但如果仅仅唱得和梅兰芳一样好,难道就达到目的了吗?我想还没有达到目的。我们现在说京剧之所以伟大,就是有梅兰芳这样伟大的人创造了流派。再过几十年,当我们也成为了祖先,我们的后代还要听京剧、唱京剧的时候,难道还要继续学习梅先生吗?我们当代的京剧演员也应该创造自己的新派,应该广泛学习前人崇高的基础,结合自己本身的艺术特质、艺术个性,创作出最有自己鲜明个性的东西来。你姓王可以创造一个"王派",你姓管可以创造一个"管派"。再过去几十年,不仅知道"梅派",并且知道了"王派""管派",我们这一代人就没有白白地搞艺术,不但祖先的东西传承下来了,我们也创造了新的。所以我觉得继承学习不是根本的目的,根本的目的应该是创新。

创新,我想无非有两条路径。

创新肯定要广泛学习别人。广泛学习本行当里面前辈的东西,也要广泛向其他的艺术行当学习。我是搞文学的,我搞文学也可以向美术家学习,也可以向戏剧的剧作家学习,也可以向民间的艺术学习。广泛地学习才会慢慢使得自己的作品变得更加丰富。我早期的小说,不仅受到民间剪纸、泥塑的影响,也受到西方现代派美术的影响。我记得1984年,我在北京解放军艺术学院学习的时候,都在看西方的名著。有一段时间我就看凡·高、莫奈他们的画册,看他们画册里对自然界事物夸张的、变形的表现形式。这让我感觉到艺术表现在深处有相通之处,有强烈的共鸣。然后我拿起笔来写的时候,语言在我笔下也开始变形;我用语言所描述自然里的万世万物,就和他们用画笔描述的一样,也在变形。很多人说我受到西方魔幻现实主义的影响,这当然应该承认,但他们并不知道我受到了西方美术家的影响,甚至音乐的影响。前天晚上我跟一个老艺术家讲到写作的时候听不听音乐，他说有一段时间，写作累的时候会听音乐。我说我也是。当年我在写《红高粱》的时候，我买了个随身听，听京剧。我听梅兰芳在唱，在写作写到入迷境界的时候，我又忘记我听的是什么，但在我脑子里边、耳边有非常强烈的节奏感，这种节奏感不仅控制了我的笔，也控制了我的身体。我并不知道我写作的是什么，如果旁边有人的话就会对我提出强烈的抗议，我一边在写作，一边在喘粗气，一边腿在哆嗦，浑身都发出了响声。我想这实际上是音乐旋律已变成了文字的节奏。

所以我想我们艺术家创造的时候，确实是广采博取，不仅仅学习本行当，还要学习中国的古典文学，学习西方文化，学习民间演唱、民间艺术、外来艺术。音乐、艺术、舞蹈、杂技等我们都应该广泛地学习。当然有的时候是直接的，有的是间接的，所以亚洲艺术节确实应该长期举办下去。亚洲艺术节不仅仅是各国国家来展现自己的艺术，实际上也是学习别人的过程。我们昨天看了韩国、朝鲜的舞蹈，看了斯里兰卡带着浓厚的宗教色彩的舞蹈。我们也看到云南红河各个州县文工文艺团队演出的，带着浓郁风情的民族舞蹈，比如说甩发舞，从中可以感觉到生活的气息，感觉到这些东西确实是来自民间、来自生活的。还有他们的服饰，我听云南的马院长讲，服饰是跟云南当地插秧是分不开。裤子为什么那么短，因为他们要下田插秧。我想他们如果穿成这样的裤子去插秧，是肯定不行的。他们插秧的时候也不可能有这么健美，累得要命。民族舞蹈跟民间农业劳动、水田是分不开的。在这样艺术节上各个民族得以展现，肯定会受到很多的教育。这样的艺术交流长期持续下去，就是互相学习的过程。将来我想会潜移默化，朝鲜的舞蹈、中国云南的舞蹈、东南亚各国的舞蹈，都会变成一种元素出现在每个国家创作家的艺术当中。

另外，创新还要冒着风险。很多创新并不是当时就能被人接受。有的创新在当时是饱受批评，甚至被骂得一无是处，但过了若干年以后，当年被人认为是大逆不道的东西，就会变成新的传统，被后人继承。而且有的事情来得非常快，半个月前在北京师范大学我主持了一场陕西作协举办的贾平凹创作回顾的研讨会。大家都知道贾平凹在二十世纪九十年代初，1993年，写了一部非常有名的作品，叫《废都》，受到了空前的批评。一部作品受到如此激烈、强烈的批评，是在八十年代以后没有见过的。很多作家、批评家将这部作品贬得一无是处，当然也有极少数人觉得了不起，但大多数人是持否定批判的态度。但在我昨天主持的那场研讨会上，起码有两个当年非常猛烈、尖刻地批评《废都》的专家，经过二十多年的发展，他们觉得《废都》这部作品是有前瞻性的，并不像他们想象的那么简单，而且也证明《废都》是1990年代中国当代文学中的一部非常重要的作品。当然我想这个评价还会出现反复，可能过几年以后大家又认为这个《废都》不好，但是从长远的角度来看，我觉得《废都》这部作品是中国当代文学一部会被经常提到、会被经常讨论的重要作品。能否成为经典，我现在不敢下结论，但将来肯定会在中国当代文学史上占据一个很重要的地位。

我记得2008年亚洲论坛上我也举过一个例子，就是中国首都北京国家大剧院。国家大剧院在建设的过程当中也是饱受争议，也受到很多猛烈的批评，即便建成之后一段时间内批评的声音也是不绝于耳。设计师本身也是一个写作者，自己也写了好几部小说。大概是2008年的春天我跟他见过一次面，见面以后他说在中国为了建设国家大剧院，前后待了八年。在这八年当中他的业余时间，大部分在阅读我的小说。当然是阅读小说的法文译本。我说我的小说非常土,我写的是高密民间老百姓的生活,你一个法国来的,你怎么可能会喜欢我的小说呢。他说越是土的东西里,越是包含了最先锋的因素。我又跟他探讨国家大剧院当时饱受争议的时候,他有没有压力。他说压力巨大,之所以把国家大剧院建成这个样子,也是一种无奈之举。旁边是人民大会堂,另一面是天安门,在中国天安门广场旁边号称心脏的地方建一个大剧院,并且有高度的限制,所以只能往地下走。如果往地下走的话,也可以建成方方正正,像人民大会堂、历史博物馆一样的建筑,而且有很多民间设计的建筑,也是金碧辉煌,也是巨大的两人合抱的柱子。如果在这个地方再建这样的东西就没有什么意义。所以建成目前样式的国家大剧院,目的是要跟周围的环境形成一种强烈的对比。当时批评最猛烈的声音是不和谐,在这个地方搞一个大水泡不和谐。他说,强烈对比中的和谐,是更高层次的和谐。周围充满帝王之气,方方正正确实是中国古典的艺术传统,但建成大水泡一样流动的、活泼的、先锋的东西,应该给这个区域注入了一种强大活力。我被他说服了。后来我进去看了几场演出,我认为他的设计确实是先锋,也确实是天才。而且当时国家拍板决定采纳了他的意见,我觉得政府领导人也是非常英明。所以你进入国家大剧院以后,通过长长的走廊看到上面的水,也许在演出之前绕着大剧院转几圈,当看到水里游弋的鱼的时候,会觉得它应该能够被更多的人喜爱。所以事实证明,现在喜欢这个大剧院的人越来越多。

当然涉及别的建筑中央电视台大楼,是另外一个性质。前几年在亚洲论坛上我也问过设计者——荷兰的建筑家。我说你为什么要搞这么一个建筑,初衷是什么,想要达到什么效果。后来他说我要让人们过目不忘。我想他这个目的已经达到了。中央电视台新址的大楼让人过目不忘,现在也是饱受争议。它毫无疑问会成为北京的一个地标式建筑。当然这是一个美丽的地标，还是丑陋的地标，我们暂且不论。再过去几年，中央电视台的新址会不会有更多的评价，要等待历史的考验。

我想艺术的创新、文化的创新，是源于生活的。所有的创新都是要受风险的，所有想要创新的艺术家要有足够的思想准备。你要离经叛道，但是你也要有所根基。有的东西，当时会被人骂得一团狗屎不如，但也许多年以后人们会慢慢发现独特的美感。所以我想在当今的时代，在讲文化传承、文化继承的时候，确实应该重视创新。我们要提倡多样化，保存好祖先留给我们的东西，但要把更多的精力放在创新上，而且我们要做好被人骂的准备。当然，我想对巨大的建筑来讲，拿着纳税人的钱来创新确实要更加谨慎。但个人创作，一个音乐家要写曲子，美术家要画一幅画，诗人要写小说，这个可以大胆地创新，因为这耗费不了纳税人的金钱。

谢谢大家。

文化交流与创新

——在第十四届亚洲艺术节暨第三届亚洲文化论坛上的讲话

时间：2015年11月9日
地点：福建泉州

各位领导，各位专家，各位学者，各位同仁：

上午好！古代窑工做瓷器的时候，并没有想到他们做的是价值连城的艺术珍品。我们的先人在开辟丝绸之路的时候也没想到这样一条路会走得那么久远，产生那么大的影响。我们也没有想到当丝绸之路几乎成了历史文化遗产，成了一个传说的时候，在二十一世纪的今天突然又焕发蓬勃的生机和耀眼的光芒，吸引全世界的注意，并且必将在世界上产生深远的影响。丝绸之路从古至今从来都不是单纯的经济贸易之路，它也是政治对话之路，也是文化交流之路，也是和平友谊之路。新的"一带一路"建设使丝绸之路含义更丰富，对人类社会的影响也更加深远。

现在全世界都在讲创新，中国各行各业也都在讲创新；政治、经济、制造、科学各行各业都在讲创新，文化领域也需要创新，艺术创作也需要创新。如果不认真分析,创新就变成了一个空洞的口号,很多创新就没有什么吸引力。从我个人文学创作来总结一下经验,我觉得创新有几个点:

第一点,无论是经济政治方面,还是文化艺术方面,必须从民族、国家传统文化当中汲取营养,寻找灵感。我从报纸上了解到驻中国三十多个国家的大使到广州去参观一家只有几十人的小企业。这家企业生产的产品是青蒿素。有一个非洲国家大使说青蒿素挽救了他们国家的命运。青蒿素在非洲和东南亚地区发挥了重要的作用,挽救了成千上万的生命,因此中国的科学家屠呦呦教授也获得了今年的诺贝尔医学奖。屠呦呦教授的青蒿素来自于《肘后备急方》[1],那本古书里面明确记载着取青蒿一把榨汁来喝下去可治疟疾。她从古方中获取灵感,从青蒿中提取了对疟疾有奇效的青蒿素,获得了世界的承认,为人类的健康做出了巨大的贡献。

在传统文化中,这样一些宝贝是非常多的。《肘后备急方》中有很多方子,《本草纲目》里记载了一千多种中草药。中国古代无论是文学艺术还是医学典籍都是丰富的宝库,都是我们创造、创新取之不尽用之不竭的宝贝资源。我想我们亚洲各国的历史里都存在着很多这样的经典,每个国家的艺术家和科学家在创新的时候都应该在本国的历史文化里寻找灵感,基于本国历史文化的基础去创新,这也为亚洲世界各国的文化交流提供了最根本的保证。如果交流的都是过去有的东西,这样交流起来很快就会陈旧,我们只有在创新的基础上交流才是历久弥新的,才会让我们的生活每天发生变化。

---

[1] 《肘后备急方》,是东晋葛洪的著作。

第二点,创造应该有很强烈的学习意识。亚洲各国的文化交流实际上是彼此学习的过程。我们到越南去,到泰国去,到蒙古、日本、韩国去,会看到很多比较熟悉但又很陌生的东西。这些东西实际上融合了各个国家的文化,或者说是在各国的文化交流中创新出来的新的东西。我们要学习各个国家的艺术形式,也要学习各个国家艺术里所包含的深刻的思想内容。我们有很多生活习惯不一样,我们有很多思维方法也有区别,这样的生活习惯和思维方法很难用谁高谁低、谁优谁劣来评价。它的产生和当地的历史、风土人情和自然密切相关,所以"他山之石,可以攻玉"这种古老的说法在文化艺术创新领域是金科玉律,是我们要遵循的东西。另外我们要向生活学习,向历史文化传统学习,要向国外的文化学习,还要向自己的生活学习,这对从事文化创作的人至关重要。如果不能深入地投入到生活中去,如果不能和老百姓息息相关、心心相印,我们就不能把握住时代的脉搏,我们的写作就会脱离时代,我们的写作就不能感动自己,更不能感动别人。

　　向生活学习、向外国学习的时候,应该有一双善于观察的眼睛,应该有高度敏感的艺术神经,要发现生活细节中包含的文化意义和历史渊源。昨天晚上我碰到来自日本的千玄室大宗匠,他在对话会上简单表演了茶道。我看到他在喝茶的时候把茶碗举得很高,把茶喝得底朝天。我去日本十几次,有很多次去朋友家做客,每次朋友都会用茶来招待我。我去了之后,朋友就事先告诉我:你在喝茶的时候要发出呼噜呼噜的声音,把茶喝得底朝天,由此表示对茶的赞赏和对主人的感谢。尽管呼噜的声音在现代生活里不太雅,但在特殊环境里,体现了对主人的崇敬和对茶叶的欣赏。这样的细节在艺术创作里都应该是富有生命力的,因为来自于生活,有深厚的文化历史渊源。

我记得三十多年前母亲给我女儿喂饭的时候，我发现母亲盛一口饭往孩子嘴里递的时候，我母亲的嘴巴也下意识张开了。我女儿喂她的女儿的时候，她的嘴巴也不由自主地张开了。我去欧洲几个国家，也特别注意观察母亲给孩子喂食的时候母亲的嘴巴，我发现无论是哪个国家的母亲，在给自己孩子喂食的时候，她的嘴巴都会下意识地张开。这样一个细节就体现了人类共同的情感基础，这也说明了为什么我们的艺术作品经过翻译能够打动人们。人类的母子之爱、父子之爱，人类的基本情况是一致的，是艺术交流的心理基础。

还有一个细节，我到韩国去，跟很多朋友喝酒。酒过三巡以后，韩国朋友把他喝过的酒杯推到我的面前，把我的酒杯推到他的面前，这就是中国成语里的"推杯换盏"。我们只知道这是一种喝酒状态，实际上这里面包含很深的含义。我不嫌你的酒杯脏，我们是好朋友，你用过的酒杯，我可以用，我用过的你也可以用。在韩国我发现汉语成语的真正含义。这样一个"推杯换盏"的行为在中国看不到，我们的古人有这样的行为才有了这样一个成语，但这个行为在友好的邻邦很好地保存了下来。在对外的文化交流中，我们应该时刻注意观察，从里面可以观察到很多文化交流积累下来的成果，也可以发现各个国家文化，从而为新的文化创造提供有说服力的细节。

第三点，文化交流怎么创新。不光是文化交流，我们的政治对话、经济贸易也存在着创新，文化交流应该和经济贸易、政治对话融为一体。今年五月份的时候，李克强总理访问南美四国，安排了几个作家随行，我们在哥伦比亚举办了一个中哥文学论坛，大家都发表了重要的讲话。这个论坛产生了很深的影响,在波哥大的中国文学论坛上,总统在讲话的时候讲了一个细节,让我特别地震撼。他说在十分钟前,他跟哥伦比亚北部的一个首领进行了对话,双方商定停火二十四小时。在拉丁美洲,文学艺术的地位是非常高的,他们的伟大作家马尔克斯受到了万众爱戴,他的影响力巨大,以至于中国作家和他们的对话,会让他们停火。

我希望亚洲各国之间将来各种交流,从丝绸之路、"一带一路"建设中,应该始终把交流活动当作一个整体来考量。无论是政治对话还是经济交流,我们的最终的目的还是文化的共同繁荣。因为文化最终和人类生活、情感密切相关。一个国家真正的繁荣昌盛是人民灵魂的丰富,艺术的灿烂多姿。谢谢大家!

现实生活与创作灵感
——在第三届中韩日东亚文学论坛上的演讲

时间：2015 年 6 月 13 日
地点：北京

  三十多年前，我初学写作时，为了寻找灵感，曾经多次深夜出门，沿着河堤，迎着月光，一直往前走，一直到金鸡报晓时才回家。
  少年时我胆子很小，夜晚不敢出门，白天也不敢一个人往庄稼地里钻。别的孩子能割回家很多草，我却永远割不满筐子。母亲知道我胆小，曾经多次质问我：你到底怕什么？我说：我也不知道怕什么，但我就是怕。我一个人走路时总是感到后边有什么东西在跟踪我；我一个人到了庄稼地边上，总是感觉到随时都会有东西蹿出来；我路过大树时，总感觉到大树上会突然跳下来什么东西；我路过坟墓时，总感觉到会有东西从里边跳出来；我看到河中的漩涡，总感觉到漩涡里隐藏着奇怪的东西……我对母亲说：我的确不知道怕什么东西，但就是怕。母亲说：世界上，所有的东西都怕人！毒蛇猛兽怕人，妖魔鬼怪也怕人。因此人就没有什么好怕的了。我相信母亲说的话是对的,但我还是怕。后来我当了兵,夜里站岗时,怀里抱着一支冲锋枪,弹夹里有三十发子弹,但我还是感到怕。我一个人站在哨位上,总感到脖子后边凉飕飕的,似乎有人对着我的脖子吹气。我猛地转回身,但什么也没有。

因为文学,我的胆子终于大了起来。有一年在家休假时,我睡到半夜,看到月光从窗棂射进来。我穿好衣服,悄悄地出了家门,沿着胡同,爬上河堤。明月当头,村子里一片宁静,河水银光闪闪,万籁俱寂。我走出村子,进入田野。左边是河水,右边是一片片的玉米和高粱。所有的人都在睡觉,只有我一个人醒着。我突然感到占了很大的便宜。我感到这辽阔的田野,这茂盛的庄稼,包括这浩瀚的天空和灿烂的月亮,都是为我准备的。我感到我很伟大。我知道我的月夜孤行是为了文学,我知道一个文学家应该是一个不同寻常的人,我知道许多文学家都曾经干过常人不敢干或者不愿意干的事,我感到我的月夜孤行已经使我与凡夫俗子拉开了距离。当然,在常人的眼里,这很荒诞也很可笑。

我抬头望月亮,低头看小草,侧耳听河水。我钻进高粱地里听高粱生长的声音。我趴在地上,感受大地的颤动,嗅泥土的气味。我感到收获很大,但也不知道到底收获了什么。

我连续几次半夜外出,拂晓回家,父母和妻子当然知道,但他们从来没有问过我什么。只是有一次,我听到母亲对我妻子说:他从小胆小,天一黑就不敢出门,现在胆子大了。

我回答过很多次文学有什么作用的问题,但一直没想起我母亲的话,现在突然忆起来,那就赶快说——如果再有人问我文学有什么功能的问题,我就会回答他:文学使人胆大。

真正的胆大,其实也不是杀人不眨眼,其实也不是视死如归,其实也不是盗窃国库时面不改色心不跳,而是一种坚持独立思考,不随大流,不被舆论左右,敢于在良心的指引下说话、做事的精神。

在那些个月夜里,我自然没有找到什么灵感,但我体会了找灵感的感受。当然,那些月夜里我所感受到的一切,后来都成为了我的灵感的基础。

我第一次感受到灵感的袭来,是1984年冬天我写作《透明的红萝卜》的时候。那时候我正在解放军艺术学院学习。一天早晨,在起床号没有吹响之前,我看到一片很大的萝卜地,萝卜地中间有一个草棚。红日初升,天地间一片辉煌。从太阳升起的地方,有一个身穿红衣的丰满女子走过来,她手里举着一柄渔叉,渔叉上叉着一个闪闪发光的、似乎还透着明的红萝卜……

这个梦境让我感到很激动。我坐下来奋笔疾书,只用了一个星期就写出了初稿。当然,仅仅一个梦境还构不成一部小说。当然,这样的梦境也不是凭空产生的。它跟我过去的生活有关,也跟我当时的生活有关。这个梦境,唤醒了我的记忆。我想起了少年时期在桥梁工地上给铁匠师傅当学徒的经历,我想起了因为拔了生产队一个红萝卜而被抓住在群众面前被批斗的沉痛往事。

写完《透明的红萝卜》不久,我从川端康成的小说《雪国》里面读到一段话:"一只壮硕的黑色秋田狗蹲在潭边的一块踏石上,久久地舔着热水。"我的眼前立即出现了一幅生动的图画:街道上白雪皑皑,路边的水潭里,热气蒸腾,黑色的大狗伸出红色的舌头,"呱唧呱唧"地舔着热水。这段话不仅仅是一幅画面,也是一个旋律,是一个调门,是一个叙事的角度,是一部小说的开头。我马上就联想到了我的高密东北乡的故事,于是就写出了:"高密东北乡原产白色温驯的大狗,绵延数代之后,很难再见一匹纯种。"这样一段话,就是我最有名的短篇小说《白狗秋千架》的开篇。开篇几句话,确定了整部小说的调门。接下来的写作如水流淌,仿佛一切早就写好了,只需我记录下来就可以了。

实际上,高密东北乡从来也没有什么"白色温驯的大狗",它是川端康成的黑狗引发出的灵感的产物。

在那段时间里,我经常去书店买书。有的书,写得很差,但我还是买下。我的想法是,写得再差的书里,总是能找到一个好句子的,而一个好句子,很可能就会引发灵感,由此产生一部小说。

我也曾从报纸的新闻上获得过灵感,譬如,长篇小说《天堂蒜薹之歌》就得益于山东某县发生的真实事件,而中篇小说《红蝗》的最初灵感,则是我的一个朋友所写的一条不实新闻。

我也从偶遇的事件中获得过灵感,譬如我在地铁站看到了一个妇女为双胞胎哺乳,由此而产生了长篇小说《丰乳肥臀》的构思。我在庙宇里看到壁画上的六道轮回图,由此产生了长篇小说《生死疲劳》的主题架构。

获得灵感的方式千奇百怪,因人而异,而且是可遇而不可求。像我当年那样夜半起身到田野里去寻找灵感,基本上是傻瓜行为——此事在我的故乡至今还被人笑谈。据说有一位立志写作的小伙子学我的样子,夜半起身去寻找灵感,险些被巡夜的人当小偷抓起来——这事本身也构成一篇小说了。

灵感这东西确实存在,但无论用什么方式获得的灵感,要成为一部作品,还需要大量的工作和大量的材料。

灵感也不仅仅出现在作品的构思阶段,同样出现在写作的过程中,而这写作过程中的灵感,甚至更为重要。一个漂亮的句子,一句生动的对话,一个含意深长的细节,无不需要灵感光辉的照耀。

一部好的作品,必是被灵感之光笼罩着的作品;而一部平庸的作品,是缺少灵感的作品。我们祈求灵感来袭,就必须深入到生活里去。我们希望灵感频频降临,就要多读书多看报。我们希望灵感不断,就要像预防肥胖那样,"管住嘴,迈开腿"。从这个意义上说,夜半三更到田野里去奔跑也是不错的方法。

我 们 的 亚 洲
——在 2016 年博鳌亚洲论坛年会上的演讲

时间：2016 年 3 月 23 日
地点：海南琼海

1990 年,有一首名叫《亚洲雄风》的歌曲参加北京亚运会主题曲的竞选落败,但因为其优美的旋律、铿锵的节奏赢得了群众的喜爱,至今传唱不衰,而那首被选为亚运会主题曲的歌曲基本上被人忘记了。

《亚洲雄风》的歌词写得真好：

我们亚洲,山是高昂的头。
我们亚洲,河像热血流。
我们亚洲,树都根连根。
我们亚洲,云也手握手。
莽原缠玉带,田野织彩绸。
亚洲风乍起,亚洲雄风震天吼。

>我们亚洲,江山多俊秀。
>
>我们亚洲,物产也富有。
>
>我们亚洲,人民最勤劳。
>
>我们亚洲,健儿更风流。
>
>……

听了这首歌,我深感到作为一个亚洲人的骄傲和自豪。当然,亚洲的山川地理之美,物产之丰盛,历史之悠久,文化之灿烂,不可能在十几句歌词中得到全面的描述,尤其是亚洲文明之多样、之丰富,千言万语也难以说尽。

我出生在乡村,启蒙也晚,上小学时,听老师讲地理,始知地球上有七大洲四大洋。从小到大,老师都对我们说:我们的教室在大栏小学里,我们的小学在大栏村里,我们的大栏村在河崖公社里,我们河崖公社在高密县里,我们高密县在山东省里,我们山东省在中国里,我们中国在亚洲里,我们亚洲在地球上,我们的地球在太阳系里,我们的太阳系在银河系里,银河系在宇宙里。我们问:老师,宇宙在哪里?老师说:宇宙在宇宙里。我们问:老师,宇宙为什么在宇宙里呢?老师说:我也说不清,长大了你们就明白了。我现在已经六十多岁,至今也没弄明白宇宙为什么在宇宙里。

我想,人类的文明,当然也包括亚洲的文明,就是从思考人与外部世界之关系,就是从低头观察地上的蚂蚁,抬头仰望天上的星辰开始的。孩子的任何一个追问都在探问事物的根本,而为了回答孩子们追问的思索研究就是创造文明。人类文明起源于此,亚洲文明当然也是起源于此。

尽管老师明确地告诉我,我们的村在亚洲里,但我总感到亚洲是非常遥远的地方,与我生活的村庄没有什么关系。

二十世纪六十年代中期,我叔叔买回一包琥珀色的伊拉克椰枣孝敬我的奶奶,我奶奶分给我一颗。当时我认为,这伊拉克椰枣是世界上最好吃的东西,那种独特的浓郁香气我至今记忆犹新。吃完那颗伊拉克椰枣后,我曾把枣核埋在园子里,希望能长出一棵枣树,但它没有发芽。

一颗小小的椰枣,使亚洲在我心中具体化了。许多年后,一提到亚洲,我的脑海中便浮现出椰枣的样子,口腔里便有椰枣的香味。美国发动第一次海湾战争时,我正在一个作家班学习。我们的同学分成两派,一派支持美国打伊拉克,一派反对美国打伊拉克。我反对美国打伊拉克,因为我担心美国的飞机大炮将伊拉克的椰枣树全部炸死,那样世界上就再也没有这种美好的食物了。

后来,我查阅资料,始知椰枣有许多品种,我吃过的只是其中之一。我还知道了椰枣对于阿拉伯人来说,不仅仅是一种食物,更是一种文化。甚至可以夸张地说,阿拉伯文明是与椰枣树密切相关的。《古兰经》中有很多处关于椰枣树的描述。阿拉伯谚语说:椰枣树是母亲、姑母和姨妈。阿拉伯诗句说:要学椰枣树,高大不记仇,投之以卵石,报之以佳果。而这种神奇的植物,在唐朝甚至更早时就流传到中国,在南方多地至今还有栽培。中国药学经典《本草纲目》将椰枣称为"无漏子",并记载了这种美妙食物作为药物使用时的诸多神奇功效。

我不知道是哪个中国人品尝了第一颗椰枣,也不知道是哪个中国人在中国的土地上栽下了第一棵椰枣树,但可以想象到在丝绸之路的交易中一定会有椰枣的交易,可以想象到卖掉椰枣的阿拉伯人的笑脸,可以想象到千百年里有多少孩子因为吃了伊拉克枣而产生了对于一个遥远的国家的想象。所以,任何一宗商品的交易,无论是丝绸或是瓷器,无论是香料或者椰枣,都同时是文化的交流,都必将成为文明的创造。

　　商品交易、经贸往来从古至今都是亚洲各国之间文明交流的原初动力和主要形式。商品是文明的产物,附带着丰富的文化信息。中国人总是希望把最好的东西出口到国外,因为好的东西代表着一个国家的面子和尊严。"文革"期间,我家邻居的儿子在外贸公司工作,他经常用低廉的价格买回一些"出口转内销"的商品,令我们羡慕不已。有一次他买回一些鸡蛋,说是因农药含量超标被打回来的。他母亲分了一些鸡蛋给我们家。我们一看,多好的鸡蛋啊,个头一般大,颜色很光亮,煮熟了一尝,味道也很鲜美。我们想,这样的鸡蛋,怎么可能含农药?这外国人口味太刁了。现在我当然明白鸡蛋的农药含量是怎么一回事,但至今我也感叹中国人对待出口商品的严肃性。据我家邻居的儿子说,选择出口的鸡蛋要用一个标准的铁丝圈,大了不要,小了也不要。我认为一个国家是有性格的,一个国家的性格应该是这个国家的人民性格中最优秀的部分的集中表现。我家院子里有一棵杏树,杏子熟时,我母亲总是挑出那些最好的杏子分赠给邻居和亲戚,对此我心中很不愉快。母亲却说,送给人家当然要送最好的。中国大多数的老人的行为准则是跟我母亲一样的。这些普通中国人的性格,决定了中国即使在自己的国家经济还十分困难的情况下,还能慷慨地对其他国家进行无私的援助。当然,随着时代的发展,那种单方面的无偿援助,已经被互惠互利所代替,但一个讲义气、讲感情的国家还是更能赢得世界的尊敬。

　　政治交流当然也是文明交流的主要部分和强大推力。我二十世纪六十年代看过刘少奇主席访问印度尼西亚的电影,七十年代看过周恩来总理访问亚洲多个国家的电影片段,近年来经常看到习近平主席访问亚洲多个国家的电视。中国与亚洲各国的交往原则一以贯之,但领导人的个人风格鲜明突出,给亚洲人民留下深刻印象。

在毛泽东时代,中国有势不两立、随时准备与之开战的敌人,但现在的中国,没有一个非要与其决一死战的敌国。其实在毛泽东时代,中国也是主张和平并积极推进和平的,这与中国传统文化中的"和"字有关。中国人经常讲:和气生财,和为贵,和谐,和平。当然,"和"的文化,也是亚洲多彩文明的重要构成部分。

我是一个作家,更愿意从文学艺术的角度来观察和理解亚洲文明。在一个封闭的环境里,当然也可以产生文学艺术,但文学艺术要想繁荣昌盛必须交流,在交流中比较、鉴别、创新、提高。过去我们也曾担心学习别人的东西会淹没自己的个性,担心自己国家的文化被别的国家的文化覆盖。其实,这种担心是多余的。因为当今世界已是信息共享、艺术共赏的时代,在经济上、科技上、艺术上,甚至是政治制度上,早已是你中有我,我中有你。但最终我还是我,你还是你。日本当年派遣大批留学生到中国学习,但日本文化并没有成为中国文化的附属;反过来,后来中国又向日本学习,但中国文化并没有牺牲自己的个性。唐玄奘法师不远万里从印度取回佛经,但佛教与中国传统文化相结合,又有了许多创造性发展,成为中华文明的重要内容。

交流是必需的,但交流应该建立在平等的基础上,建立在承认差异、尊重差异的基础上;艺术的交流,更应该建立在彼此吸引、潜移默化的基础上。无论多么好的东西,也不能强迫别人接受,当然,推介也是必要的。

当然，互联网时代的亚洲多彩文明面临着趋同的挑战，但蕴含在各国人民之间的巨大的创造力最终会把互联网当成创新的工具，使亚洲乃至人类文明更加多姿多彩。继承多彩文明，创新多彩文明，享受多彩文明，这也许是我们最根本的追求。

移动互联网时代的版权运营与保护

——在第六届中国版权年会主题论坛上的演讲

时间：2013 年 11 月 30 日
地点：北京

各位领导，各位嘉宾朋友们：

上午好！

非常荣幸参加此次年会。首先我想表示感谢，感谢这几十年来，为了版权保护而辛勤工作的人们。

在互联网时代，我们反复提到版权问题，因为版权变成了大多数人面临的一个问题。上个星期，我跟一个很好的朋友见面。他是一个摄影师，拍了很多照片，出版了影集，想让我给他写序言。我看了他拍的照片。他的很多照片，是在很偏僻的山村拍的，拍了很多老大爷、老大娘，还有很多天真可爱的孩子们。我们说这个是不是也涉及了肖像权的问题？肖像权是不是也称为一种广义的版权，是父母遗传给自己的一个版权。现在恐怕没有人来管这个事。所以我想，很多山村里的老大爷、老娘们绝对不可能会为了自己的肖像权，来找摄影家讨版税。

　　我还看到他拍了一幅很有趣的照片：一面雪白的墙壁上有人用黑色的墨汁涂鸦了两行字，一行字叫作"手里端着酒瓮子，心里想着大辫子"。大辫子现在比较少见，过去农村里的姑娘都留一条大辫子。我觉得这个写作者年龄比较大，起码跟我年龄差不多。一个人在家里闲着没事儿喝酒，想起了当年的初恋，所以手里端着酒瓮子，心里想着大辫子。照片看了之后，很感动。我也想到了，这个是不是也涉及了版权问题呢？当然这两句诗也是原创，你用一个照片的形式发表了，涉及侵权的问题。假如这个创作者，有一天看到这个摄影集，是不是也可以来找这个摄影家来理论，跟他讨要版税？

　　总而言之，我想在互联网时代，在摄影、录音、录像技术日益发达，非常便捷的时代，我们每个人都跟版权产生了千丝万缕的联系。今年以来，我更体会到。实际上在当今手机可以摄像的年代里，一个人要不想被别人给拍到，简直不可能，防不胜防。过去一个人碰到你了，要对你拍照片了，回家拿相机来不及了，等取来相机，你已经走出很远了。现在掏出手机来就可以。你在吃饭的时候，一抬头，有人给你拍照；甚至你在上厕所的时候，一回头，也有人给你拍照。另外你不可以不高兴，你再一不高兴，他继续拍，更加丑陋，是不是？不雅的东西，发表出来之后有损国家形象，不好。所以我想在移动互联网的时代，版权保护问题变成了跟我们每一个老百姓的日常生活都密切相关的问题。

　　我今天主要是想站在一个作家的角度上，谈一谈版权保护的问题，谈一谈作家如何增强自己的版权保护意识。在很长一段时间内，作家一谈版权，好像令人瞧不起。我也有过这种情况，比如说有的出版社欠着我的版税，我见着他会觉得不好意思，反而怕见欠我版税的人。都是多年的老朋友了，一见着我之后人家很尴尬，我也很尴尬。所以我想我是从来不会向他们讨要版税的，我觉得不是他们欠我的，是我欠他们的。我想他们不付我版税的理由，就是说出版社经营很困难。所以我见一个出版社经营都很困难的人，我就感觉到很难过，所以还是不见为好。

现在作家跟网站打版权官司，按说这是一件正大光明的事情。但是我也看到很多人说了很多风凉话：有这么多的国家大事，你们不去关心，有这么多的弱势群体，你们不去关怀，你们这帮作家——人类灵魂的工程师，就关心自己的版税，还诉诸公堂，并且占用媒体宝贵的版面和时间。我当时就暗暗庆幸，我幸亏没有参加进去，和他们一起去和网站打官司，尽管我的作品也被这家网站侵权了。

但是过了几年之后，我的观点也发生了变化，我觉得这件事情确实还是正大光明的事情。尽管网站可以理直气壮地讲：我把你的作品搬到网上，扩大了影响力，你应该向我们交费才对。实际上这个事儿是不对的。因为我想没有一家网站，是为了宣传哪个作家，而把他的作品搬到网上去，网站往往都是有自己的目的。所以我想，如果作家发现了网站上转载自己作品的，没有跟自己签订合同的，确实可以理直气壮地去跟他们讨个说法，也可以委托现在中国作家协会的权益保障部，也可以去找国家版权保护中心，也可以通过媒体，或者说一帮作家也可以联合起来跟他打官司，这是无可非议的事情。

所以我觉得现在这是一个巨大的进步。作家也认识到，维权不是不光彩的，而是非常光彩的。我们是在帮助国家建立一个良好的版权形象，我们是在帮助国家尽快地跟国际同步，我们是在帮助国家营造一个良好的创造氛围，因为版权得不到保护，创造就要受到挫伤。版权的保护归根结底是对人类创造的一种保护，所以我想它的重大意义,在座的各位都很清楚。

要使作家增强版权意识。尽管我们进入了移动互联网的时代,但是我们传统的纸质出版依然存在。所以作家在跟出版社签订纸质书的时候,实际上还是应该认真研究条文的。过去我的很多合同签的,我现在都不好意思看。要是认真地一条一条读,我觉得有点瞧不起人家,大致意思签一下拉倒。这样的话,可能会留下很多后遗症。所以作家朋友们,今后在签订纸质版的合同的时候,还是应该这样做:我们民间的一句话叫作"先小人,后君子",先把自己变成一个小人,斤斤计较,一条一条地抠,然后我们再共同做君子。这样的话,我觉得比将来诉诸公堂要漂亮多了。

另外一个就是说现在中国的文学也在大量跟国外合作。文学被翻译出去,也是中国文化走向世界的一个重要构成部分。这也就涉及很多作家需要和外国的出版社签订出版合同。以前,大概在二十世纪八十年代末的时候,国外的出版社有时就不签合同;就是作者自己也常常感觉,在当时的情况下,自己的作品能够被外国的出版社翻译成外文出版,就感觉到是一件很了不起、很光荣的事情,什么版税不版税的,可以忽略不计的。所以在那个时候也签了一些"混账"合同,很多无期合同。我签了好几个没有期限的合同,从理论上来讲,这些合同有效期一直到我死后五十年。所以现在要想改变这么一些合同,就非常困难。

所以,随着中国文学在国际上的影响力越来越大,随着我们作家版权保护的意识越来越强,当下,我们在跟国外出版社签订合同的时候,一定要谨慎。我觉得这个时候我们如果不懂外文的话,确实应该咨询懂外文的人;如果我们不懂出版相关的法律,我们也要咨询这方面的专家或者是律师。总而言之,在签订合同的这个阶段,一定要小心谨慎，避免留下后遗症。否则，打官司，大家不仅伤了和气，也浪费精力和金钱，划不来。

总之，我想作家确实需要专心致志地创作，但是版权问题经常会跳出来纠缠你，让你心烦意乱。所以在签订合同的阶段，如果能够签订得很好的话，就可以避免这些不必要的烦恼。

今天论坛的主题是移动互联网时代的版权处理、版权运营，这个问题太技术化了，我也搞不太明白。我就想到在当代这个移动互联网的时代，我们的电子书版权比纸质书的版权更加复杂，所以出现了很多现象，有很多是我们能想到的，有很多是我们根本想不到的。比如说我刚才提到的，我的一部作品被人搬到网上去了，这个我可以看得到，也可以想得到。但是有一些情况你想不到，比如你写了一条微博，发了一篇博客，被人广泛地传播，有人就把它收录到自己的书里去。现在这是一种版权，甚至我想精彩的短信是不是也是一种版权？所以我想如果写了一条精彩的短信，要不要发，我们要认真考虑，发的时候，要注上这个是谁创作的。否则假如有一天，有个人将很多条精彩的短信，编成了一本书，你再跟他打官司就来不及了。

还有一个问题，就是过去在纸质书的年代，也有冒名出版的事情，现在互联网上更加多了。我看到网上有很多网友，用他们过人的才华，创造了很多名言警句，有的确实非常精彩，是我绝对写不出来的，但都说莫言说什么什么，莫言说爱情是什么，莫言说生活是什么，莫言说抽烟是什么。我看了这个，一方面暗暗得意，我的名字又被扩大了；另外一方面，我也感到很担忧，因为有很多东西说得并不是那么恰当，有很多种话题也未必符合我的本意。有很多观点我能同意，也有很多观点我非常不同意，甚至还反对，但是冠上我的名字，在网上广泛流传。我日前碰到一个很有身份的人，非常严肃地跟我说：

你那段话、那段语录说得太绝对了,我不同意,我要跟你辩论。我说,哪一条语录?他说什么什么。我说,真的不是我说的,真不是我创作的,还有类似的东西,希望不要相信它。

互联网时代出现了一个非常奇特的现象,我们自己创作的被人搬上去,我们要保护,但是我们没创作,被人家搬上去,我怎么保护?这个问题提供给大众,希望专家来帮我们想一个办法,谢谢大家!

在"辟雍雅集·大美寻源"
当代优秀书画家作品展上的演讲

时间：2014年4月26日
地点：北京中国艺术研究院

尊敬的文章同志、大为同志、欧阳中石先生，还有吴悦石先生，还有很多我叫不出名字的艺术家，以及现场所有的观众，下午好！

我非常荣幸能够参加"辟雍雅集·大美寻源"这么一个活动。国子监、孔庙我来过很多次，每次来心里都洋溢着一种很强烈的感情，就是一种自豪感。在这里可以体会到、感受到我们中国的悠久的历史文化传统，也可以感受到我们历朝历代对文化的敬重，所以"敬畏"两个字始终心头缭绕。

每次来我都会把国子监和孔庙的每个角落都转一遍，尤其在东南角上那一片碑林里面花费过很多的时间。那碑上刻着明清两代的科举名榜，中了进士的人都会在碑上留下他的名字，而我经常在里面发现我们山东高密、山东潍坊的很多进士的名字。这些先贤，尽管想象不出他们的相貌，也不知道他们做出了学术上的哪些贡献，但是看到他是我的故乡人,都会感到特别亲切。而且在这个碑上也发现一些著名的、在中国近代历史进程上留下光辉名字的人物——中国历史悠久的科举制度,也并不是一无所成,全盘否定它好像也没有太多的道理。我们看过《儒林外史》这样的小说,知道科举制度很腐朽,也知道好多读书人为了科举,为了功名,耗费了自己的一生,变成了无用的人。但是我们在碑上也可以看到确实有很多杰出的知识分子是通过科举这样一种方式,通过这样一种读书的道路,在中国历史上崭露了头角,做出了辉煌的、不朽的业绩。可见,对我们历史上、文化上的很多事情,确实应该抱有客观的、公正的、一分为二的态度,不能报以全盘的否定,也不能全盘地继承。

我来到国子监、孔庙这样具有文化代表性的地方——孔庙代表我们的文脉,国子监是天子的讲堂,代表着我们明清两代这种文化的真实和学术的真实——在这个地方搞书画展非常有意义。它起码表现了主办者对我们先贤的敬畏。我们今天的文字书画,都与我们的历史密切相关,而如果我们要把画画好,把字写好,肯定离不开悠久文化历史的传承。中国的先人为我们创造出一座座高峰,我们要登攀上这些高峰都要气喘吁吁,我们要超越这些高峰,几乎是不可能的。那么在这种辉煌的历史文化面前,我们怎么做,值得每一个搞艺术的人深思。

我们不能说我们这个年代就毫无建树了。面对我们祖先的光辉业绩,我们要敬畏,但也不要自卑。我们将来也会成为先人,几百年以后我们的子孙也会把我们当作先贤。那时候他们也会想我们这些人做出了什么值得继承的。所以我觉得我们肩上的担子很重。我们现在总是在向我们的祖先学东西。我想我们成为先人之前,也应该给后人留下一点让他们学习的东西,所以任重道远。确实非常不容易！好像只有创新,只有在继承传统的基础上创新,然后才有可能让我们自己成为先贤,才有可能无愧于这个时代。

我们要创新,无非是第一要继承传统,第二是"左顾右盼",向外部学习,向其他的艺术门类,向其他国家的艺术家学习。然后就是火热的、丰富的、五光十色的生活。从生活中获得灵感,获得创作的素材,然后才有可能让创新变成现实。否则的话,离开了生活,离开了传统,离开了借鉴,创新是无从谈起的。

我是一个艺术的门外汉,对书画基本不了解。面对众多的大艺术家,我说了那么多话,如果有不对的,请大家批判。

谢谢大家。

在首届丝绸之路（敦煌）国际文化博览会上的演讲

时间：2016 年 9 月 20 日

地点：甘肃敦煌国际会展中心

下午好，能够在敦煌参加这样一个盛会我感到非常荣幸。我是第二次来敦煌，上一次来是二十八年前。二十八年弹指一挥间，变化非常大。敦煌这座城市变了，周围的环境也有变化，敦煌的艺术品没有变化。有很多特别容易变的东西，也有一些很难变化或者说永远不会变的东西。文化的东西应该是传承的、难以变化的，应该是人类社会中持续存在的。

我原来也没有想到来要演讲，没有做准备。说什么呢？首先谈一点简单的观感。我来敦煌后看到这次丝路文博会的 logo（形象徽标），设计得很好。第一眼看上去是两条交叉的彩虹，符合丝绸之路文博会的基本结构；再一看是个文字；再仔细一看，是一个大步奔跑的人，看起来跑得很轻松很愉快，我看像是个女性，挥舞着彩绸。这个人应该是面向西方，向西方大步奔跑，符合三十年来中国人前进的方向。改革开放三十年来中国人在很多方面向西方学习,科学技术、艺术管理都向西方学习,而且取得了大的成就。中国大踏步地前进是与向西方学习分不开的。但是换一个方向看,这个人又是向着东方奔跑。所以不仅东方人要向西方学习,西方人也要向东方学习。我想这也是丝绸之路之所以能够存在几千年,并且在沉寂了数百年后重新被发扬光大的原因。一切交流都是双向的,一切交流都是自发的、来自民间的,是一种很简单的需要,然后慢慢扩展成为国家的行为。在中国人向西方学习的过程当中,西方人也在向中国人学习,向东方学习,所以这条贯穿东西的丝绸之路是文明交合之路,是互相学习、互相借鉴之路。当然我们的老祖宗没有想到文化方面、政治方面的意义,无非是想要把自己最好的东西卖给别人。商人把东方的物资运到西方去,再把西方的东西运过来。这样一种最初出自经济目的的交往,后来慢慢地拥有丰富的文化的含义,因为任何东西都能用文化来概括。丝绸看起来是一种物品,可以用来做衣服,用来做彩旗,但它本身也是一种文化。它上面有图案,有颜色,它穿到唱歌跳舞的演员身上就变成了他们艺术的一部分。当然,中国的商人也在这个过程中从西方拿到很多东西,比如胡麻、胡桃、西瓜,它们是一步一步过来的。我们现在吃的玉米、地瓜、红薯、土豆可能来自更遥远的南美大陆,也都是从西方来的。这种交流确实是促使民族和谐、人类进步巨大的契机。丝绸之路从个人行为变成群体行为,从群体行为变成国家行为,无疑需要政府的协调,沿途的管理,维持这条路上的秩序,才能使这条路畅通无阻。

  我对刚才德国汤若望先生后人的发言非常感兴趣,他用非常简洁的发言向我们概述了陆上丝绸之路和海上丝绸之路简短的历史。这让我想到去年去泉州参加纪念海上丝绸之路的一个活动,自然谈到一个人——郑和,也会联想到鉴真。在几百年前科技还比较落后、物质还很不发达、信息还不充分畅通的时候,我们的祖先已经冒着生命危险乘风破浪驶向远离本国的遥远的国度,把中华的文明传播到西方去,也把西方的文明带回来。刚才汤若望先生的后人说当年在海上航行时最严重的挑战是船员们会得一种不治之症——坏血病。后来,郑和解决了这个问题,他们在船上发明了生豆芽这种简单的技术,带上足够的黄豆,在船上生豆芽。豆芽能够提供维持人健康足够的维生素,所以中国船员不得坏血病。郑和曾经从非洲带回一头长颈鹿献给皇上,中国民间传说中的瑞兽麒麟,据专家考证就是以长颈鹿为范本创造出来的。郑和也是很有意思的,他带回来一只长颈鹿。一只长颈鹿在海上漂泊那么长的时间,要活下来来到中国,这中间的很多细节都是需要作家的想象的。汤若望先生后人的演讲让我产生了许多文学方面的联想,想象我们的祖先为了这只长颈鹿怎样能够平安地来到中国,在船上想了多少办法。长颈鹿还要吃树叶,你不能让长颈鹿吃豆芽。他们肯定想了很好的办法,我们现在还不知道。

总之,一方面,今天这个时代让我们看到了科学的进步,让我们感觉到我们超过了我们的祖先。另一方面,我们在很多方面还没有超过我们的祖先,当年他们不知道用什么样的方法创作了一些作品,完成了一些事业,是我们今天还无法模仿的。我们还不知道郑和如何把长颈鹿带到中国;我们也无法还原出当年在敦煌石壁上开凿洞窟的那些艺人们,以什么样的方式来创造出这样的灿烂的艺术品;我们也不知道他们的头脑中怎么会产生这样美妙的图像,他们的想象力怎么会那样发达,他们的想象力建立在什么样的文化基础之上。毫无疑问有佛教文化、伊斯兰教文化、基督教文化,以及中国本土文化,多种文化作为他们想象的基础,然后培育出、融合出灿烂的敦煌文化。从敦煌壁画的角度我们也能看出，只有交流才能进步。经济是这样，文化是这样，艺术更是这样，只有交流才能产生新的东西，新的灵感，只有交流才能创新。文化交流根本的目的应该归结到创新。如果我们仅仅是把我们已有的东西给别人看，把别人已有的东西拿过来照样复制，是没有意义的。

我们现在感叹我们的祖先给我们留下如此璀璨的文化宝库，一千年以后我们的后代，问：二十世纪、二十一世纪的中华人民共和国的祖先给我们留下了什么？他们可能会说："他们很好地保存了敦煌石窟的文化。"但是我们创造了什么？我想我们保存好现有的文化，无愧于先人。可假如我们仅仅是一个保存者、保护者，而不是一个创造者，我们就会有愧于我们的后代。因此，在交流的时候，一定要强调创新意识，创新是吸别人的长，补自己的短。

我跟法国的建筑大师保罗·安德鲁先生是很好的朋友。他和我谈过当年在北京建设国家大剧院时的一些想法。当时全世界几十个建筑大师都拿来设计方案，最后他的被选中了。我问他："你为什么要建成这样一个大鸭蛋的形状？"我们对这个建筑充满异议，觉得不伦不类，跟中国的建筑风格不协调。当时国家大剧院还没有开始使用。保罗·安德鲁先生对我说："用不了多久，国家大剧院启用之后，请您进去看一场演出再来谈谈你的感受。"后来我真的去看了，很是震撼，尤其是夜晚的时候，灯火亮起来，大剧院前面水池里的倒影就像中国传统的阴阳鱼的符号一样，的确让我感受到一种和谐之美。深入进去之后感觉不到压抑，而是感觉大剧院非常敞亮。他也是在限制中的一种创造——有关部门要求他建筑高度不能超过人民大会堂，它只能往地下发展，后来一再压低高度，压到地下五十米。因此我认为，并不是完全一样就是和谐，或者说类似就是和谐，有时候在尖锐的对抗中也会产生一种对抗的和谐，这种和谐可能是一种更高层次的和谐。所以现在我们的头脑应该更宽阔一些，我们的包容性应该更大一些，把我们的事业放在一个更高的层次上来考量我们遇到的一些对抗的、对立的事物。当时不和谐的事物，几十年之后可能就是和谐的了。比如法国的卢浮宫前的小金塔，当时曾经觉得是不和谐的，但是现在进去后会发现已经成为和谐的一部分。

在建筑上有一些也体现了中西文化的对抗的融合。走在中国，会发现很多庙的建筑很像京都奈良的建筑。我跟随行的人这样讲，他们都说不是，是京都奈良的建筑很像我们中国唐朝时的建筑。有的说当年鉴真他们东渡，把中国的建筑艺术带到了日本；日本一批又一批的遣唐使、留学生远渡重洋来到中国，把中国的文学、中国的艺术学到了日本去。他们没有照搬，有发展、有创造。我们现在看日本的文化让我们感慨万千，许多在中国早就失传的东西可以在日本找到源头，在日本文化中可以发现我们的汉唐文化、明清文化，但是他们是在学习的基础上结合了本民族的地理的、气候的、历史传承的种种文化因素，融合成了一种新的属于日本的文化，反过来让我们学习。所以我们的丝绸之路最终、最远大的目的，也就是要变成一种在充分交流碰撞的基础上创新出一种新的文化形态、新的艺术作品，使我们在百年千年之后无愧于我们的后代。

谢谢大家！

纪录片与文学

——在第五届中国(嘉峪关)国际短片电影展开幕式上的演讲

时间：2016 年 9 月 22 日
地点：甘肃嘉峪关

各位上午好：

上星期我看了中央电视台第十频道的一个健康节目，节目中的医生说："不论什么样的钙片都比不上晒太阳。"今天上午我们在嘉峪关晒了两个小时的太阳，嘉峪关应该收费，收阳光费。在北京没有这样的太阳，没有这样的空气。在全国许多地方也没有这样的太阳。建议将来我们的旅游局开设一个晒太阳的项目。

今天我演讲的题目是"纪录片与文学"。纪录片与文学真是有很密切的关系。二十世纪，我们中国伟大的文学家鲁迅先生在日本仙台医科专门学校留学期间曾经看过一部幻灯片。幻灯片肯定是最早的纪录片了，那个时候的技术肯定比现在要落后，那个时候还没有发明电影胶片。这个幻灯片的内容是一个中国人给一个俄国人做间谍,被日本人发现,日本人要枪毙中国人。片中不仅表现了行刑的过程,也拍摄了很多观看行刑的场面,其中有很多看自己的同胞被杀的中国人。鲁迅看到这个纪录片后灵魂受到巨大震动,感到医学虽然可以治病救命,但不能救治人的麻木的心灵。所以鲁迅先生最后决定弃医从文,决定要医治中华民族灵魂深处的病态,可能比治好一两个病人更加有意义。随后不久便做出弃医从文的决定。当然,这是不是鲁迅弃医从文的全部原因还有待考证,这件事情是在他的著名的散文《藤野先生》中记载的。

我们每一个人都是纪录片的观看者,打开电视换换频道就会发现纪录片。而且纪录片的范围是如此之广,纪录片最早与电影没有区别;在电影的默片时代,所有的纪录片都是电影。后来纪录片作为一个独立的艺术品种与电影有所区别了,但它的最基本的功能与实现方法依然还是用机器来记录。电影中的人可以由演员来表演,可以根据一个预先写好的脚本来不断地表演,表演不满意可以再来一遍。而纪录片从它的特性上来说可能不允许反复地排练。从这个意义上来讲,纪录片的最大的特征就是它的真实性。为什么我们会被纪录片所震撼?就是因为我们认为纪录片是真实的,是没有经过导演的。当然纪录片的真实性在纪录片行当里也是很有争议的一个话题。究竟怎么样才算真实?难道原封不动地偷偷地拍下来就算真实吗?偷偷地拍下来未经剪辑过的材料放出来就是纪录片吗?有艺术价值吗?有思想意义吗?这些问题值得讨论。

我前几年与我们社科院的一个同事一起去英国,他指着一个标识"CCTV",说:你知道这是什么意思吗?我说是不是中央电视台在这里拍摄的一个外景地。他说不是。他说这是监控的意思。也就是说在英国伦敦,每一个角落、每寸土地都为"CCTV"所监控。现在我们中国监控录像也非常发达。我今年夏天回到故乡，住在离县城五十公里的一个小山上。这个山上有一个农民种了一片谷子，谷子地的地头上竟然也安装了一个摄像头。我问他为什么在这里装摄像头。他说万一有人来偷我的谷子呢。我问还有别的意义吗。他说我要看看麻雀怎样来偷吃我的谷子。我觉得他前一个目的是农民都有的，防止庄稼被别的人偷去，但是后一个目的就很有艺术味道——看看麻雀怎样偷他的谷子。这样的摄像头每一个路口都有，每一个村口都有，每天二十四小时不断地拍摄。但是这些东西放出来不应该算纪录片。我们所谓的纪录片还是应该有导演、有艺术构想的。从这个意义上讲，纪录片也是选择的艺术。面对如此丰富的大千世界，这么多的物种，这么多的自然风光，这么多的动物，这么多的人，我们究竟拍什么？当然要选择。选择的艺术事实上是对选择者的一种考验。有的人选择了精华，拍出了精华；有的人选择了糟粕，拍出了垃圾。所以，艺术创造有一个共同的原则，无论是纪录片的创作，还是文学的创作、美术的创作，从根本上来讲都是选择的艺术，都需要创作主体提高自己的艺术感受力，提高自己的艺术鉴赏力，然后才能创作出艺术精品来。我以前也与一些艺术家谈论过小说改编电影的问题。小说被改编成电影也是一种选择的艺术，是导演从一部小说里选择他最需要的东西，然后经过编剧、拍摄，最后变成一个来源于小说但不同于小说，甚至在不同意义上高于小说的艺术作品。事实上我们的纪录片导演每天都面临着选择，拍了许多素材，最后从这些素材中选择出最能够表现创作意图的画面，经过剪辑，形成一个完整的艺术作品。纪录片之所以是艺术，就在于它经过主观性的选择。

但是随着科技的进步和社会的发展，纪录片的形式也越来越多样化。我们刚才看了大卫先生拍摄的纪录片，毫无疑问是精品，要求创作者有献身精神。为了拍好动物,可能几个月要蹲守,可能要白天在家,晚上出去拍摄,甚至可能要冒着生命危险。要拍老虎,老虎可能一时兽性发作扑上来,拍摄大象,大象发怒了也是很可怕的。在高度的献身精神和艺术选择的能力之外,也还要依赖于科学的进步。鲁迅的年代只能看幻灯片,无论多么高明的导演和摄影师也拍不出现在这样的片子来。现在,这样的时代,我们就可以看到这样精美的纪录片。

随着手机的普及,随着手机的摄像功能越来越强大,越来越技术化,每一个人实际上都是纪录片的制作者。这样一个人人抬起手来就可以记录现实的时代,纪录片的概念在无限扩大。这样一种大众性的记录,有时候也会给我们留下无比珍贵的镜头,会记录下无比珍贵的、不能再现的景象。前几天我在网上看到一个视频,拍摄的是龙卷风把海里的水吸到天上的景象,就是高速旋转的,顶天立地——不,顶天立水的巨大的水柱。过去我曾听我爷爷讲过,说有一年他去割草的时候,突然碰到一场大风,他使劲抱住一棵树才没有被卷到天上去,然后看到从天上弯弯曲曲下来"一条龙的尾巴",把池塘的水全都吸到天上去了。顷刻之间水很深的池塘被抽得底朝天。他给我用语言描述了这样一种奇特的自然景观,但是现在举起手机就可以把这个景象记录下来。另外,现实生活中很多的自然灾害、突发事件,因为有了手机,使这样的记录变成了珍贵的人文资料。从这个意义上来讲,纪录片也是技术的艺术,纪录片不断的进步是建立在技术的进步的基础之上。随着社会的发展、科技的发展,未来的纪录片肯定会有更加令人叹为观止的面貌。

艺术都是触类旁通的,作家需要向画家、音乐家学习,也需要向纪录片的制作者学习。我们学习的方法就是观看他们制作出来的东西。二十年前,我看过一部描写鱼类迁徙的纪录片。这个拍摄的难度也相当大,从一条小鱼苗慢慢地游向大海开始拍,然后到一条成年的鱼从大海洄游到母亲河繁衍后代的过程。这是一个漫长的充满了戏剧性、危险性的洄游过程。这需要好几年的时间,需要漫长的旅途。大马哈鱼从海洋游回陆地淡水河的时候要经过无数的磨难,不亚于唐僧取经。它会被人不断地捕捞,会被动物不断地捕食,也会受到人工水坝的影响,最后能够回到产卵地的只是万里挑一。生命最强健的、运气最好的个体回到了它的产卵地。这样一个过程,让人看了以后感慨万千。一条鱼为什么要到大海里去成长?长成以后为什么要回到它的母亲河里来产卵?它是怎样辨别方向的?它依靠什么从茫茫大海里回到万里之外的最早的出生地?科学家给了很多解释,有的科学家认为它是凭着对气味的记忆,鱼类记住了它们出生的母亲河的气味,追随着气味回到了它的出生地。我受到这样一个片段的启发,写了一篇散文,也是一篇发言稿——《小说的气味》。一个作家要写小说,小说也应该是有气味的,小说家应该向鱼类学习,有一种深刻的、丰富的对自己童年故乡的记忆。这种记忆可以是具象的,可以是图像,可以是人,也可以是气味。好的小说应该是充满感觉的,感觉中有人的触感、视觉、嗅觉。当描写一个市场的时候,这个市场是有水果的气味,有烙饼的气味,有烤羊肉的气味,也应该有人身上散发出的汗味。描写一个人的卧室的时候,卧室里也应该是有气味的。要描写花的时候,描写植物的时候,都要调动人对气味的想象。

现在的科学非常发达,我们的录像技术、摄影技术日新月异地在变化,令人遗憾的是没有记录气味的机器。什么时候科学发展到能够把气味记录下来的程度,到那时我们的纪录片会比现在更加吸引人。刚才吕品田院长说到他看过的《舌尖上的中国》。这部纪录片在中国观众中影响巨大,很多电视台在反复播放,我也看了很多遍,看的时候食欲被调动了起来。它不仅表现了食物的原材料的生产制作方式,也用纪录片的方式向我们展现了在享受这些美食的人们。我们看到了这些美食的形状、色彩,中国的饮食讲究色香味俱全,很遗憾我们嗅不到气味。我希望我们将来科学发达了在录像的同时能把气味记录下来,那个时候大卫先生再拍出来的纪录片就会更加吸引人,我们不但看到大象白天的形象、夜晚的形象,我们还能同时嗅到大象所发出的气味。

谢谢大家!

幻想与现实
——在中国-拉丁美洲人文交流研讨会上的演讲

时间：2015 年 5 月 22 日
地点：哥伦比亚波哥大圣卡洛斯宫

二十世纪八十年代，我曾经幻想着有朝一日能到加西亚·马尔克斯的祖国哥伦比亚看看，现在，这个幻想变成了现实。本世纪初，我曾经幻想在某次国际文学会议上与加西亚·马尔克斯见面，并且想好了见到他时要说的第一句话，但因为他身体欠佳，没有参加这次会议，这个幻想没有变成现实。

拉丁美洲文学对于我们这批二十世纪八十年代开始写作的中国作家是异常辉煌、又分外亲切的文学现实。那时大量拉美文学被翻译到中国，我和我的同行们如饥似渴地阅读，受到了很大的启发。我当时的感受和马尔克斯当年在巴黎的阁楼上初次读到卡夫卡的小说时的感受是一样的：啊，原来小说可以这样写啊！

1987 年，我写过一篇题为《两座灼热的高炉》的文章，讲述了加西亚·马尔克斯和美国作家福克纳带给我的启发和诱惑。他们启发了我可以怎样写,但他们也诱惑着我像他们那样写。我在文章中表达了想要摆脱他们、创造一种具有鲜明民族风格和个人独特风格的文学的幻想。三十多年来,在中国作家的共同努力下,这个幻想也基本上成了现实。

  文学幻想,展现了人类对幸福和美好未来的向往。幻想可以使得文学更加逼近现实。当然,无论多么神奇的幻想,也是建立在现实的基础上。中国清代的文学家蒲松龄的短篇小说集《聊斋志异》中,很多情节荒诞不经,但却让人不觉其虚假,原因在于大量富有现实生活气息的细节。譬如其中有一篇小说讲某次雷雨过后,天上掉下了一条龙。我们都知道龙是一种根本不存在的动物,但蒲松龄写这条掉到地上的龙身上落满了苍蝇。龙将身上所有的鳞片张开,让苍蝇钻进去,然后它猛地闭合鳞片,将苍蝇消灭。后来,天降大雨,雷声隆隆,龙呼啸一声飞到天上去了。这样的细节,让龙这种虚幻的动物获得了艺术的真实性。又如我们熟悉的《百年孤独》中有这样一个细节:霍塞·阿卡蒂奥中弹身亡,他的血沿着大街小巷、曲曲折折,一直流到了母亲乌苏娜的厨房里。乌苏娜循着血迹,来到出事地点。通过这个细节,母子深情,得到了集中而强烈的展示。这些极尽夸张的故事,因为来自现实生活的细节的真实,以及作家讲述时的高度自信,从而产生了巨大的说服力并形成了独特的艺术魅力。

  最近三十多年来,中国社会发生了令世界瞩目的巨大进步和变化。当年我们幻想的事情,今天已经成为现实;当年我们做梦都没想到的事情,今天已经变成或正在变成现实。

  前不久我回故乡高密,遇到了一个九十多岁的老人,他谈到了四十多年前,我与他一起在村子里干活时的一些往事。当时我是一个懒惰的儿童,他是一个勤奋的干农活的好手。我曾经跟他说:将来,割麦子、掰玉米、摘棉花,这些沉重的农活,都可以用机器代替。他讽刺我说:将来还会有一种机器,一按电钮,包子、饺子、鸡鸭鱼肉都会热气腾腾地冒出来,你等着吃就行了。这次碰到他,他说:大侄子,你了不起啊,你能预知未来!你当年说的,都成了真事了。我说:大伯,那些事,都是我从报纸上看到的。他说:你再给我预言一下,再过三十年,还会有什么变化?我说:大伯,我真的不知道三十年后会是什么样子,连三年后的事我都不知道,但您当初说的那种一按电钮,各种好吃的好喝的都会冒出来的机器,从技术上来讲,完全可以变成现实。

中国社会的发展和进步,是中国作家面临着的现实,是我们文学艺术最宝贵的创作资源,也是我们的艺术幻想的根基。我当年坐在每小时速度50公里的火车上,幻想着自己是骑着一匹骏马在田野里奔驰;现在我坐在每小时300公里的高铁上,幻想着自己是骑在一枚火箭上向月亮飞驰。现实变了,幻想也会变。不了解现实,幻想的翅膀就无法展开。因此,作家必须与时俱进,才能写出富有时代气息的作品。即便写的是历史题材的作品,如果作家能以最新的现实为立足点,也会使古老的故事产生新意。

我曾经想好的见到马尔克斯时要说的第一句话是:先生,我在梦中曾与您喝过咖啡,但那咖啡的味道跟中国的绿茶一样。

老作家与爱奇艺
——在爱奇艺世界·大会网剧论坛上的演讲

时间：2019年5月10日
地点：北京

各位朋友上午好，我从来没有走过这么漫长的舞台，也从来没有见到过这么透明的讲台。刚才龚总在上面演讲的时候，我在下面有点焦虑。他那两条腿是笔直的，不需要一个讲台屏蔽，而我这样双腿弯曲的老作家，需要一个不透明的讲台把腿遮一下，才能灵活自如发挥。感谢爱奇艺体贴的安排。

去年是改革开放四十周年，去年大家谈得最多的一个话题，就是四十年前我们做梦也没有想到世界变成了现在这个样子。我们坐在高铁上感受风驰电掣的速度时，从前确实没有想到火车会跑得这么快。我们走进商场里看到琳琅满目的商品时，从前也确实没有想到会有这么多东西要卖。我们会回想起当年，很多商品都需要凭票购买，要走后门才能买到一块手表、一辆自行车、几尺化纤布料，那样一种窘迫的状态。当我们坐在餐桌旁，面对着满桌子令人眼花缭乱的食品时，我们也从来没有想到会有这么多东西吃，我们也可以联想到当年拿着二两面票换一个鸡蛋的生活状态，可以联想到为了吃一顿饱饭丧尽尊严的往事。我们打开电视，打开电脑，点开爱奇艺的栏目，会看到许多节目，可以说是五花八门、丰富多彩。总之，我们的确做梦也没有想到人类的社会会发生这样巨大的变化。四十年来真正深刻的变化是在互联网出现之后，人类的生活从此进入了一个更高的层次。过去许多神话般的想象都变成了现实，过去很多被认为是不可思议的事情都在我们手底下实现了，包括爱奇艺，也是在互联网和光影技术进步基础上盛开的一朵"奇葩"。

这样的变化为我们提供了机会，也给我们提供了更奇异的幻想的基础。我是一个老作家，爱奇艺是个新事物，我一直认为我跟爱奇艺没什么关系，但后来一想，我跟爱奇艺其实早就发生过很多关系。我喜欢地方戏曲，经常会在网上搜索一些旧戏的选段。我看的很多地方戏曲片段都是通过爱奇艺这个平台来看的。在不知不觉中，我个人的艺术爱好已经需要爱奇艺给我支撑，我已经享受了爱奇艺提供给我的便利，已经享受到了爱奇艺人的科学思维成果，应该对他们表示感谢。

作为一个老作家，我跟爱奇艺不仅仅是点开平台观看我喜欢节目的关系，而是有可能跟爱奇艺建立一种密切的合作的关系。我曾经在很长一段时间里认为我已经变成一个没有用处的人，一个被时代淘汰的人。后来我慢慢发现，事情也许还有新的转机。因为我想到了，无论是爱奇艺，还是其他的艺术创作单位，只要拍电影、拍电视、演戏曲，都离不开故事，而文学的原著是许多优秀剧目改编的基础。我记得几年前在英国看过音乐剧《悲惨世界》，这样一个常演不衰的经典剧目，是根据法国作家雨果的同名小说改编。同样常演不衰的《歌剧魅影》也是改编自小说。而根据小说改编的电影、电视剧作品那更是不可胜数。文学为很多的艺术门类提供了基础。由此我想,我写了许多年的许多小说,也许会借助于网络艺术平台得到展示。

面对着爱奇艺这样一个"保守"的平台,一个保存历史的平台,这样一个反映现实的平台,这样一个建立在保存历史、反映现实的基础上想象未来、展望未来的平台,我觉得我的许多故事很可能会焕发新的生机。

有人说过,所有的故事,都被莎士比亚讲完了,但是莎士比亚的故事还是在花样翻新地讲来讲去。也就是说故事是简单的,讲法是新的,许多老故事在新的时代里会重放光彩。鲁迅先生说过:"一部《红楼梦》,经学家看见《易》,道学家看见淫,才子看见缠绵,革命家看见排满,流言家看见宫闱秘事……"同样一本书,每个人会根据个人的身份、年龄、经历,读出完全不同于他人的感受。好的文字作品具有生命力,它会与时俱进,它会在新的历史时期让新的读者感受到新的内容、新的内涵。改编旧的经典作品,改编历史题裁的作品,都需要与时俱进。我一直支持我的作品的改编者能大胆地想象,大胆地再创作。当年跟张艺谋合作《红高粱》的时候,他问我,需要遵循哪些改编的原则?我说没有原则,你想怎么改就怎么改。我说可以让我小说里的爷爷奶奶在高粱地里谈一场风生水起的恋爱,也可以让他们在高粱地里搞一场科学实验。后来张艺谋把小说里这么一段变成了电影《红高粱》里轰轰烈烈的长达五分钟的场面。这样的发挥,这样的再创作,我作为原作者是非常高兴的。迎亲路上颠轿的细节,也被拍成让人难以忘记的热闹场面。好的改编并不是刻板地按照原作来讲故事,而应该提取原作的精华,大胆地想象,超常地发挥,让一些看起来在原作里不起眼的细节变成电影里光彩夺目的情节,这才是成功的优秀的改编。

我自己在改编一些历史故事的过程当中也有这样的体会,有一些众人熟知的历史故事,数百年里,各种各样的戏剧,其他的艺术门类,都进行过改编。比如我曾经写过一个话剧《我们的荆轲》,荆轲是一个侠客,经过一代又一代艺术家的创作,他作为一个光芒四射、视死如归的正面形象已经深入人心。当空军话剧团的导演让我把荆轲刺秦的故事编成话剧的时候,我就想,如果我按前辈艺术家的方式,把它写成话剧,那没有任何意义。荆轲这个人物、荆轲刺秦这个故事还有没有新的解释的空间?荆轲到底是什么样的人?有没有再塑造的空间?我想还是有的。荆轲的内心世界是什么样的?他接受刺秦的任务是为了报知遇之恩吗?是为天下的老百姓除恶吗?理由都不是特别充分。我在这部话剧里,把名和利引入到刺秦这样一场历史上的著名事件里去,我努力做到自圆其说,用各种各样的细节来证明这个立论的合理性。我用丰富的细节来论证这个主题,使之产生强大的说服力,观众就会认可。将来肯定会有电影导演、电视剧导演、电视剧编剧、电影编剧或者其他剧种的编剧、导演来改编这样的历史故事,来改编改革开放四十年来的文学作品,包括我本人的作品,我希望大家放开手脚,与时俱进,就像当年张艺谋改编我的小说一样。

为什么要与时俱进?因为我三十年前写的小说,是当时的社会背景下的产物,是我当时的认识水平、文学能力的产物。到了现在,如要改编成影视作品,就需要根据新的条件,根据社会的变化,来对它改造。或者是把不适合在影视中表现的情节变成另外的情节,或者是把其中的人物进行新的阐释。本来他是反面人物,可以把他变成正面人物,只要我们改编的合理就能站得住。2014年山东电视台把《红高粱》改编成电视剧的过程中,也充分体现了我刚才所说的。《红高粱》拍了60集,一部不到30万字的小说,要变成一部60集的电视连续剧,这个长度显然是不够的,必须加人加故事。这个加人加故事,怎么个加法,需要考验编剧的智慧。首先,要加的所有东西都不能背离原作最根本的主题,写人的精神,写人在逆境当中的反抗、坚持、奋斗、不屈服的精神,敢跟外界的恶势力、跟自己内心黑暗做斗争。后来,事实证明,《红高粱》的改编非常成功,获得了很多的奖项。当然获得奖项未必就是说改编得真好,最重要的是来自观众的口碑证实了这次改编的成功。

爱奇艺也好,其他的艺术创作团体也好,面对改革开放四十年来写出来的大量的文学作品,这样一个宝库不能忽视。尽管我们可以编更新的更时髦的更现代更奇幻的故事,但是这么多中国作家四十年来所创造的、调动了每个人最宝贵的经验写出来的作品,里面蕴藏着许许多多的宝贵的故事内核,我们可以把这部分发掘出来,使之大放光彩。

从某种意义来说,爱奇艺是一个保守的平台,这个保守不带贬义,是保住和守住我们已有的文学的产品,包括我们的传统,我们的历史遗产。爱奇艺像一个巨大的仓库,已经把许许多多宝贵的有价值的东西保存了,我们随时可以用手机、电脑来打开这个宝库的门,来欣赏来回顾,从中受到教育,从中获得力量。正是因为有了这样一个对旧有的传统和文化的保护,才有可能在这样一种基础上进行创新。

爱奇艺是创新的巨大的平台。现在各行各业,创新都是非常时髦的概念。很多会议,最终都会归结到创新这两个字上。怎么样创新?每个人都有自己的答案。作为一个写小说的,我觉得小说家的创新离不开从我们的前辈的作品里学习,了解他们的技巧和精神的力量,然后深入到现实生活里去,积累素材,寻找灵感,然后再运用自己的想象力,用独创的方法,把故事讲出来。电视剧、电影、话剧、戏曲也离不开这些,即便要改编旧的东西,也应该把新的思想注入进去。化腐朽为神奇,让神奇更神奇。把编剧的、导演的、演员的,所有的创作人员的智慧集中起来,融会为一体,这才有可能产生一个好的作品。

  创新也是一个学习的过程,创新的初始阶段甚至有模仿。广开眼界,向本行业的经典作品学习,向其他艺术门类的艺术家们学习,向中国的历史文化传统学习,也应该向外国的同行们学习。只有站在这样一种广阔眼界的制高点上,我们的作品、我们的艺术成果才可能成为杰作。今年我去过两次日本,目的非常明确,第一次是去观看在日本展览的颜真卿《祭侄文稿》,此宝之前一直保存在台北故宫博物院,这次日本东京博物馆和台北故宫博物院联合在东京博物馆举办了以颜真卿《祭侄文稿》为主、李公麟《五马图》为辅的书画联展,影响巨大。许多中国人专门飞到日本去观展,我也是其中的一个。当我面对这些艺术瑰宝的时候,虽然隔着厚厚的玻璃,还是感觉到一股强大的气息扑面而来。为什么中国古代艺术家创造的艺术除了能够引起中国观众的兴趣,还能引起日本观众的兴趣?因为伟大的艺术作品是超越国界的,是全人类的共同财富。

  第二次是专门去看日本的戏剧。首先看日本的传统戏剧歌舞伎。歌舞伎很多方面跟中国的京剧相似,化妆、台上演员的表演、服饰,都可以从京剧这边找到源头。日本的歌舞伎演员都是年龄很大的男演员,没有一个女演员,也没有年轻的男演员。一个老男人要在舞台演一个18岁的青春少女,怎么演都不像,所以只好用极具夸张的化妆来掩饰。反而是这种掩饰产生了强烈的艺术效果。他们的舞台背景上经常会出现汉诗,用汉字写的。其中一出戏里的一个情节让我很感兴趣。一个画师,被关押,愤怒吐血,用这个血在屏风上画了一只老虎。刺客来行刺,屏风上的老虎破纸而出,跳出来的巨大的老虎跟我们广东地区的舞狮子非常相似,在舞台上展开的一场本来是残酷的暗杀与反抗的搏斗,变成了一场像狮子舞一样的带着喜剧色彩的表演。这样一种反差,这样的艺术效果,让人产生很丰富的联想,也使歌舞伎这个剧目具有了现代性。宝塚剧院,刚开始是日本的铁路文工团,延续百年,现在是世界闻名的艺术团体,几个组轮番演出,精美绝伦,一票难求。宝塚的演员都是年轻美貌、能歌善舞的姑娘,不能结婚。当青春少女扮演成英俊的男人时,这样一种带着柔情、英气勃勃的男女混合的艺术造型,迷倒了成千上万的日本女性。这种表演和受众之间的关系也值得我们深思。为什么宝塚剧院演员的粉丝们甘愿冒着大雨等候她们心中的偶像?为什么会产生这样一种混合的奇特的审美?中国的艺术团体应该去看看宝塚歌舞团的演出,没准就能激发创新的灵感。像爱奇艺这样一个巨大的创新的平台,是不是可以让主创人员去看一看日本的歌舞伎和宝塚的节目?他山之石,可以攻玉。

我们的未来肯定非常美好,前途是辉煌的。这一方面体现在爱奇艺会把更多更美的人类的艺术珍宝拿到平台上来,让大家更方便更廉价地获得需要的喜欢的东西;另外一方面,作为一个创新平台,必须做出自己的节目,不仅仅有别人的,更重要的是有自己的。爱奇艺已经创作出了自己的广受欢迎的作品,形成了自己的充满活力和想象力的创新团队,这是爱奇艺能够立于不败之地的重要的基础。

怎样创新?怎样发展?我想有两个方面:一是思想解放。一切的创新都建立在思想解放的基础上。第二是技术进步。对于我们这样一个建立在互联网基础上的平台，技术进步、技术支撑是十分必要的。说到思想解放，我想到三十多年前的一件往事。八一电影制片厂召集我们开会，讨论革命历史、军事题材电影剧本的创作问题。我发言说，我们都读过斯诺的《西行漫记》，这本书里用了一大段来描写他在延安窑洞里采访毛泽东主席的经过。书里写道，毛泽东主席跟他谈了三天三夜。一会儿站着说，一会儿躺在炕上说，一会儿抽着烟说，一会儿从身上捉着寄生虫说。那些被捉的寄生虫，有的扔到炉子里，有的用指甲压死。我从这个细节里读到了伟大，读到了神圣，读到了天才，读到了浪漫。他谈的是波澜壮阔的革命历史，谈的是他个人的惊险传奇的亲身经历，谈的是边区的形势，谈的是中国的形势，谈的是第二次世界大战的欧洲战场、太平洋战场，谈的是建立新中国的伟大憧憬，全是高大上的话题。在什么情况下谈？是在拉着裤腰捉着虱子的情况下谈的，这就是大英雄的本色。这样的人物，这样的情节，如果在银幕上展现，不就是伟大的作品吗？这样的电影，这样的毛泽东，会让我们感觉到无比的亲切。

另外是技术进步和技术支撑。上个星期我在青岛参观了一个博物馆，这是一百多年前德国水兵的俱乐部，现在变成了青岛的电影博物馆，这是中国大地上第一次放映电影的地方。馆里展示了很多当时的放映设备、历史照片，包括当时侵华德国水兵后人来这里参观的照片、录像。那时候的电影都是无声电影，后来无声的电影渐渐发展成有声的电影，黑白的电影渐渐发展成了彩色的电影，现在我们的光影技术也是一日千里地进步。我有一个梦想，什么时候我们在电影院看电影，当银幕上出现了玫瑰花，我们在观众席上可以闻到玫瑰花的香气，如果屏幕上出现了一只烧鸡，我们就可以闻到烧鸡的香味，如果屏幕上出现一个婴儿,我们就能够闻到婴儿那种令人心醉神迷的奶香味,这样的电影才是真正立体化的,这样的电影才是跟我们的生活紧密结合在一起的艺术作品。

一个是思想解放,一个是技术进步,我希望这两个梦想都能在爱奇艺这个平台上实现。我希望能在爱奇艺平台上看到有气味的节目。我希望爱奇艺能把毛泽东主席在延安窑洞里接受美国记者采访时那无比潇洒的表现,用艺术的形式表现出来。那样的爱奇艺一定是一个站在世界的艺术高峰上的平台,谢谢大家!

图书在版编目(CIP)数据

贫富与欲望/莫言著. —杭州:浙江文艺出版社,2020.5
(莫言作品全编)
ISBN 978-7-5339-6008-7

Ⅰ.①贫… Ⅱ.①莫… Ⅲ.①演讲—中国—当代—选集 Ⅳ.①I267

中国版本图书馆 CIP 数据核字(2020)第 022290 号

策划统筹	曹元勇
责任编辑	李　灿
封面设计	Compus·道辙
责任印制	吴春娟

贫富与欲望
莫言　著

出版	浙江文艺出版社
地址	杭州市体育场路 347 号　邮编　310006
网址	www.zjwycbs.cn
经销	浙江省新华书店集团有限公司
印刷	浙江新华数码印务有限公司
开本	650 毫米×970 毫米　1/16
字数	230 千字
印张	19.5
插页	5
版次	2020 年 5 月第 1 版
印次	2020 年 5 月第 1 次印刷
书号	ISBN 978-7-5339-6008-7
定价	49.00 元

版权所有　侵权必究
(如有印、装质量问题,请寄承印单位调换)